Ami Polonsky

UND MITTENDRIN ICH

AMI POLONSKY

UND MITTEN DRIN ICH

Aus dem Amerikanischen von
Petra Koob-Pawis

cbj

Sollte diese Publikation Links auf Webseiten Dritter enthalten,
so übernehmen wir für deren Inhalte keine Haftung,
da wir uns diese nicht zu eigen machen, sondern lediglich auf
deren Stand zum Zeitpunkt der Erstveröffentlichung verweisen.

Dieses Buch ist auch als E-Book erhältlich.

Verlagsgruppe Random House FSC® N001967

1. Auflage 2019
© 2019 der deutschsprachigen Ausgabe
cbj Kinder- und Jugendbuchverlag
in der Verlagsgruppe Random House GmbH,
Neumarkter Str. 28, 81673 München
Alle deutschsprachigen Rechte vorbehalten
© 2014 Ami Polonksy
Die amerikanische Originalausgabe erschien 2014 unter dem Titel:
»Gracefully Grayson« bei Hyperion, New York
Übersetzung: Petra Koob-Pawis
Umschlagkonzeption: Geviert GbR, Grafik & Typografie
unter Verwendung eines Fotos von © Gettyimages (Mascot)
MP · Herstellung: UK
Satz & Druck: GGP Media GmbH, Pößneck
ISBN 978-3-570-16519-5
Printed in Germany

www.cbj-verlag.de

*Für Ben und Ella,
die in Geschichten großes Vertrauen setzen*

TEIL EINS

KAPITEL 1

WENN DU EIN DREIECK ZEICHNEST UND dann einen Kreis über die Spitze des Dreiecks, erkennt niemand, dass das ein Mädchen in einem Kleid ist. Du kannst auch noch einen Halbkreis über den Kreis zeichnen, das sind dann die Haare. Wenn du es so machst, schöpft niemand Verdacht. Alle denken, du würdest nur kritzeln.

In der dritten Klasse habe ich rausgefunden, wie ich Prinzessinnen zeichnen kann, ohne dass jemand es merkt. Seitdem zeichne ich seit mehr als drei Jahren immer wieder das Gleiche an den Rand meiner Schulhefte.

Ich schaue zur Tafel. Mr Finnegan hat uns fast schon eine ganze Seite abschreiben lassen, mehr als alle anderen Lehrer, aber das macht mir nichts aus. Seine Unterrichtsstunden sind die besten überhaupt. Außerdem kann ich beim Mitschreiben nebenbei zeichnen. Ich kritzle ein Dreieckskleid in mein Heft, darüber einen Kreis und dann den Halbkreis fürs Haar. Ich betrachte die Zeichnung und stelle mir vor, ich sähe sie zum ersten Mal, denn ich will sichergehen, dass keiner auf die Idee kommt, es könnte eine Prinzessin sein. Aber ich habe es gut gemacht – niemand wird sie erkennen.

Ich benutze einen Glitzerstift. Einen silbernen. In meinem Rucksack steckt auch noch ein goldener. Die Stifte in Lila und Pink lasse ich immer zu Hause in der Schublade bei meinen anderen Malsachen. Falls jemand fragt, behaupte ich einfach, ich hätte den silbernen und den goldenen Stift in der Turnhalle auf dem Boden gefunden oder so. Sicher fragt sowieso keiner. Ich würde das Kleid gern silbern ausmalen und ihr große Augen, ein Lächeln und lange glänzende Haare zeichnen, doch das geht nicht, weil Jungs so etwas nicht tun. Ich kneife die Augen fest zusammen, damit ich die Prinzessin so sehen kann, wie ich sie mir vorstelle. Aber ich erkenne nur silberne Umrisse, sonst nichts, daher stütze ich den Kopf in die Hand und schaue zum Fenster hinaus.

Draußen donnert ein großer Lastwagen die Straße entlang und ein Stadtbus biegt hupend um die Ecke. Mrs Frank, die Turnlehrerin, führt ein paar jüngere Schüler auf das Fußballfeld, wo sie Seil hüpfen und über den Rasen rennen. Jenseits des Felds erstreckt sich die Skyline der Stadt. Obwohl das Laub sich bereits verfärbt, fühlt es sich immer noch nach Sommer an, denn im Klassenzimmer ist es viel zu heiß. Meine knallgelbe Basketballhose klebt an meinen Oberschenkeln. Ich streiche mir die Haare aus der Stirn und rücke mein Schweißband zurecht.

Finn, wie wir ihn heimlich nennen, ist fantastisch. Ich bin froh, dass ich ihn als Lehrer für Geschichte und Literatur habe, vor allem, weil die andere Lehrerin für dieses Fach, Mrs Tell, ungefähr hundert Jahre alt ist und echt schrecklich sein soll. Mein Cousin Jack hatte sie letztes Jahr und hat ziemlichen Ärger mit ihr gekriegt. Er hat gesagt, es lag daran, dass sie so langweilig ist, aber in letzter Zeit kriegt er überall Ärger. Außerdem ist das, was er so von sich gibt, meist sowieso einfach nur Mist.

Als Finn Anthony bittet, den Absatz über den Holocaust laut vorzulesen, schaue ich wieder in mein Heft. Ich denke an meine Zeichenblöcke, die zu Hause in der obersten Schreibtischschublade liegen. Meistens zeichne ich die Schlösser und Landschaften riesengroß, die Menschen dagegen winzig klein, sodass sie kaum auffallen – die Königin, den König und die kleine blonde Prinzessin. Meine Mom war Künstlerin, und ich frage mich zum millionsten Mal, was sie wohl über meine Bilder zu Hause und meine Zeichnungen in den Schulheften denken würde und was sie selbst in meinem Alter gezeichnet hat. Als ich noch klein war, hat sie ein Bild extra für mich gemacht. Darauf ist unser Planet zu sehen, voller Bäume und lächelnder Tiere. Hinter der Erde ist der Himmel, an dem das erste Tageslicht dämmert, und ganz oben fliegt ein Vogel, den sie rot, gelb und blau gemalt hat.

Das Bild hängt an der Wand neben meinem Bett. Jeden Abend beim Einschlafen schaue ich es an, besonders den Vogel. Jeden Morgen ist es das Erste, was ich beim Aufwachen sehe.

Finn schreibt die Namen von europäischen Städten an die Tafel. Ich schlage eine leere Seite auf. »Ich möchte mit euch über Menschen reden, die an diesen Orten ihr Leben aufs Spiel gesetzt haben, um Juden bei ihrer Flucht vor den Nazis zu helfen«, beginnt Finn. Er setzt sich auf den Schreibtisch und wartet, bis wir alles abgeschrieben haben.

Als ich fertig bin, schaue ich ihn an. Wie immer wirkt er sehr entspannt. Sein weißes Hemd steckt ordentlich in seiner dunklen Jeans, und in der Hand hält er einen speziellen roten Stift für die Tafel.

»Diese Leute mussten *geheimhalten,* dass sie Mitglieder des Widerstandes waren.«

Er geht zur Tafel und schreibt das Wort, das er betont hat, ganz oben hin.

Ich zeichne noch eine Prinzessin und kritzle einen gezackten Kreis drum herum.

»Stellt euch vor, ihr müsstet ein großes, lebensbedrohliches Geheimnis vor euren Freunden, euren Nachbarn und vielleicht sogar vor eurer eigenen Familie geheimhalten«, fährt Finn fort.

Ich bücke mich und hole einen goldenen Glitzerstift aus dem Rucksack. Seine Frage führt mich weg vom Holocaust, und ich denke stattdessen daran, wie ich in der Grundschule jahrelang in der Pause alleine auf den Stufen gesessen und den anderen beim Spielen zugeschaut habe. Ich zeichne goldene Flammen um den gezackten Kreis. Das Feuer schließt die Prinzessin ein und sie erstickt.

Die Uhr an der Wand tickt und irgendjemand hinter mir hustet. Ansonsten ist die Klasse still.

»Grayson? Was meinst du dazu?«, fragt Finn schließlich. Wenn keiner sich meldet, ruft er meistens mich auf. Wahrscheinlich weil ich immer irgendetwas zu sagen weiß. »Wie würdest du dich fühlen«, fährt er fort, »wenn du nach außen hin ein normales Leben führst und dabei Tag für Tag ein gefährliches Geheimnis für dich behalten müsstest?«

Ich versuche, so ruhig wie immer zu wirken, aber mein Herz fängt an zu rasen. Unentschlossen starre ich auf mein Heft.

»Ich nehme an, ich würde mich vorsichtshalber von anderen fernhalten«, platze ich heraus. Finn wartet darauf, dass ich weiterspreche, aber ich hoffe, dass er vielleicht jemand anderen aufruft.

»Kannst du das genauer erklären?«, fragt er.

Wieder rücke ich mein Schweißband zurecht. Es fühlt sich feucht an.

»Na ja«, sage ich. »Ich würde mich von anderen fernhalten, weil ich Angst hätte, aus Versehen mein Geheimnis auszuplaudern.« So wie ich es sage, hört es sich eher wie eine Frage an. Ich spüre, wie meine Ohren rot werden, und streiche mein Haar glatt, damit man sie nicht sieht.

Die Klasse schweigt. Ich schaue auf meine Glitzerstifte, die Stille hört gar nicht mehr auf.

»Okay«, sagt Finn langsam. Nach einer Sekunde fügt er hinzu: »Interessant. Möchte jemand etwas zu Graysons Vorschlag sagen?«

Ich weiche seinem Blick aus, meine Augen schweifen über die Gesichter meiner Klassenkameraden, die ich schon seit dem Kindergarten kenne.

Zuerst schaue ich nur die Dinge an, nicht die Menschen. Haileys dünnen Zopf, der an der Seite herabhängt und unten von einem dieser kleinen herzförmigen Haarclips zusammengehalten wird. Megans pinkfarbenen Rucksack auf dem Boden neben ihrem Pult. Die glänzenden Holzbänke.

Dann richte ich meine Aufmerksamkeit bewusst auf die Schüler, zum Beispiel auf Ryan, der ein totaler Idiot ist. Er sitzt in meiner Reihe, auf der anderen Seite des Gangs. Als er in meine Richtung blickt, schaue ich weg. Direkt neben mir sitzt Lila, die gerade dabei ist, ihre langen braunen Haare hochzustecken. Sie wirkt eher zurückhaltend, aber bei den Mädchen hat sie das Sagen. Dann fällt mein Blick auf Amelia, die erst letzte Woche an unsere Schule gekommen ist. Sie sieht aus, als würde sie in die Highschool gehen und nicht in die sechste Klasse. Ihre langen rötlichen Haare fallen über ihren Busen. Langsam hebt sie die Hand.

Sie tut mir ein bisschen leid, denn sie scheint sehr nervös zu sein. Bestimmt ist es nicht leicht, mitten im Jahr an eine neue Schule zu kommen, besonders nicht an unsere, wo die meisten von Anfang an in einer Klasse zusammen waren.

»Ich würde mit sehr vielen Leuten Freundschaft schließen«, sagt sie leise, als Finn sie aufruft. »Sich von anderen fernhalten könnte Verdacht erregen. Ich würde einfach versuchen, mich ganz normal zu verhalten, so wie alle anderen auch.« Ihre blassen, sommersprossigen Wangen röten sich.

»Also«, sagt Finn. »Da ist zum einen Graysons Vorschlag, sich von allem abzuschotten, und da ist Amelias Idee, sich mit möglichst vielen Leuten zu umgeben, um keinen Verdacht zu erregen.« Neben das Wort *geheimhalten* schreibt er in seiner schnellen, etwas krakeligen Handschrift *Isolation vs. Integration*.

Ich schaue zur Uhr. Die Zeit ist fast um, ich kann es kaum erwarten, dass die nächste Stunde anfängt. Rasch schreibe ich die letzten Worte von der Tafel ab. Die Glocke läutet und ich stehe mit den anderen auf.

»Wir werden morgen weiter darüber sprechen«, ruft Finn über das Rascheln der Hefte hinweg. Er blickt in meine Richtung.

Ich konzentriere mich auf meine Schuhe und gehe zur Tür.

KAPITEL 2

NACH UNTERRICHTSSCHLUSS VERLASSE ich sofort die Schule, so wie immer. Andere Kinder haben noch Wahlkurse oder Sport, ich nicht. Onkel Evan, Tante Sally und meine Lehrer haben immer wieder auf mich eingeredet, in den Debattierclub oder den Chor oder sonstwohin zu gehen, aber irgendwann haben sie es aufgegeben und mich in Ruhe gelassen. Ich habe keine Lust, vor Publikum über irgendein Thema zu diskutieren, und obwohl ich eine ziemlich gute Stimme habe, werde ich garantiert nicht im Chor mitsingen.

Auf dem Weg zum Bus sehe ich mich um. Die Straßen sind leer und vor der Schule ist es ziemlich ruhig. Ich atme durch. Jack spielt in der Herbstsaison Football und Brad geht mit ein paar Freunden aus der zweiten Klasse zum Nachmittagsclub, sie kommen also erst später heim. Zum Glück sind wir die Einzigen, die mit dem 60er-Bus nach Hause fahren, und wenn Jack und Brad nachmittags in der Schule bleiben, sitzt niemand im Bus, den ich kenne.

Mein gelbes T-Shirt ist am Rücken durchgeschwitzt, deshalb setze ich mich an der Haltestelle auf die Bank im Schatten und rutsche bis zur Kante vor, damit mein Riesenrucksack zwischen mich und die Lehne passt. Ich schleppe Bücher mit nach Hause, die ich eigentlich nicht brauche, aber wenn ich einfach alles mitnehme und in den Rucksack packe, bin ich nach der Schule schneller draußen. Ich blinzle in die Sonne und meine Gedanken wandern zum Widerstand gegen die Nazis.

Die Straße vor meinen Augen löst sich in Nichts auf und ich sehe stattdessen ein junges Mädchen in meinem Alter. Es kauert allein auf einer schmutzigen Decke im dunklen, kalten Keller des Hauses, in dem ich mit meinen Eltern wohne. Sobald die Welt schläft und ich zu dem Versteck schleichen kann, klopfe ich leise an die Kellertür und bringe etwas zum Anziehen und ein Stück altes Brot, das wir übrig haben. Das Mädchen ist dünn und zittert vor Kälte. Ich schaue in ihre tiefen, dunklen Augen und gebe ihr mein graues Wollkleid.

»Hey, Grayson«, sagt eine leise Stimme. Mein Kopf schnellt hoch. Amelia steht neben der Bank. Sie sieht mich fragend an. »Nimmst du den 60er?«

Ich springe auf und stoße versehentlich mit der Schulter gegen ihre Brust. Oh mein Gott.

»Tut mir leid«, murmle ich. Sie senkt den Blick und macht einen kleinen Schritt zurück. »Ja. Ähm, du auch?«, frage ich nervös.

Sie wird rot.

»Ja, wir wohnen am Ende der Randolph Street, gegenüber vom See.«

»Echt? Welche Adresse?«

»Nummer hundertfünfundzwanzig«, antwortet sie.

»Ich wohne direkt gegenüber.« Vom Fenster unseres Esszimmers kann man das Haus sehen, in dem Amelia wohnt.

»Oh, cool. Ich fahre heute zum ersten Mal mit dem Bus«, sagt sie. »Meine Mom hat mich bisher mit dem Auto hergebracht. Sie meinte, sie würde mich so lange fahren, bis ich mich eingewöhnt habe. Reizend! Sie glaubt echt, damit könnte sie alles wiedergutmachen ...« Amelias Worte klingen sarkastisch und sie beendet den Satz nicht. Sie streicht ihr rotes Haar zurück. Der warme Wind umweht uns und wird sogar noch heißer, als der 60er-Bus vor uns hält.

Mir fällt nichts ein, was ich sagen könnte, also ringe ich mir nur ein Lächeln ab und fische meine Fahrkarte aus dem Rucksack. Amelia öffnet den Reißverschluss ihrer Umhängetasche, holt eine kleine, knallpinke Geldbörse heraus und kramt ihre nagelneue, unbenutzte Fahrkarte hervor. Wir steigen in den Bus und ich gehe sofort zu einem leeren Sitzplatz. Als der Bus anfährt, folgt Amelia mir schwankend und setzt sich neben mich. Ich starre zum Fenster hinaus auf die vorbeifahrenden Lastwagen und Autos.

Die Busfahrt dauert nicht lange, es wird also bald vorbei sein. Aus dem Augenwinkel sehe ich, dass Amelia mich anschaut. Ich wette, sie will Freunde finden. Niemand möchte gerne einsam sein – es sei denn, ihm bleibt nichts anderes übrig. Es sei denn, er hat keine andere Wahl. Ich hole tief Luft und drehe mich zu ihr.

»Und, wie findest du unsere Schule?«

Sie wirkt erleichtert.

»Ganz okay«, erwidert sie. »Es ist schwer zu sagen. Bisher ist alles genauso wie an meiner alten Schule.«

Ich nicke.

»Woher kommst du?«

»Boston«, antwortet sie. »Meine Mom wurde befördert, deshalb sind wir umgezogen.«

»Oh.« Ich schaue auf Amelias Hände und überlege krampfhaft, was ich noch sagen könnte. Ihre Fingernägel sind genauso abgekaut wie meine. Ich spüre, wie sie neben mir durchgerüttelt wird, als der 60er-Bus über die Straße rattert. Einige Minuten lang sitzen wir schweigend da, und ich tue so, als würde ich total interessiert aus dem Fenster schauen.

»Hier müssen wir raus«, erkläre ich ihr, als der Bus langsamer wird. Gemeinsam stehen wir auf und gehen zum Ausgang. Die Türen öffnen und schließen sich wieder hinter Amelia und mir. An der Straßenecke bleiben wir stehen und verabschieden uns mit einem »Bis morgen«. Dann geht sie weiter.

Ich überquere langsam die Straße und richte den Blick auf meine Schuhe. Abgesehen von kurzen Gesprächen über den Unterricht war das wahrscheinlich die längste Unterhaltung, die ich seit der zweiten Klasse mit jemandem aus der Schule geführt habe.

Auf der anderen Straßenseite angekommen, drehe ich mich noch einmal um und sehe, wie Amelia in ihrer Eingangstür verschwindet, dann gehe ich selbst ins Haus.

Im fünfzehnten Stock schließe ich die Tür zu unserem leeren Apartment auf. Drinnen ist es kühl, die Klimaanlage summt vor sich hin. Ich gehe in mein Zimmer, schließe die Tür und stelle mich vor den Spiegel. Vom Tragen meines vollgestopften grauen Rucksacks tun meine Schultern weh. Ich schaue mir im Spiegel dabei zu, wie ich den Rucksack ans Fußende des Betts fallen lasse.

Mein Haar, das bis über die Ohren reicht, ist vom Wind ganz zerzaust. Ein paar Strähnen haben sich aus dem weißen Schweißband gelöst. Ich nehme es ab, greife nach der Bürste auf meinem Tisch und kämme die Knoten aus. Dann streife ich das Schweißband wieder über, damit es wie ein Reif die Haare aus dem Gesicht hält. Aber ich weiß, dass ich es so nicht lassen kann, also nehme ich es wieder ab und werfe es aufs Bett, wo es fast lautlos landet, obwohl ich es richtig weggeschleudert habe. Forschend mustere ich mein dichtes, glattes sandblondes Haar und meine blauen Augen. Ich bin so dünn, dass ich in meiner gelbglänzenden Basketballhose und dem T-Shirt fast versinke, aber mein Kinn ist nicht mehr so spitz wie früher und meine Schultern zeichnen sich inzwischen deutlicher unter meinem Shirt ab. Ich schaue auf meine Hände und denke an Jacks Hände und an die von Onkel Evan, und dann denke ich rasch an etwas anderes.

Ich starre in den Spiegel und versuche, noch einmal das zu sehen, was ich heute Morgen beim Anziehen gesehen habe – das lange, goldglänzende Kleid und das Mädchen, das dieses Kleid anhatte –, aber das Bild hat sich bereits aufgelöst. Ich habe schon damit gerechnet. Seit ich in der sechsten Klasse bin, passiert das jeden Tag. Meine Vorstellungskraft ist nicht mehr so groß wie früher. Die Basketballhose und das T-Shirt, die ich anstelle des wunderschönen Kleids im Spiegel sehe, sind schrecklich langweilig.

Ich kann beinahe hören, wie das Blut durch meine Adern rauscht. Tante Sally und Onkel Evan haben mir gesagt, dass ich furchtbare Wutausbrüche hatte, als ich hierher zu ihnen kam. Ich habe Vorhänge von den Fenstern gerissen, meinen Schreibtischstuhl durchs Zimmer geschleudert und alles zerschmettert, was mir in die Finger kam. Alles, bis auf die alten Spielsachen und Bilder auf meinem Bücherregal. Es waren die einzigen Dinge, die ich unangetastet ließ.

Der Drang, meinen Gefühlen Luft zu machen, überwältigt mich auch jetzt wieder. Ich würde am liebsten irgendetwas in den Spiegel werfen, bis ich darin zu einer Million Einzelteile zerspringe. Aber ich bleibe starr vor meinem Spiegelbild stehen und befehle mir, zu atmen und mich mehr anzustrengen.

Langsam drehe ich mich um die eigene Achse. Meine weiten Hosenbeine bauschen sich wie Segel auf. Ich sehe mir selbst dabei zu. *Es ist und bleibt eine Hose*, und bei dem Gedanken wird meine Brust ganz eng.

Ich drehe mich wieder, nicht wie eine anmutige Prinzessin, sondern wie ein Tornado. Vor lauter Drehen wird mir schon ganz schlecht. Mir ist schwindelig, aber das kümmert mich nicht. Wie durch das Schwenken eines Zauberstabs, der Glitzerstaub nach sich zieht, verschwimmt das Gold, und mein Blut rauscht noch heißer und der Luftzug bauscht Hose und T-Shirt auf und verwandelt sie in ein Kleid, so wie all die Jahre zuvor.

Ich hole tief Luft. Meine Augen brennen, weil ich weiß, dass mein erfundenes Kleid nicht sehr lange halten wird. Ich setze mich an meinen Schreibtisch und öffne die obere Schublade. Das Schloss auf meinem Zeichenblock ist fast fertig. Ich spitze meinen grauen Buntstift, beuge mich über den Zeichenblock und schraffiere die weißen Stellen. Ich zeichne den König und die Königin im Garten, wie sie sich an den Händen halten. Dann male ich ins oberste Fenster des Schlosses, so klein, dass man sie kaum sehen kann, die blonde Prinzessin.

Plötzlich fliegt meine Zimmertür auf und Jack stürmt herein. Schnell schlage ich meinen Zeichenblock zu. Ich hatte gar nicht gehört, wie die anderen heimgekommen sind.

»Komm zum Abendessen, Loser«, sagt er zu mir.

Benommen stehe ich auf. *Ich bin Cinderella.* Ich folge meinem bösen Stiefbruder ins Esszimmer und trage dabei ein goldenes Kleid, das nur ich allein sehen kann.

KAPITEL 3

DIE WARMEN OKTOBERTAGE VERBLASSEN zu einem faden November. Draußen vor den frisch geputzten Fenstern der Schule klammern sich noch einige Blätter an die Zweige. Sie leuchten feurig orange, rot und gelb vor einem grauweißen Himmel. Sie sind wie kleine Flammen, die an Bäumen hängen – wie etwas, das man sonst nur auf einem Gemälde sieht.

Ich sitze an meinem Platz und kritzle den Rand meiner Schulhefte voll.

»Heute fangen wir mit einem neuen Lesestoff an«, sagt Finn. Ich schaue hoch und sehe, wie er begeistert einen Stapel Bücher vom Regal zu seinem Pult trägt.

»Müssen wir darüber einen Aufsatz schreiben?«, ruft Lila. Sie sieht sich im Klassenzimmer um, will wissen, ob sie auch wirklich alle Blicke auf sich zieht. Das tut sie, mehr oder weniger.

»Gute Frage, Lila, vielen Dank«, erwidert Finn lächelnd. »Die Antwort lautet: Ja!«

Alle stöhnen.

Meagan, die direkt vor mir sitzt, streicht ihre dünnen schwarzen Haare hinter die Ohren und starrt Lila an, die immer noch nach Aufmerksamkeit sucht. Meagan wirkt interessiert, scheint aber auch verärgert zu sein. Sie und Lila sind schon seit Ewigkeiten beste Freundinnen. Plötzlich frage ich mich, was sie wohl wirklich von ihr hält.

»Unsere Lektüre bietet jede Menge Diskussionsstoff«, fährt Finn fort. »Ab jetzt werden alle meine Schüler sich bis zum Ende des Jahres zu Paaren zusammentun. Ihr seid die Ersten und dürft deshalb die Tische anordnen, wie ihr wollt. Bildet Zweiergruppen, damit ihr einen Diskussionspartner habt.«

Ich hebe rasch den Kopf, dann senke ich den Blick sofort wieder. Meine Hände werden feucht.

»So«, fährt Finn fort, »jetzt hoch mit euch und sucht einen Partner! Dann schiebt ihr eure Tische zusammen und stellt sie in Reihen auf.«

Inzwischen muss er fast schreien, weil es in der Klasse so laut ist. Man könnte fast meinen, jemand hätte eine Piñata aufgeschlagen und alle würden wie verrückt nach den Süßigkeiten schnappen. Alle, außer mir. Ich erhebe mich langsam, bleibe aber an meinem Platz stehen. *Was soll die Aufregung?*, würde ich am liebsten rufen. Aber ich bin wie erstarrt.

Es ist ja nicht das erste Mal. Die Lehrer an unserer Schule verlangen andauernd, dass wir für irgendwelche Projekte in Zweiergruppen arbeiten und uns für Diskussionen zu Gruppen zusammenfinden. Inzwischen weiß ich, was ich tun muss. Ich bleibe einfach stehen und sehe zu, wie die anderen sich verrückt aufführen. Sie sehen dabei total bescheuert aus. Ich warte, bis der Lehrer am Ende vorschlägt, dass ich mich mit Keri oder Michael oder sonst jemandem, der übrig geblieben ist, zusammentue.

Auf der anderen Seite des Klassenzimmers winkt Ryan Sebastian zu sich. Hailey und Lila schieben bereits ihre Bänke zusammen und lachen über irgendetwas. Amelia steht in der Mitte und schaut sich nervös um. Im Bus sitzt sie jetzt immer neben mir. Ich werde plötzlich ganz zappelig. Amelia sagt etwas zu Maria, dann blickt sie mit rotem Gesicht zu Boden. Nach einem Augenblick hebt sie erneut den Kopf und schaut sich um. Sie scheint den Tränen nahe.

Jetzt kommt sie auf mich zu. Mein Herz fängt an zu rasen. Diesmal läuft nichts so wie sonst. Der Lärm um mich herum verstummt, als hätte jemand den Lautstärkeregler am Radio heruntergedreht. Jetzt höre ich nur noch ein nerviges Summen. Plötzlich beobachte ich mich dabei, wie ich sonst die Klasse beobachte. Als sei ich ein Vogel, der auf einem der hohen Holzregale kauert, die sich an den Wänden reihen. Ich sehe mich unten stehen und auf meine Unterlippe beißen und ungeschickt das übergroße graue Sweatshirt losbinden, das ich mir um die Hüfte geschlungen habe. Ich sehe, wie ich mit gesenktem Kopf das Sweatshirt neu zurechtrücke und daran ziehe, damit es meine Hüfte ganz bedeckt. Ich sehe, wie ich auf den schmalen Spalt vorne starre. Für einen Rock ist das Sweatshirt nicht groß genug. Und während ich oben auf dem Regal sitze, bemerke ich plötzlich, dass ich selbst beobachtet werde wie ein Vogel im Käfig. Ich schaue hinüber zu Finn. Er sitzt auf seinem Pult und hat den Kopf zur Seite gelegt. Er blickt auf mein Sweatshirt und dann in meine Augen.

Mit einem Plumps lande ich wieder auf dem Boden des Klassenzimmers. Amelia steht vor mir. Die Lautstärke ist wieder aufgedreht. Bänke und Stühle werden quietschend über den Boden geschoben.

Amelia blickt mich unsicher an.

»Ähm, hast du schon einen Partner?«, will sie wissen.

»Nein«, murmle ich.

»Wollen wir uns zusammentun?«, fragt sie rasch.

Mir fällt kein Grund ein, Nein zu sagen, also nicke ich zögernd.

»Ja, okay.«

Wir schieben unsere Tische bis ganz nach hinten ins Klassenzimmer, noch hinter Ryan und Sebastian, und setzen uns. Finn wirbelt durch den Raum und dirigiert die Zweiergruppen mal hierhin, mal dorthin. Ich glätte meine Haare und starre auf meine Fingernägel. Ich spüre förmlich, wie Amelia mich ansieht.

»Ich habe dich noch nie beim Mittagessen gesehen«, sagt sie. Ich zucke zusammen, ihre Stimme ist so laut, dass sie den Lärm der Klasse übertönt. »Hast du vielleicht zu einer anderen Zeit Mittagspause oder so?«

Ryan und Sebastian grinsen sich an und drehen sich zu uns um. Sebastian rückt seine Brille zurecht und sagt: »Seit der dritten Klasse verbringt er seine Mittagspausen nur noch in der Bibliothek.«

Ich versuche, keine Regung zu zeigen, und sehe Amelia stumm an. Sie errötet.

»Ach so«, erwidert sie leise.

»Jede Wette, er macht Fleißarbeiten«, sagt Ryan hämisch. »Dabei ist er doch sowieso schon der kleine Liebling aller Lehrer. Was für ein Freak.«

Ich starre wieder auf meine Fingernägel.

Finn steht vorne an der Tafel vor dem umgeräumten Klassenzimmer und fordert laut unsere Aufmerksamkeit ein.

Ryan und Sebastian schauen zur Tafel, und ich werfe Amelia aus dem Augenwinkel einen Blick zu. Ihre Wangen sind rosig und sie schaut starr geradeaus.

»Wir haben nur noch eine Minute«, sagt Finn, als die Klasse endlich zur Ruhe gekommen ist. »Hier sind eure Bücher. Bitte lest bis morgen die ersten drei Kapitel.« Er zählt laut die Reihen durch und gibt dann die Bücherstapel weiter.

Sebastian reicht zwei Bücher an mich weiter, ohne sich dabei umzudrehen. Ich gebe eines davon Amelia und sie steckt es in ihren Rucksack. Ich mache das Gleiche.

Die Glocke läutet. Als Ryan und Sebastian außer Hörweite sind, dreht Amelia sich zu mir um und sagt fast flüsternd: »Ich finde, wir sollten uns nach der Fünften in der Cafeteria treffen. Dann könnten wir zusammen essen.«

Plötzlich muss ich an die zweite Klasse denken, als Emma noch nicht weggezogen war und wir immer an einem Tisch in der Ecke gemeinsam Mittag gegessen haben. Ich schaue in Amelias rundes Gesicht mit den Grübchen.

Ich merke, wie ich wieder aus mir heraustrete.

»Okay«, sage ich, ohne es eigentlich zu wollen. »Ich warte dort auf dich.«

KAPITEL 4

ICH BIN SCHON SEIT EWIGKEITEN NICHT mehr in der Cafeteria gewesen. Dort tobt ein Höllenlärm. Kein Wunder, fast die ganze Schule findet sich hier ein. Überall herrscht Chaos. Schüler beugen sich über Tische, werfen mit zusammengeknüllten Papiertüten, stehen auf, setzen sich, rufen, lachen. Der Geruch von lauwarmem Essen und alten Sandwiches ist eklig. Ich schau zu dem Tisch mit Siebtklässlern, um rauszufinden, ob Jack da sitzt, aber zum Glück ist er nirgendwo zu sehen.

Die Cafeteria ist hoch, und drei Wände haben lange, rechteckige Fenster, durch die grelles Sonnenlicht hereinfällt. Die Geräusche flippern wie eine Million unsichtbarer Ping-Pong-Bälle vom Boden zur Decke hoch, zu den Fenstern und Tischen und wieder zurück.

Ich stehe an der Tür und fühle mich total krank. Ich überlege, wo Jack wohl ist. Der Riemen meines Rucksacks schneidet in meine Schulter. Es ist kaum zum Aushalten. Ich mache kehrt, um in die Bibliothek zu gehen.

Aber schon nach dem ersten Schritt renne ich fast in Amelia rein.

»Gut, da bist du ja«, sagt sie. »Komm mit.« Sie geht voraus, in die Cafeteria. Ich schaue mich noch einmal kurz um, dann folge ich ihr.

Langsam geht sie den Mittelgang entlang und schaut sich jeden Tisch genau an, bis sie schließlich an einem fast leeren Tisch ganz weit hinten stehen bleibt. Lila, Meagan, Hannah und Hailey sitzen in einem kleinen Grüppchen in der Mitte des langen Tisches. Sie haben ihre Brotboxen vor sich stehen und das Essen auf dem Tisch ausgebreitet.

»Setzen wir uns hierher«, sagt Amelia rasch und stellt ihren Rucksack am Rand des Tischs ab. »Kaufst du dir was zum Essen?«

Ich rutsche auf die Bank und öffne den Reißverschluss meines Rucksacks.

»Nein, ich habe mir was mitgebracht.« Ich nehme die Tüte heraus, die Tante Sally für mich gestern Abend gepackt hat.

»Ja, ich auch«, sagt Amelia und holt eine pinkfarbene Brotdose aus ihrem Rucksack. »Hier würde ich nie was Warmes essen.« Sie wirft einen kurzen Blick auf die Mädchen und sieht mich dann wieder an.

Ich folge ihrem Beispiel, um herauszufinden, was so interessant ist, aber die Mädchen sitzen nur da, essen und reden.

»Ja, ich auch«, sage ich und lächle ein bisschen. Ich sehe zu, wie sie ihr Sandwich auspackt. Sie beißt hinein, und ich frage mich, mit wem sie sonst zu Mittag gegessen hat. Wahrscheinlich mit niemandem.

Ich habe ein flattriges, hohles Gefühl im Magen. Bis zur zweiten Klasse haben Emma und ich jeden Tag zusammen zu Mittag gegessen. Auf der anderen Seite der Cafeteria sitzen ein paar Jungs aus der Achten an dem Tisch in der Nähe der Glastür, wo wir beide früher immer gesessen haben.

Als mein Blick an ihnen vorbei auf den leeren Pausenhof fällt, muss ich an unsere Freundschaftsbänder aus bunten Fäden denken und daran, wie Emma sich immer das T-Shirt in die Jeans gestopft hat, bevor wir kopfüber von den Klettergerüsten baumelten. Bei dem Gedanken an ihre wirren blonden Haare, die rot geränderte Brille und ihre Zahnlücken muss ich lächeln.

Ich habe das Gefühl, nicht hierher zu gehören, in diesen überfüllten Raum voller Geschrei und Lachen, aber ein Teil von mir – der Teil, der sich fragt, wie es Emma in Florida jetzt wohl geht, falls sie überhaupt noch dort wohnt – ist froh, hier zu sein.

Ich beiße in mein Sandwich, kaue langsam und überlege, was ich zu Amelia sagen könnte. Ihr Blick hüpft von einer Gruppe Sechstklässler zur nächsten, ehe er wieder zu Lila, Meagan und Hailey zurückkehrt. Diesmal lächelt sie. Als ich ihren Blicken folge, sehe ich, dass Lila ihr zuwinkt.

Amelia dreht sich um, sieht mich strahlend an und beißt wieder in ihr Sandwich.

»Ich finde es echt cool, dass Finn uns selbst unsere Partner aussuchen lässt«, sagte sie mit vollem Mund. »An meiner alten Schule durften wir das nie.«

»Ja«, sage ich, während ich in meiner Tüte nach der Wasserflasche krame. »Das macht er immer so.«

»Das ist toll«, sagt sie und reißt eine Tüte Bretzeln auf.

Sie fängt an, mir von Boston zu erzählen, und ich würde gerne wissen, ob sie in ihrer alten Schule viele Freunde hatte. Es kommt mir vor, als würde ich mich mit Amelia in einer Seifenblase befinden, an der das grelle Licht, der Lärm und die Gerüche abprallen.

Amelia redet immer noch, als die Pausenaufsicht an unserem Tisch vorbeikommt und uns auffordert, uns für die sechste Stunde an der Glastür aufzustellen.

Es ist ein merkwürdiger Gedanke, dass das Leben in der Cafeteria all die Jahre ohne mich weitergegangen ist, während ich ganz allein in der Bibliothek gegessen habe. Wieder frage ich mich, ob ich nicht einen Fehler mache. Aber dann lächle ich Amelia an, verstaue den Rest meines Mittagessens im Rucksack und folge ihr zur Tür.

Nach der Schule halte ich am Bushäuschen nach Amelia Ausschau. Sie kommt ein paar Minuten nach mir und wir steigen gemeinsam in den 60er Bus. Wir sitzen jetzt immer nebeneinander.

»Und was machst du so nach der Schule?«, platze ich heraus, dann schaue ich schnell aus dem Fenster. Ich will ihre Reaktion gar nicht sehen.

Ihr scheint die Frage aber nichts auszumachen.

»Außer Fernsehen und Hausaufgaben nicht viel. Meine Mom kommt ungefähr um sechs nach Hause und dann essen wir zu Abend.«

Ich stelle mir Amelia allein in ihrer schicken Marmorwohnung vor, und plötzlich tut sie mir leid. Es hört sich einsam an. Ich schaue in ihre Augen, um zu herauszufinden, ob sie wohl traurig ist.

»Wo wohnt dein Dad?«, frage ich sie.

»In der Nähe von Boston. Früher habe ich ihn jedes Wochenende besucht, aber jetzt, wo wir umgezogen sind, gehe ich nur noch in den Sommerferien zu ihm.« Sie sagt es, als würde sie über Mathehausaufgaben reden, als wäre es nichts Besonderes.

»Magst du ihn?«, frage ich sie.

»Wenn wir allein sind, ist er lieb, aber ich kann seine neue Frau nicht ausstehen. Außerdem habe ich zwei kleine Stiefschwestern, die einfach perfekt sind und nie was falsch machen.« Sie redet jetzt schneller. »Die beiden sind fünf und sieben und total verwöhnt. Und seine neue Frau nörgelt ständig und ist echt schrecklich. Ich kann sie alle kein bisschen leiden.« Sie spuckt den letzten Satz aus wie einen alten, widerlichen Kaugummi.

»Oh.« Ich schaue sie an. Bei jedem Ruckeln des Buses hopst sie im Sitz auf und ab. Sie trägt altmodische Jeans, eine dunkelpinkfarbene Fleece-Jacke und hat die Arme verschränkt, als wolle sie sich selbst festhalten. Ich stelle mir zwei perfekte kleine Mädchen in perfekt zueinander passenden Kleidchen vor, und weiß genau, dass Amelia sich wie eine Außenseiterin fühlt. Damit kenn ich mich aus.

Ich drehe mich zum Fenster, kneife die Augen zu und denke an die anderen in der Cafeteria, wie sie zusammensitzen und sich um ihre gemeinsamen Geheimnisse scharen.

Schließlich hole ich tief Luft und sage zu Amelia: »Magst du am Wochenende mit mir shoppen gehen? In Lake View gibt es einen tollen Secondhand-Laden, den ich mir schon immer mal anschauen wollte.«

Den Kopf zur Seite geneigt, schaut Amelia mich kurz an. Sie wirkt neugierig und überrascht.

»Echt jetzt?«, fragt sie.

»Ja!« Ich bin aufgeregt, versuche es mir aber nicht anmerken zu lassen. »Unsere Au-Pair hat uns früher immer dorthin mitgeschleppt, aber ich bin schon ewig nicht mehr da gewesen. Ich brauche Wintersachen.« Vor der Haltestelle wird der Bus langsamer. Wir stehen auf, gehen zur Tür und steigen aus. »Meine Tante und mein Onkel geben mir meist einfach das Geld und lassen mich alleine einkaufen gehen. Es ist ihnen egal, was ich damit mache.« Ich bin selbst von meinen Worten überrascht. Dabei weiß ich nicht genau, ob das wirklich so ist.

Schweigend sieht Amelia mir in die Augen, während der Bus weiterfährt. Sie streicht sich das Haar aus dem Gesicht.

»Du lebst bei deiner Tante und deinem Onkel?«

»Ja.« Ich vergrabe die Hände in meinen Taschen und schaue die Straße entlang, um Amelia nicht ansehen zu müssen. »Hör zu, ich muss jetzt nach Hause. Frag deine Mom, ob du mitkommen kannst. Morgen oder am Sonntag. Mir egal, wann. Ruf einfach an. Du hast doch die Nummer von der Klassenliste, oder?«

»Ja«, sagt sie. Dann leuchtet die Ampel auf und ich überquere schnell die Straße. Mein Riesenrucksack prallt bei jedem Schritt gegen meinen Rücken. Es fühlt sich an, als würden zwei kräftige Hände meine Schultern nach unten drücken. Am Ende des Wohnblocks hat der Wind vom See aufgefrischt und heult zwischen den hohen Gebäuden wie die Sirene eines Krankenwagens. An der Ecke drehe ich mich um und schaue durch meine langen, vom Wind zerzausten Strähnen zu Amelia. Sie steht noch genauso da wie eben. Langsam hebt sie die Hand und winkt. Ich lächle kurz, dann drehe ich mich um und gehe nach Hause.

KAPITEL 5

ICH SCHLIESSE DIE TÜR ZU UNSERER verlassenen Wohnung auf, verziehe mich sofort in mein Zimmer und werfe meinen Rucksack aufs Bett. Aus dem Augenwinkel betrachte ich mich im Spiegel. Meine schwarze Jeans ist eine Jeans. Mein übergroßes, langärmeliges T-Shirt ist ein T-Shirt. Das Mädchen in Leggins und Kleid, das ich mir heute Morgen mit aller Kraft herbeigewünscht hatte, war bereits verschwunden, kaum dass ich mit dem Frühstück fertig war. Ich schlage die Tür hinter mir zu und gehe in die Küche, um ein Müsli zu essen. *Du bist schon zu alt, um dir selbst etwas vorzumachen*, ermahne ich mich.

Ich verdränge den Gedanken an das, was ich gerne im Spiegel sehen würde, und grüble stattdessen über mein Gespräch mit Amelia nach. Ich frage mich, ob sie mich anrufen wird. Vielleicht kann ich ja wieder eine echte Freundin haben. Zum ersten Mal seit Langem denke ich an Emmas Wohnung und daran, wie ihre Mom uns an dem hölzernen Kindertisch im Wohnzimmer das Essen serviert hat. Ich erinnere mich an die pinkfarbenen Plastikteller mit Makkaroni und Käse und an die kleinen Tetra-Paks mit Saft. Mein Körper fühlt sich merkwürdig an, als gehöre er zu jemand anderem, und ich schaudere bei dem Gedanken, dass ich einen Riesenfehler machen könnte.

Ich nehme mein Müsli mit in mein Zimmer, aber diesmal vermeide ich es, in den Spiegel zu schauen. Stattdessen hole ich meinen Zeichenblock und die Farbstifte hervor und konzentriere mich auf die Blumenwiese, an der ich zurzeit arbeite. Ich zeichne die Blüten auf ihren Stängeln – jede ein kleines bisschen anders als die anderen. Ich überlege noch, ob ich zwei Mädchen in die Wiese malen soll, als ich höre, wie die Eingangstür aufgeht und Jack und Brad miteinander reden. Rasch schließe ich die Schublade, krame mein Mathebuch aus dem Rucksack und fange mit den Hausaufgaben an. Ich schaue auf die Uhr. Tante Sally und Onkel Evan werden auch bald da sein.

Es klopft an meiner Tür, dann steckt Brad den Kopf herein.

»Hi, Grayson«, sagt er durch den Spalt. »Was machst du gerade? Ich muss dir was zeigen.«

»Cool, was denn?«, frage ich und lege den Stift weg. Er kommt her und stellt sich vor mich hin, sodass unsere Nasen sich fast berühren, dann öffnet er den Mund.

»Rate mal«, sagt er, so gut er es mit aufgerissenem Mund kann. »Was ist anders?«

Ich spähe in seinen Mund.

»Sieht aus, als würde ein Zahn fehlen«, sage ich. Brad grinst und zieht eine kleine rote Plastikschatztruhe aus seiner Tasche. Er öffnet sie und zeigt sie mir. Ich weiß noch, wie ich damals auch so ein Ding von der Schulschwester bekommen habe. »Das ist ja toll«, sage ich, obwohl der Zahn eklig aussieht. »Verlier ihn nicht.«

Brad klappt die Schatztruhe zu.

»Das werde ich nicht.« Er steckt sie in die Tasche und geht zu meinem Buchregal. »Darf ich?«, fragt er. Ich nicke. Er nimmt meinen alten braunen Teddybären und den kleinen grünen und lässt sich damit auf mein Bett fallen.

»Was macht Jack?«, frage ich ihn. Brad zuckt nur die Schultern und zieht das T-Shirt des braunen Bären glatt. Vermutlich liegt Jack wieder einmal mit geschlossenen Augen auf der Couch und hört Musik. Ich löse meine Matheaufgaben, während Brad auf meinem Bett spielt. Schließlich höre ich, wie die Wohnungstür auf- und wieder zugeht. Dann sind die üblichen Geräusche der Abendessenszeit zu hören. Onkel Evan spricht mit Jack.

»Hast du keine Hausaufgaben?«, fragt er. Tante Sally redet vom Tischdecken.

Brad setzt die Bären vorsichtig ins Regal neben meine alten Bilderbücher und wir gehen gemeinsam ins Esszimmer. Auf dem blitzblanken Glastisch sind weiße Schachteln vom Chinesen verteilt. Onkel Evan will wissen, wie es in der Schule war und ob wir unsere Hausaufgaben gemacht haben. Die gleichen Fragen wie jeden Tag. Ich setze mich neben Brad und fange an, die Schachteln aufzumachen, während er Tante Sally, Onkel Evan und Jack stolz seine Schatzkiste und das Loch in seinem Mund präsentiert.

»Denk daran, den Zahn für die Zahnfee unters Kissen zu legen«, erinnert Onkel Evan ihn. Jack verdreht die Augen.

»Jack«, sagt Tante Sally scharf. Sie wirft ihm einen warnenden Blick zu. »Also«, fährt sie fort. »Was ist sonst noch Aufregendes passiert, abgesehen davon, dass Brad endlich seinen Zahn verloren hat?« Sie schaut uns erwartungsvoll an, aber keiner sagt etwas. Ihre Augen sehen müde aus. »Hör mal, Ev«, sagt sie, als wäre ihr gerade etwas eingefallen. »Meine Vermutung über Felix und dieses Mandat war absolut richtig. Hättest du das für möglich gehalten?«

»Ja«, sagte Onkel Evan. »Was ist denn passiert?«

Sie fangen an, über einen Rechtsfall zu diskutieren, während Brad mir zeigt, wie er den Strohhalm in die neue Zahnlücke stecken kann, um seine Milch zu trinken. Als er sie fast verschüttet, schimpft Onkel Evan und er hört auf. Ich starre durch die zimmerhohen Fenster auf das Gebäude, in dem Amelia wohnt, und auf den sich verdunkelnden Himmel.

Tante Sally ist gerade dabei, die Teller zu stapeln, als das Telefon klingelt. Jack springt auf und rennt in die Küche.

»Hallo?«, sagt er. Für einen Moment herrscht Stille, ehe er mit dem Telefon am Ohr zu uns ins Esszimmer kommt. Er hat sein dämliches Gesicht zu einem breiten, idiotischen Grinsen verzogen. »Wer ist da, bitte?«, fragt er mit blitzenden Augen. »Einen Moment, bitte«, säuselt er übertrieben höflich.

Das Telefon immer noch am Ohr, ruft er: »Ähm, Grayson, deine *Freundin* Amelia ist dran.«

Ich springe hoch.

»Halt die Klappe, Jack«, sage ich und strecke die Hand nach dem Telefon aus. Er macht keinerlei Anstalten, es mir zu geben. Hilfesuchend schaue ich zu Tante Sally und Onkel Evan, aber die sind so überrascht, dass sie abwechselnd mich und Jack anschauen.

»Jack, ist es wirklich für Grayson?«, fragt Onkel Evan schließlich.

Jack grinst.

»Im Ernst, es ist für ihn.«

»Warum gibst du ihm dann nicht das Telefon?«, fragt Brad und reißt damit Onkel Evan aus seiner Erstarrung.

»Ja, Jack, gib es ihm«, sagt mein Onkel mit einem Blick zu Tante Sally, die jetzt zufrieden lächelt.

Jack streckt langsam seinen Arm aus. Ich schnappe mir das Telefon, gehe damit in mein Zimmer und setzte mich auf die Bettkante.

»Hallo?«, flüstere ich.

»Hi, ich bin's, Amelia«, sagt sie. »Wer war das gerade?«

»Nur mein Cousin Jack. Achte nicht auf ihn. Er ist ein Vollidiot.«

»Ja, also wirklich«, sagt Amelia. »Wie alt ist er denn? Geht er an unsere Schule? Hast du ihm gesagt, dass ich nicht deine *Freundin* bin?«

»Wie bitte?«, frage ich zurück.

»Er hat mich deine *Freundin* genannt. Hast du ihm gesagt, dass ich das nicht bin?«

»Ähm, nein. Aber das werde ich noch.«

»Okay.« Sie hält inne. »Grayson?«

»Ja?« Erst jetzt fällt mir auf, dass ich das Telefon mit beiden Händen an mein Ohr presse. »Also ich hätte morgen Zeit. Wann willst du gehen?«

»Das heißt, du kommst mit?«

»Ja, aber meine Mom will wissen, wann der Bus fährt und wo genau wir hingehen.«

Ich lächle.

»Okay. Super! Wir können los, wann immer du willst. Die Schnellbusse fahren das ganze Wochenende über. Das Geschäft ist in Lake View, an der Ecke von Broadway und Belmond. Ich kenne die genaue Adresse nicht, aber ich kann nachschauen. Der Laden heißt einfach *Second Hand*. Soll ich die Adresse für dich raussuchen?«

»Nein, schon gut, ich sage es ihr. Wollen wir uns um zehn an der Bushaltestelle treffen?«

»Ja, gute Idee«, antworte ich.

»Okay, dann bis morgen.«

»Toll. Bis dann.«

Ich lege auf und lasse mich grinsend zurück aufs Bett fallen. Einen Moment lang bleibe ich einfach liegen, bis ich mich gefasst habe und Tante Sally und Onkel Evan erklären kann, dass ich zum ersten Mal seit der zweiten Klasse etwas mit einer Schulfreundin unternehme.

KAPITEL 6

AUF DEM WEG ZUR BUSHALTESTELLE ziehe ich den Reißverschluss meines dunkelvioletten Sweatshirts bis zum Kinn und setze die Kapuze zum Schutz gegen den Wind von Chicago auf. Ich schaue auf meine weite, graue, glänzende Jogginghose. Das undeutliche Bild von dem Rock, den ich heute Morgen im Spiegel gesehen habe, verblasst in meiner Erinnerung immer mehr. Ich kann fast spüren, wie mich Tante Sally, Onkel Evan, Jack und Brad vom Wohnzimmerfenster im fünfzehnten Stock aus beobachten, aber ich drehe mich nicht um, um nachzusehen.

Amelia kommt die Straße entlang auf mich zu. Ich versuche nicht mehr daran zu denken, dass meine Hose nichts weiter als eine Hose ist, und winke ihr lächelnd zu. Sie hat sich bis zum Kinn in eine rote, lange Jacke eingemummelt. Ich hätte etwas Wärmeres anziehen sollen. Es ist eiskalt.

»Hi«, begrüße ich sie, als sie sich zu mir unter das Glasdach des Wartehäuschens stellt. Ihre Augen sind gerötet und sehen fast pink aus. »Hast du eine Erkältung?« Dann kapiere ich, dass sie geweint hat, und komme mir wie der letzte Trottel vor. Amelia zieht ein zerknülltes, benutztes Taschentuch hervor und schnäuzt sich.

Sie holt tief Luft.

»Manchmal hasse ich meine Mom«, sagt sie und schnäuzt sich noch einmal. Dann steckt sie das Taschentuch weg und vergräbt ihre Hände in den Jackentaschen.

»Oh«, murmle ich. Amelia hat die Worte gesagt, als hätten sie keine große Bedeutung für sie. *Meine Mom.* Ich schaue in ihr fleckiges Gesicht, und einen Augenblick lang versuche ich mir vorzustellen, wie es wäre, die eigene Mutter hassen zu können. Aber eigentlich will ich nicht darüber nachdenken. »Warum?«, zwinge ich mich zu fragen.

»Sie nörgelt ständig an meinem Aussehen herum. Als ich gesagt habe, dass ich mit dir shoppen gehe, war sie begeistert. Sie sagte: *Du musst dir unbedingt ein paar Tops kaufen, die deiner Figur schmeicheln.* Warum sagt sie nicht gleich, dass ich fett und hässlich bin?« Amelia lässt sich auf die Bank plumpsen, ihre Schultern sacken nach vorne.

»Das ist doch lächerlich«, erwidere ich. »Und total gemein.« Ich suche nach den richtigen Worten, aber mir fällt nichts ein.

»Ach, was soll's«, meint sie. »Ist doch egal. Ich bin daran gewöhnt.«

Der Bus hält und wir suchen uns einen Platz ganz

hinten. Amelia holt tief Luft und streicht sich das Haar aus dem Gesicht.

»Also, warum wohnst du bei deiner Tante und deinem Onkel?«, fragt sie, als der Bus anfährt.

Ich habe das Gefühl, als hätte mich von hinten eine Lavawelle erwischt, und obwohl mir immer noch kalt ist, fange ich plötzlich an zu schwitzen. Wie idiotisch von mir, dass ich mich nicht auf diese Frage vorbereitet habe. Dabei hätte ich es wissen müssen. Ich werde um eine Antwort auf diese Frage nicht herumkommen. *So ist es eben, wenn man Freunde hat*, sage ich mir.

Ich habe schon sehr lange nicht mehr darüber gesprochen – nicht, seit Tante Sally und Onkel Evan mich in der vierten Klasse zu diesem dämlichen Therapeuten geschickt haben. Ich erinnere mich an sein Büro und an die Zeichnungen und Bilder an den Wänden, die andere Kinder in seinem *Kunstatelier* für ihn gemalt haben. *Was für Loser*, habe ich damals gedacht. *Was für Heulsusen. Was hatte dieser Typ denn so Tolles für sie getan?* Allein der Gedanke hat mich damals wütend gemacht und tut es auch heute noch. *Du darfst dich nicht in der Schule von den anderen abkapseln*, hat er mir gesagt. Dabei wusste er nicht das Geringste über mich.

Aber vielleicht ist es bei Amelia anders. Sie beobachtet mich. Ich muss irgendetwas sagen, also hole ich tief Luft, richte den Blick auf den Sitz vor mir und fange an zu reden.

»Meine Eltern sind gestorben, als ich vier war«, fange ich an. Ich rattere die Sätze schnell herunter. »Damals wohnten wir in Cleveland. Es gab einen Autounfall. Einen richtig schlimmen. Es passierte auf der Autobahn. Ein Lastwagen ist plötzlich auf ihre Fahrspur gewechselt. Sie waren beide sofort tot.« Ich werfe ihr von der Seite einen Blick zu. Amelia starrt mich an. Rasch schaue ich auf meine Turnschuhe, die dunkelblau, fast lila sind. »Ich war im Kindergarten, als es passiert ist.«

Ich komme mir vor, als würde ich eine Geschichte aus einem Buch vorlesen. Am liebsten würde ich jetzt das Buch zuschlagen und es zum Fenster hinauswerfen, wie etwas, das plötzlich Feuer gefangen hat. Ich schaue auf den Michigan-See hinaus. Neben dem grauen Highway sind weiße, wilde Wellen zu sehen. Zwei Lastwagen rauschen an uns vorbei. Da erst fällt mir auf, dass ich die Luft angehalten habe, und ich zwinge mich zu atmen.

»Oh«, sagt Amelia leise.

Ich starre auf den Staub und den Dreck in den Ritzen des Metallfensters, und aus irgendeinem Grund muss ich an unser altes blaues Haus denken. Ich kann mich nicht mehr richtig erinnern, aber in meinem Zimmer habe ich ein Foto davon im Regal. Auf dem Rasen ist ein Schild aufgestellt, auf dem ZU VERKAUFEN steht, und darüber ist ein Streifen geklebt, auf dem VERKAUFT zu lesen ist. Von Onkel Evan weiß ich, dass er die Maklerin überreden wollte, das Schild kurz für das Foto wegzunehmen, aber sie sagte, das wäre zu viel Aufwand. Ich weiß auch nicht, warum, aber ich stelle mir die Leute vor, die das Haus gekauft haben, und frage mich, ob sie es neu gestrichen haben oder ob es immer noch blau ist.

»Es war schlimm«, sage ich. »Aber ich kann mich nicht mehr an alles erinnern. Onkel Evan ist der Bruder meines Vaters. Er hat mich zu sich geholt.«

»Oh mein Gott«, sagt sie. Dann ist sie still. Ich habe das Gefühl, noch etwas sagen zu müssen.

»Meine Großmutter Alice lebt auch hier. Sie ist jetzt sehr krank. Wie auch immer, es war wohl das Vernünftigste, dass ich nach Chicago gekommen bin.«

»Oh mein Gott«, wiederholt sie, und jetzt fällt mir endgültig nichts mehr ein.

Eine Weile sagen wir beide kein Wort. Der Bus fährt von der Autobahn ab und ich starre weiter zum Fenster hinaus.

»Warst du schon mal in Lake View?«, frage ich schließlich, als wir auf die Bushaltestelle zurollen. Ich bin froh, dass mir das eingefallen ist.

»Wie? Nein«, antwortet sie, als sie hinter mir aus dem Bus steigt. Zusammen mit vielen anderen stehen wir an der Kreuzung. »Eigentlich habe ich echt Glück«, überlegt sie, während wir die Straße überqueren. Sie starrt vor sich hin, als sie das sagt. Ihre langen roten Haare wehen ihr ins Gesicht.

»Ich schätze, ja«, erwidere ich.

»Vielleicht habe ich es ja doch nicht so schlecht getroffen, wie ich dachte.«

Ich schaue in ihr rundes, kräftiges Gesicht und halte ihr die Tür zum Secondhand-Laden auf. Sie betritt das Geschäft und stapft über den schiefen Holzboden, der aussieht, als hätte er schon tausend Überschwemmungen überlebt. Sie geht zwischen den runden Kleiderständern hindurch zu einem Schild mit der Aufschrift JUNGE MODE, das in einer Ecke des Geschäfts von der Decke baumelt.

Ich folge ihr. Hinter der Verkaufstheke steht ein Mann mit kahl rasiertem Kopf, Ohrringen und einem Nasenring. Er sagt »Hey«, als ich an ihm vorbeigehe. Zwei Frauen, die von Kopf bis Fuß schwarz angezogen sind und grellen Lippenstift tragen, suchen die Kleiderständer ab.

Amelia und ich sind die Einzigen im hinteren Teil des Geschäfts. Dort hängen weniger Kleiderständer als vorne, und die Hintertür steht einen Spalt offen, sodass es zum Glück nicht ganz so stark nach Mottenkugeln riecht, denn davon wird mir immer schlecht. An der Wand befinden sich drei winzige Umkleidekabinen. Statt Türen sind alte Bettlaken davorgehängt und an der Wand lehnt ein großer Spiegel. Ich stelle mich davor und betrachte meinen mageren Körper. Meine violette Kapuze ist immer noch hochgezogen. Ich schiebe sie zurück und öffne den Reißverschluss meines Sweatshirts. Dann fahre ich mir mit den Fingern durchs Haar, streiche die Strähnen ordentlich zur Seite. Meine Augen stechen noch von der Kälte draußen und meine Nase ist gerötet. Wieder einmal fällt mir auf, dass mein Kinn jetzt eckiger aussieht, nicht mehr so spitz wie früher.

Onkel Evan hat mir Bilder von Dad gezeigt, als er ungefähr in meinem Alter war, daher weiß ich, dass ich meinem Vater ähnle. Bei dem Gedanken würde ich am liebsten den Spiegel zertrümmern. Ich vergrabe meine Fäuste in den Taschen, denn eigentlich will ich nur, dass Dad hier ist. Zum millionsten Mal frage ich mich, ob ich auch so einsam wäre, wenn Mom und Dad noch leben würden. Auf den alten Schwarz-Weiß-Fotos sieht Grandma Alice genau wie Mom aus. Ich suche im Spiegel mein Gesicht auf Ähnlichkeiten mit ihr und Mom ab, aber ich finde immer nur Dad.

Schnell gehe ich zu Amelia, die sich gerade in der Mädchenabteilung umschaut. Ihre lange Jacke hat sie ordentlich auf den Fußboden neben eine Umkleidekabine gelegt. Sie sucht einen Ständer ab, an dem ein laminiertes Schild hängt, auf dem in unordentlicher Schrift KLEIDER UND RÖCKE geschrieben steht.

»Was hältst du davon?« Sie hebt einen dunkelvioletten, bodenlangen Rock hoch. Der dünne Stoff hat Falten wie eine Ziehharmonika, und er ist mit drei Querstreifen aus Spitze in der gleichen Farbe abgesetzt. Die Spitze zieht den Stoff leicht zusammen, sodass er in weichen Wellen fällt. Ich starre auf den Rock.

»Er ist toll«, sage ich schließlich und strecke die Hand aus, um den Stoff zu berühren.

»Suchst du denn auch nach etwas?« Rasch legt Amelia den Rock über ihren Arm. »Ich dachte, du brauchst Wintersachen?«

»Ähm, ja«, sage ich. Während ich zu dem Ständer mit der Jungskleidung gehe, schaue ich sie aus dem Augenwinkel an. Ich schiebe die Kleiderbügel hin und her, aber in Wirklichkeit beobachte ich Amelia. Sie türmt einen Stapel Kleider auf – kräftige Pink- und Violetttöne, mit Spitze und Blumenstickereien. Wie schimmernde Märchengewänder legt sie die Sachen nacheinander über ihren Arm.

Die Kleider, über die meine Finger streifen, sind nicht annähernd so majestätisch. Lustlos suche ich nach Shirts, die schmal geschnitten, aber sehr lang sind, nach bunten Mustern und kräftigen Farben. Ich nehme ein metallisch grünes *Green Bay Packers*-Trikot in die Hand, dessen Ärmel im Neonlicht glänzen, gehe damit zum Spiegel und halte es vor mich hin. Es ist zu lang und reicht fast bis zu den Knien. Ich müsste nur die Aufschrift ignorieren und dazu meine alte Jeans tragen, die jetzt zu eng ist, dann könnte ich es mir als schimmerndes Kleid über Leggins vorstellen.

»Hast du was gefunden?« Amelia gesellt sich mit ihrem Stapel zarter Kleider, die sie locker über ihren Arm gelegt hat, zu mir.

Ich betrachte das Football-Trikot. *Green Bay Packers* brüllt es mich an.

»Ach, das ist nichts«, sage ich und hänge es an den erstbesten Kleiderständer. »Viel zu groß.« Meine Fantasie lässt mich im Stich. Ich bin inzwischen zu alt, um noch Verkleiden zu spielen. Ich schaue auf meine Füße. Die lilablauen Schuhe sehen in dem grellen Licht nur noch blau aus.

»Bist du sicher?«, fragt Amelia. »Zieh es doch mal über, während ich diese Sachen anprobiere.«

»Nein«, sage ich und hole tief Luft. »Schon okay. In Secondhand-Läden muss man Glück haben. Diesmal gibt es nicht sehr viel in meiner Größe.«

»Okay«, sagt Amelia im Weggehen. Sie verschwindet in der Umkleidekabine, und ich setze mich auf einen harten Metallstuhl, von wo aus ich mich nicht im Spiegel anschauen muss. Ich betrachte die Kratzer im Holzboden. Amelia kommt immer wieder heraus, um zu schauen, wie sie in dem neuen Rock, Kleid oder Top aussieht. In dem violetten Rock bleibt sie besonders lange vor dem Spiegel stehen.

»Ich weiß nicht«, sagt sie dann und legt den Kopf schief. »Trägt man an unserer Schule so was?«

Ich setzte mich auf und betrachte sie genau.

»Na ja, nicht jeder«, antworte ich. »Aber ich finde, der Rock sieht fantastisch aus.«

Schließlich hängt sie ihn doch wieder zurück und kauft stattdessen einen kürzeren schwarzen Rock mit einem Rüschenband am Saum und ein weißes T-Shirt, das am Hals mit Blumen bestickt ist. Mit leeren Händen verlasse ich mit ihr das Geschäft. Mir ist gar nicht aufgefallen, dass es inzwischen regnet. Ich ziehe meine Kapuze gegen den Nieselregen hoch, und wir steigen in den Bus, um nach Hause zu fahren.

KAPITEL 7

IM NOVEMBER GEHEN AMELIA UND ICH jeden Samstag ins *Second Hand*. Sie probiert Kleider an und manchmal kauft sie auch etwas. Währenddessen suche ich lustlos nach Anziehsachen für Jungs. An einem sehr windigen Samstagmorgen gebe ich es auf, nach etwas Passendem zu stöbern. Ich lasse Amelia bei den Kleiderständern zurück und schlendere zu den Regalen mit Krimskrams am Eingang des Geschäfts.

»Wer kauft dieses Zeug?«, fragt Amelia plötzlich neben mir.

»Bist du schon fertig?«

»Ja, heute haben sie nichts für mich.« Amelia fährt mit dem Finger über staubige Vasen und schmutzige Skulpturen von schlafenden Katzen und springenden Pferden.

»Hey, sieh dir das an!« Ich nehme einen alten goldenen Vogelkäfig hoch. Auf der Stange sitzt ein blauer Vogel. Als ich den Käfig hin und her wende, entdecke ich an der Seite einen Aufziehmechanismus.

Ich drehe an dem Schlüssel und stelle den Käfig wieder hin. Amelia und ich warten. Eine Minute vergeht, ohne dass sich etwas tut, dann fängt der Vogel an sich zu bewegen. Er schlägt mit seinen staubigen Federflügeln, als würde er aus seinem sehr, sehr langen Schlaf erwachen. Dazu erklingt eine blecherne, altmodische Melodie, krächzend und ungleichmäßig. Während wir dastehen und schauen, stocken die Bewegungen der Flügel. Der Vogel ruckelt und zuckt, als säße er in einem Topf Leim fest. Amelia und ich sehen uns an, dann kichert sie los.

Der Vogel verharrt kurz mit ausgebreiteten Flügeln, ehe er wie in Zeitlupe vornüberkippt und von der Metallstange fällt. Amelia fasst nach meinem Arm.

»Oh mein Gott, wir haben ihn kaputt gemacht«, flüstert sie. Ich sehe ihr an, dass sie am liebsten losprusten würde, sich aber bemüht, eine ernste Miene zu machen. Der Vogel liegt auf dem Boden des Käfigs, ein Flügel zuckt leicht und auch die Melodie wimmert noch leise. Es sieht aus, als würde er sich ein letztes Mal aufrappeln wollen, um davonzufliegen.

Es ist irgendwie deprimierend, den Vogel so im Käfig liegen zu sehen, aber ich grinse Amelia trotzdem an.

»Lass uns verschwinden!«, flüstert sie lachend. Ich schaue über die Schulter. Der Mann an der Kasse beobachtet uns. Amelia kann sich kaum noch zusammenreißen. Ich schubse sie Richtung Ausgang. Das blecherne Piepsen der verklingenden Melodie verstummt erst, als ich die Tür hinter uns zuziehe.

Draußen schlägt uns eisige Luft entgegen.

Amelia kann sich nicht mehr halten und klappt draußen direkt auf den Betonstufen des Geschäfts kichernd zusammen. Ich setze mich neben sie. Es ist schon ziemlich albern, wegen eines unechten Vogels Gewissensbisse zu haben.

Als ich sehe, wie Amelia sich vor Lachen schüttelt, pruste ich ebenfalls los.

»Wir haben das Ding kaputt gemacht«, stößt sie hervor und versucht, sich wieder einzukriegen.

Immer noch lachend stehe ich auf.

»Komm, es ist zu kalt. Wie wär's mit einer heißen Schokolade? Weiter vorne gibt es einen Coffee-Shop.« Ich ziehe sie an den Händen hoch.

Im Coffee-Shop sichert sie uns sofort zwei Fensterplätze, während ich heiße Schokolade und ein Marshmallow-Kuchenstück für uns beide bestelle. Wir wärmen die Hände an den Pappbechern. Unsere Spiegelbilder in den Fenstern sind blass und fleckig, die Leute auf dem Fußweg gehen durch sie hindurch. Die Passanten sind so nah, dass wir sie berühren könnten, wenn keine Glasscheibe zwischen uns wäre.

Amelia nimmt den Deckel ihres Bechers ab und tunkt ein Marshmallow hinein. Ich schaue erst zu, dann folge ich ihrem Beispiel.

»Nächsten Samstag zeige ich dir einen Coffee-Shop ein paar Blocks weiter«, sage ich und deute in die Richtung. »Unsere Großmutter ist immer mit uns hingegangen. Dort haben sie bessere Snacks.«

»Cool«, sagt Amelia lächelnd und kippelt mit ihrem Stuhl vor und zurück.

☆

Tante Sally blickt von ihrem Laptop hoch, als ich die Wohnung betrete.

»Grayson ...« Sie schiebt ihre Lesebrille auf die Stirn und stellt den Laptop weg. »Hattest du mit Amelia einen schönen Vormittag?«

»Ja, es war toll.«

»Das freut mich.« Tante Sally lächelt mich an, dann betrachtet sie ihre Fingernägel.

»Grayson, mein Schatz«, sagt sie plötzlich ernst. »Dein Onkel Evan wird gleich ins Pflegeheim fahren. Während du weg warst, kam ein Anruf von Adele. Deine Großmutter ...« Sie hält inne und legt den Kopf leicht zur Seite. Mein Herz macht einen Satz. »Du weißt ja, dass sie in letzter Zeit sehr verwirrt war. Adele hat uns mitgeteilt, dass deine Großmutter heute Morgen ein kleines Nickerchen gemacht hat. Als sie aufwachte, hatte sie Fieber. Die Ärzte fürchten, sie könnte eine Lungenentzündung haben.«

»Oh«, sage ich und kriege sofort Gewissensbisse, weil ich eigentlich an Grandma Alice denken sollte, die krank in ihrem Bett im Pflegeheim liegt. Ich kann nicht genau sagen, wie lange sie schon Alzheimer hat. Stattdessen denke ich an das Schwarz-Weiß-Foto von mir, Mom und Dad, das auf meinem Nachttisch steht. Man sieht nur unsere Gesichter, aber man weiß trotzdem sofort, dass

Mom mich gerade gekitzelt hat. Ich schmiege mich mit dem Rücken an sie und lache. Dad hat den Arm um uns beide gelegt.

»Okay«, sage ich. Meine Stimme verrät, wie nervös ich bin. Tante Sally wartet darauf, dass ich noch etwas sage, aber es ist, als hätte ich eine Blockade im Kopf. Ich gehe in mein Zimmer, weil ich es keine Minute länger aushalte.

Kurz darauf klopft Onkel Evan leise an meine Tür. Er kommt herein und setzt sich auf mein Bett, als ich gerade vor dem Spiegel stehe und mir mein Kapuzensweatshirt um die Hüfte schlinge. Ich versuche es mir als lila Rock vorzustellen, aber ich kann mich nicht richtig konzentrieren, weil ich immerzu daran denken muss, dass Mom auf allen Fotos wie eine jüngere Ausgabe von Großmutter Alice aussieht.

»Grayson?«, setzt Onkel Evan an.

»Ja?«

»Wie wäre es, wenn du mich zu deiner Großmutter begleitest?« Ich gebe auf und werfe das Sweatshirt aufs Bett. Es landet auf dem Kissen neben dem Foto auf meinem Nachttisch. Onkel Evan und Tante Sally sind nicht mit Großmutter Alice verwandt. Wenn ich nicht wäre, müssten sie sich gar nicht um sie kümmern.

»Okay«, sage ich.

»Gut. Meinst du, wir können in fünfzehn Minuten losfahren?«, will er von mir wissen. Ich nicke. Er trommelt mit den Fingern auf seine Knie, während ich mich auf meinen Schreibtischstuhl setze, meine Farbstifte und meinen Zeichenblock aus der oberen Schublade hole und auf mein halb fertiges Bild eines Rosenstrauchs starre. Ich hasse das Pflegeheim, es ist so deprimierend.

»Grayson«, sagt Onkel Evan nach einer Weile. »Tante Sally und ich haben uns gestern Abend über dich unterhalten. Du sollst wissen, wie froh wir sind, dass du eine neue Freundin gefunden hast. Seit du Zeit mit Amelia verbringst, wirkst du glücklicher. Und das finden wir wunderbar.« Er lächelt. »Habe ich dir eigentlich schon mal erzählt, dass deine Tante Sally und ich uns in der sechsten Klasse kennengelernt haben?«

»Echt?«, frage ich, doch dann senke ich rasch den Blick. Ich weiß, worauf er hinauswill. »Es ist nicht so, wie du denkst«, versichere ich ihm. »Wir sind nur Freunde.«

»Natürlich«, stammelt er. »Ich wollte damit nicht …«

»Schon gut.« Ich lächle, damit er sich nicht schlecht fühlt. Auf den Fotos von Mom sieht man, dass sie die gleichen Augenfältchen hat wie Grandma Alice. Vor langer, langer Zeit hat mir Grandma Alice einmal erzählt, dass es Lachfältchen sind. Ich berühre mein Gesicht. Die Haut um meine Augen ist glatt.

»Tja, also.« Onkel Evan steht auf und will zur Tür gehen, bleibt dann jedoch hinter mir stehen. Als ich nach dem roten Stift greife, legt er seine Hand auf meine Schulter. »Glaub mir, mein Sohn, wir sind froh, dass du jetzt glücklicher bist.« Ich zucke zusammen, als er meine Schulter leicht drückt. »Ich ruf dich, wenn wir losfahren.« Er zieht die Tür hinter sich zu und sie fällt leise ins Schloss.

Obwohl das Pflegeheim angeblich sehr gut sein soll, ist es ein grässlicher Ort. Es riecht dort nach Franzbranntwein, Wundpflastern und alten Leuten. Im Aufzug treffen wir auf eine Schwester und einen alten Mann mit einem Rollator. Ich bemühe mich, ihn nicht anzustarren. Er will etwas sagen, aber es kommen keine Worte heraus. Es ist, als würde er Luft kauen. Meine Augen fangen an zu brennen.

Wir gehen den langen Gang entlang zu Grandma Alice' Zimmer. Drinnen ist alles so wie immer, nur diesmal sitzt Grandma Alice nicht in ihrem Schaukelstuhl neben dem Fenster und streicht die Decke über ihrem Schoß glatt. Diesmal liegt sie in ihrem Bett. Das Rückenteil ist aufgestellt und an den Seiten sind die Bettgitter hochgeklappt. Sie hat die Augen geöffnet, blickt jedoch ins Leere.

Onkel Evan und ich stehen eine Weile an ihrem Bett.

»Hallo, Grandma«, sage ich. Sie gibt keine Antwort und Onkel Evan legt wieder seine Hand auf meine Schulter. Adele beugt sich vor und nimmt behutsam Grandma Alice' Arm, um die Manschette des Blutdruckmessgeräts anlegen zu können. Sie misst den Blutdruck, schreibt etwas auf den Zettel an ihrem Klemmbrett, dann spricht sie mit Onkel Evan.

Ich gehe im Raum hin und her.

»Sie hat immer noch kein bisschen gegessen ...«, fängt Adele an.

Ich versuche, nicht hinzuhören, aber in einem so kleinen Zimmer ist das kaum möglich. Ich betrachte die Fotos auf der Kommode. Sie sind staubig, deshalb wische ich sie alle mit meinem Shirt ab, während Adele mit gedämpfter Stimme auf Onkel Evan einredet.

»Alle Symptome deuten auf eine Lungenentzündung hin«, sagt sie.

Grandma Alice hat das gleiche Foto von unserem blauen Haus wie ich. Mom und Dad haben sich in Chicago kennengelernt und sind kurz vor meiner Geburt nach Cleveland gezogen, weil Mom dort einen Lehrauftrag an der Universität bekommen hat. Wieder einmal frage ich mich, wie mein Leben aussehen würde, wenn sie diesen Job nicht angenommen hätte und die beiden in Chicago geblieben wären. Wieder einmal überlege ich, ob unser Haus noch blau ist.

Ich nehme ein Bild von mir und Grandpa Lefty in die Hand. Als er starb, war ich erst zwei Jahre alt. Auf dem Foto habe ich nur eine Windel an, Grandpa hat mich auf seinen Schoß genommen und wir sitzen auf der Veranda ihres alten Hauses. Auf der Kommode steht auch ein Schwarz-Weiß-Foto von Grandma Alice als Baby mit Wangengrübchen, kurzen Locken und einem kleinen Bäuchlein. Das Bild daneben zeigt Grandma Alice und Grandpa Lefty an ihrem Hochzeitstag.

Zum Schluss nehme ich meine absoluten Lieblingsfotos in die Hand.

Mom, wie sie etwa so alt ist wie ich; sie sitzt auf einem Fahrrad, hat die Augen gegen die Sonne zusammengekniffen und ein Shirt um ihre Hüfte gebunden, das im Wind weht. Mom und Dad, wie sie sich vor ihrer Hochzeitstorte einen Kuss geben. Und schließlich ich als Baby, wie ich auf Moms Brust liege und fast ganz unter einer Decke verschwinde.

»Ich glaube nicht, dass es noch sehr lange dauern wird, aber sie kennen ja Alice, sie ist eine Kämpferin«, sagt Adele gerade, als ich zu ihnen zurückgehe.

Grandma Alice sitzt noch genauso da wie zuvor, aber jetzt hat sie ihre Augen geschlossen und atmet tief, aber immer wieder stockend.

»Mhh«, macht Onkel Evan. Mehr sagt er nicht. Stattdessen streicht er die Decke auf Grandma Alice' Schoß glatt.

Eine weiße Haarsträhne ist ihr ins Gesicht gefallen. Ich drehe die Haare ein und stecke sie hinters Ohr, damit die Strähne sich nicht wieder löst. Ich spüre Onkel Evans Blick, als ich ihre weiche, krumme, papierene Hand nehme. Zwischen den Knochen hängt die Haut durch, wie kleine Brücken, die sich aneinanderreihen.

Sie hat Mom in sich getragen, denke ich, und auf dem Heimweg spüre ich immer noch ihre Hand in meiner.

KAPITEL 8

ES IST EIN DÜSTERER MONTAGMORGEN. Finn steht vor den Fenstern und bemüht sich, eine Diskussion in Gang zu bringen, während hinter ihm zarte Schneeflocken durch die Luft tanzen. Das Kinn in die Hände gestützt, beobachte ich ihn. Neben mir kritzelt Amelia geistesabwesend auf den Umschlag ihres Hefts. Ich denke an das Zimmer von Grandma Alice – an die staubigen Bilder und das Krankenhausbett – und daran, was Adele gesagt hat.

Finn richtet immer wieder Fragen an die Klasse, aber niemand meldet sich.

»Okay«, seufzt er schließlich. »Lassen wir das. Ihr habt heute offensichtlich keine Lust, mit mir zu reden. Tut euch mit euren Partnern zusammen und bildet Vierergruppen, dann könnt ihr den Text, den wir besprechen wollten, untereinander diskutieren. Denkt daran, dass ich am nächsten Montag die Aufsatzthemen bekannt gebe. Also bleibt dran, denn sie werden benotet.«

Alle, auch Amelia, schauen sich plötzlich nervös um.

»Na los«, sagt Finn amüsiert und schwingt sich auf das Fenstersims. »Stürzt euch ins Getümmel und bildet Gruppen.«

Ich nehme mein Buch und meinen Rucksack und trotte hinter Amelia her. Den Blick auf Lila und Hailey gerichtet, marschiert sie zielstrebig auf die beiden zu. Ich komme mir vor wie ein Hund an einer Leine, der brav hinterhertapst.

»Hey, Leute«, sagt sie, als sie vor ihnen steht. »Wollen wir uns zusammentun?«

Lila wirft einen Blick zu Meagan und Hannah, die mit dem Rücken zu uns bei zwei anderen Mädchen sitzen.

»Ja, klar«, antwortet sie nach einer Sekunde.

»Holt euch die Stühle von Jason und Asher«, sagt Hailey lächelnd.

Wir setzen uns, und ich drehe meinen Stuhl so, dass ich Ryan und Sebastian am Nachbartisch nicht anschauen muss.

»Also, was meint ihr zu diesem Text?«, fragt Lila und sieht uns drei erwartungsvoll an. *Na klar, wir anderen sollen für sie die Arbeit machen.*

»Ich fand den zweiten Abschnitt, über den Finn geredet hat, am interessantesten«, sagt Hailey und fängt an, in ihrem Buch zu blättern.

Ich schaue zu, wie sie die Stelle sucht. In den Sommerferien vor der dritten Klasse habe ich mit ihr und Hannah einen Kunstworkshop besucht. Ich weiß noch genau, wie wir im Pausenhof Perlen auf Gummischnüre gefädelt haben. Damals war Emma schon nicht mehr da. Bei dem Gedanken daran frage ich mich plötzlich, warum ich in der dritten Klasse dann nicht mehr mit den beiden befreundet gewesen bin, und wieso ich nach Emma nie wieder mit jemandem Freundschaft geschlossen habe.

»Ich hab's«, sagt Hailey. »Seite fünfzig.« Ich schlage die Seite in meinem Buch auf. Hailey fängt an zu lesen, aber ich bin mit meinen Gedanken ganz woanders.

In dem Kunstworkshop sind wir manchmal mit unseren kleinen Staffeleien und Farben in den Park gegangen. Wir haben Bilder von Schaukeln, großen Bäumen, Blumen und von dem Gemüse gemalt, das die Teilnehmer eines anderen Workshops dort gepflanzt hatten. Ich erinnere mich, wie Hannah, Hailey und ich zu dem Garten gegangen sind. Ich habe versucht, mit Wasserfarben eine große, orangefarbene Tigerlilie zu malen, aber die beiden wollten lieber die kleinen Sprösslinge malen, die aus der Erde lugten.

Ich lasse den Blick über Haileys kleine Sommersprossen schweifen, während sie den Absatz vorliest. Als sie fertig ist, nimmt sie ihren türkisfarbenen Reif ab und fährt mit den Fingern durch ihr hellbraunes Haar. Als sie den Reif wieder über den Kopf streift, fangen die kleinen Zacken alle Strähnen ein und hinterlassen feine Linien.

Amelia macht sich bereits in ihrer großen, schwungvollen Handschrift Notizen. Ich nehme mein Schweißband ab und drehe es in den Händen. Es ist grauweiß und hat Flecken. Ich versuche mir vorzustellen, dass es türkisfarben ist, aber es ist und bleibt grauweiß und widerlich.

Ich muss an die fünfte Klasse denken. Damals konnte ich einfach so tun als ob, und alles war okay.

Draußen rieselt der puderfeine Schnee zu Boden. Finn sitzt immer noch auf dem Fensterbrett. Seine Augen wandern zu dem Schweißband in meiner Hand. Als sich unsere Blicke treffen, lächelt er freundlich. Ich schaue weg und streife mein Band wieder über den Kopf. Nach einer Weile schwingt er sich vom Sims herunter und geht im Klassenzimmer auf und ab, um bei den Diskussionen zuzuhören. Als die Glocke läutet, packen wir unsere Sachen zusammen.

»Hey«, sagt Lila und schaut dabei vor allem Amelia an. »Ich finde, du solltest dich beim Mittagessen zu uns setzen.« Sie steht auf und streicht ihr pinkfarbenes Shirt unter den Rucksackriemen glatt.

Ich werfe Amelia einen Blick zu.

»Okay, das klingt gut«, erwidert sie und grinst Lila an.

Ich muss schlucken.

»Du auch, Grayson«, sagt Lila zu mir. »Wenn du magst.«

Ich schaue von ihr zu Amelia und nicke lächelnd.

»Okay.«

Amelia strahlt.

»Super, dann sehen wir uns in der fünften Stunde.«

☆

Beim Mittagessen sitzen Amelia und ich bei den Mädchen. Wir breiten unser Essen vor uns aus; der Tisch ist vollgestellt mit Wasserflaschen und halb gefüllten Plastikboxen. Hannah zieht ein Haargummi von ihrem Handgelenk und fasst ihre lockigen braunen Haare zu einem Pferdeschwanz zusammen. Sie sieht mich einen Augenblick an und lächelt. Ich überlege, ob sie wohl immer noch malt, und fast hätte ich sie gefragt, aber dann lasse ich es bleiben. Amelia sitzt neben ihr. Sie stützt ihre Ellbogen auf den Tisch und unterhält sich mit Lila. Meagan sitzt mir gegenüber und wackelt mit dem Knie. Sie scheint sich ein bisschen zu langweilen. Obwohl ich froh bin, bei ihnen sitzen zu können, muss ich ständig daran denken, was für ein merkwürdiger Anblick das sein muss: fünf Mädchen und ein Junge.

Den Rest der Woche sitzen wir immer zusammen, aber ich sage kaum ein Wort. Es überrascht mich, dass alle, vor allem Lila und Amelia, über die anderen in der Klasse tratschen, und ich frage mich, ob sie früher, als Amelia und ich noch nicht bei ihnen saßen, auch über mich gesprochen haben.

Am Freitag nach dem Abendessen läutet das Telefon. Amelia ist dran.

»Hey, Grayson«, sagt sie. »Macht es dir etwas aus, wenn wir morgen nicht nach Lake View fahren? Ich habe schon etwas anderes vor.«

Ich schlucke schwer.

»Oh, schon okay«, sage ich und versuche, nicht allzu enttäuscht zu klingen. Schnell gehe ich mit dem Telefon in der Hand in mein Zimmer und schließe die Tür hinter mir. »Wollen wir stattdessen am Sonntag gehen?«

Einen Augenblick herrscht Stille.

»Ähm, meine Mom hat etwas davon gesagt, dass meine Tante und mein Onkel am Sonntag zu Besuch kommen, aber ich weiß es noch nicht genau.«

»Dann sollten wir es vielleicht gleich auf nächste Woche verschieben.«

»Okay«, stimmt Amelia zu. »Tut mir leid. Na dann, schönes Wochenende. Wir sehen uns am Montag in der Schule.«

Ich lasse mich aufs Bett zurückfallen.

»Ja, klar, bis dann«, sage ich und starre an die helle Decke. Wir verabschieden uns. Ich hänge auf, werfe das Telefon auf mein Kissen und versuche mir einzureden, dass es keine große Sache ist. Schließlich geht es nur um ein Wochenende. Aber die Enttäuschung hüllt mich ein wie eisiger Schnee. Mein Blick schweift zu dem Vogel in Moms Bild. Ich versuche mich darauf zu konzentrieren, um nicht loszuheulen.

KAPITEL 9

AM NÄCHSTEN MORGEN STELLT SICH heraus, dass aus unserem Ausflug nach Lake View ohnehin nichts geworden wäre.

Ich bin gerade erst aufgewacht, als Onkel Evan hereinkommt, um mir zu sagen, dass Grandma Alice in der Nacht gestorben ist.

»Adele sagte, sie sei friedlich eingeschlafen«, erklärt er und setzt sich zu mir an die Bettkante.

Mehr als ein »Oh« bringe ich nicht heraus. Ich denke an ihre sanften Hände und ihre blauen Augen.

»Ich habe gerade mit dem Bestattungsinstitut telefoniert. Die Beerdigung findet morgen statt. Okay?«, sag er und sieht mich aufmerksam an. Ich habe das Gefühl, irgendetwas tun zu müssen, zu weinen oder so, aber ich kann nur nicken.

Onkel Evan wartet einen Moment.

»Okay«, sagt er noch einmal. »Wenn du nicht darüber reden willst, dann lasse ich dich jetzt in Ruhe. Tante Sally und ich sind im Esszimmer, wenn du uns brauchst.«

Er steht auf und sieht mich ein paar Sekunden lang an, ehe er hinausgeht und leise die Tür schließt.

Ich betrachte Moms lächelndes Gesicht auf dem Foto neben mir. Die Haare umwehen ihre Wangen. Mein Blick fällt wieder auf die gerahmten Bilder, die neben meinen alten Spielsachen und Büchern aus Cleveland im Regal stehen: das blaue Haus; Dad, der mich vor dem Kindergarten an der Hand hält; Mom, die mich im Park auf der Schaukel anschubst. Ich stehe vom Bett auf und sehe mir die Bilder nacheinander an. Ich warte darauf, dass ich wegen Grandma Alice traurig werde, aber stattdessen muss ich immer nur an Moms Gesicht denken und daran, dass sie als Großmutter genauso ausgesehen hätte wie Grandma Alice.

Tatsächlich ist Grandma Alice schon immer ziemlich durcheinander gewesen, ich kenne sie eigentlich gar nicht anders. Unser letztes richtiges Gespräch ist Jahre her. Danach habe ich bei meinen Besuchen meistens in ihrem Schaukelstuhl gesessen und gezeichnet, während sie unermüdlich die blitzsauberen Oberflächen ihrer Möbel poliert hat.

Zu den wenigen Dingen von früher, an die ich mich wirklich erinnern kann, gehören die Zitronenkekse, die wir an ihrem Küchentisch gegessen haben, als ich noch klein war. Gerade jetzt muss ich daran denken, und auch an die schmale Schachtel mit frisch gespitzten Farbstiften, die Adele immer für mich bereithielt. Im Sommer, wenn die Fenster offen standen, schien das Sonnenlicht durch die dünnen, flatternden Vorhänge herein. Dann verflüchtigte sich eine Zeit lang der schreckliche Geruch des Pflegeheims und das Licht zeichnete Wellen auf den dunkelblauen Teppich, die bei jedem Windstoß, der die Vorhänge erfasste, immer wieder neu in Bewegung kamen. Ich hatte meine Stofftiere im Rucksack dabei, und Grandma Alice und ich saßen mitten in den Wellen und taten so, als würden meine Teddybären durch einen riesigen wilden Ozean schwimmen.

Ich habe lange nicht mehr daran gedacht, aber jetzt fällt es mir wieder ein.

Ich will nicht zur Beerdigung gehen, aber Tante Sally und Onkel Evan überreden mich und versichern mir, dass es nicht so schlimm werden wird. Auf dem Friedhof ist es eiskalt und der Himmel ist grau. Ich stehe im wirbelnden Schnee zwischen meiner Tante und meinem Onkel und sehe zu, wie Grandma Alice in der Erde verschwindet.

KAPITEL 10

AM MONTAGMOREN SITZE ICH IN FINNS Stunde, sortiere meine Hefte und Ordner und beobachte, wie nach und nach alle eintrudeln. Andauernd muss ich daran denken, wie Grandma Alice' Sarg in das dunkle Loch versenkt wurde. Ich halte nach Amelia Ausschau. Kurz bevor die Glocke ertönt, kommt sie mit Lila herein. Ich winke, aber sie sieht mich nicht. Die beiden sind vollauf damit beschäftigt, zu reden und sich gegenseitig anzulächeln. Als sie näher kommen, fällt mir auf, dass sie ähnlich gekleidet sind.

Ihre Pullover und Röcke sind kein bisschen verknittert und sehen neu aus. Der dunkelrote Stoff der langen Röcke hebt sich leuchtend gegen die schwarzen Uggs ab, besonders bei Amelia, die nagelneue Stiefel trägt. Die Röcke sind aus dünnem gerafften Stoff, der bei jeder Bewegung schwingt und fließt. Bei ihrem Anblick muss ich an Grandmas Vorhänge im Sommer denken. Und an den violetten Rock im *Second Hand*.

Als Amelia an unseren Tisch kommt, betrachte ich

rasch meine Fingernägel. Ich denke an ihren Anruf und daran, dass sie gesagt hat, sie hätte am Samstag *etwas anderes* vor. Meine Gedanken rasen so sehr, dass mein Mund sie gar nicht so schnell aussprechen kann.

»Hey, Amelia«, ist alles, was ich hervorbringe.

»Hi«, sagt sie leise, weil Finn bereits angefangen hat zu sprechen. »Hattest du ein schönes Wochenende?«

Wie kann sie mich wegen Lila im Stich lassen und dann so tun, als wäre alles in Ordnung? Statt ihr von Grandma Alice zu erzählen, wie ich es eigentlich vorgehabt hatte, ringe ich mir ein mattes Lächeln ab und nicke. Zum Glück muss ich kein Wort mehr sagen, denn Finn verkündet soeben, dass in dieser Woche Stillarbeit auf dem Stundenplan steht, weil am Freitag unsere Aufsätze fertig sein müssen.

Ich schlage meinen Schreibblock auf, kann mich aber nicht konzentrieren. Ich überlege, ob Amelia und Lila von jetzt an jeden Samstag zusammen verbringen. Dann werde ich wieder zu Hause hocken und den ganzen Tag nichts machen, so wie früher. Jetzt kann ich nicht einmal mehr in dieses blöde Pflegeheim gehen, um Grandma Alice zu besuchen. Ich denke an das Begräbnis. Außer uns fünf stand nur Adele am Grab. Mit einem Mal wird mir bewusst, dass ich der Einzige bin, der von Moms Familie übrig ist.

Ich komme mir vor, als würde ich mich langsam in Luft auflösen.

Als es auf die Pause zugeht, wird mir klar, dass ich nicht in die Cafeteria gehen kann. Allein die Vorstellung, den anderen zuzuhören, wie sie von ihrem Wochenende erzählen, und dabei neben Amelia und Lila in ihren zueinanderpassenden Röcken zu sitzen – einem Rock, für den Amelia mich im Stich gelassen hat –, ist absolut unerträglich. Also werde ich mich wohl wieder in die Bibliothek verziehen müssen.

Zur Mittagszeit durch die Holztüren der Bibliothek zu gehen, ist merkwürdig, aber auch vertraut. Mrs Millen scheint überrascht zu sein, mich zu sehen. Sie sitzt an ihrem Schreibtisch und isst eine dampfende *Weight-Watchers*-Mahlzeit, so wie sie es schon seit Jahren tut.

Als ich zur Tür hereinkomme, legt sie die Gabel weg.

»Hi, Grayson«, sagt sie und sieht mich forschend an.

»Willst du heute mal wieder mit mir zusammen Mittag essen?« Sie trinkt einen Schluck von ihrer Diätcola.

»Ja«, murmle ich und hieve meinen Rucksack auf einen der Tische. Dann setze ich mich in die leere Nische und ziehe den Reißverschluss des Außenfachs auf. Obwohl ich keinen Hunger habe, nehme ich meine Lunch-Box heraus und lasse sie auf den Tisch fallen. Das Kinn in die Hände gestützt, weiche ich Mrs Millens Blick aus. Ich frage mich, ob die Mädchen sich wundern, wo ich abgeblieben bin, und ob es ihnen überhaupt etwas ausmacht, dass ich fehle. Vielleicht sind sie sogar froh, dass ich weg bin: der Freak, der bei den Mädchen sitzt. Vielleicht hat sich Amelia nur so lange mit mir abgegeben, bis sie bessere Freunde gefunden hat. *Freundinnen*. Ich bin so ein Idiot.

Ich versuche mich nicht hineinzusteigern. *Es ist keine*

große Sache, sage ich mir. *Du hast jahrelang hier gegessen.* Ich starre die Wandnischen an, wo Schüler ihre Namen ins Holz geritzt haben. Ich habe nie verstanden, wieso jemand das macht, aber plötzlich würde ich am liebsten meinen Stift rausholen und es auch tun. Ich stelle mir vor, wie ich *Grayson war hier* einritze. Ich öffne meinen Rucksack und schaue hinüber zu Mrs Millen. Sie beobachtet mich neugierig und winkt. Ich mache den Reißverschluss meines Mäppchens zu und klemme die Hände zwischen die Knie.

In einer Nische prangt ein Smiley aus Klebebandresten, in der Ecke hat jemand seinen pinkfarbenen Kaugummi entsorgt und direkt vor mir hängt ein zerknitterter Flyer. Vorsprechen für die Frühjahrsaufführung der Theatergruppe! steht da in roter Computerschrift. Darunter ist das ziemlich alberne Bild eines Opernsängers zu sehen. Ich lese weiter.

Wann: Montag & Dienstag, 15. & 16. September, 15:15–17:30
Wo: In der Aula
Was: Die Sage der Persephone

Tragt euch fürs Vorsprechen in die Liste an
Mr Finnegans Büro ein.
Kommt alle und macht mit!

Ich starre den Flyer an. In der fünften Klasse haben wir die griechischen Götter durchgenommen. Tante Sally und ich haben vor meiner Prüfung Karteikarten geschrieben, mit den Göttern auf der einen Seite und einer Erklärung dazu auf der anderen Seite. Wenn ich mich nicht irre, geht es bei der Sage um die Entstehung der Jahreszeiten, aber ganz sicher bin ich mir nicht.

Meine Gedanken schweifen zu den Schülern, die in den letzten Jahren bei Theaterstücken und Musicals mitgemacht haben – die meisten waren älter als ich und sind jetzt in der siebten oder achten Klasse. Dann denke ich an die stillen und irgendwie seltsamen Schüler hinter den Kulissen. Ich sehe sie vor mir, wie sie ganz in Schwarz gekleidet fast unsichtbar hin und her huschen. Vielleicht könnte ich bei ihnen mitmachen. Aber dann erinnere ich mich an die Stücke, die ich gesehen habe, an das Scheinwerferlicht, den burgunderroten Samtvorhang und den festen Holzaufbau der Bühne. Und ich male mir aus, wie es wohl ist, wenn alle Blicke auf einem ruhen.

Ich stelle mir vor, wie Amelia in diesem Moment am Mittagstisch sitzt und über jede noch so blöde Bemerkung von Lila lacht. Dann stelle ich mir den leeren Platz neben ihr vor, wo ich noch vor Kurzem saß. Es ist, als wäre ich ein Geist.

Ich stehe auf, packe mein unangetastetes Mittagessen wieder ein und schultere meinen Rucksack. Dann stoße ich die Tür auf, gehe in den leeren Gang hinaus und lasse Mrs Millen und ihre *Weight-Watchers*-Mahlzeit hinter mir.

Der Korridor im vierten Stock ist dunkel und verlassen. Finns Büro ist das erste auf der rechten Seite. Jemand hat neben der Tür ordentlich ein Blatt Papier an die Wand geklebt mit der Überschrift VORSPRECHEN FÜR PERSEPHONE. Ich überfliege die Tabelle und suche nach einer Lücke. Ganz am Schluss ist noch ein Platz frei, in der allerletzten Spalte, und zwar am Dienstag von 17:15 bis 17:30.

An einer Schnur neben der Liste hängt ein stumpfer Bleistift. Ich umklammere den abgegriffenen gelben Holzstift, starre auf die Abdrücke, die meine Fingernägel hinterlassen – ein Beweis, dass ich tatsächlich noch da bin –, und schreibe dann *Grayson Sender* in die Spalte. Als ich den Stift fallen lasse, schwingt er wie das Pendel von Tante Sallys und Onkel Evans alter Standuhr hin und her, auch dann noch, als ich weggehe.

Nach Schulschluss halte ich an der Bushaltestelle nach Amelia Ausschau. Da taucht sie auf und kommt rasch auf mich zu. Vor dem Hintergrund der dünnen Schneeschicht auf dem Boden leuchtet ihr Rock besonders hell.

»Hey, Grayson«, begrüßt sie mich. Ihr Atem dampft in der eisigen Luft. »Himmel, es ist wirklich eiskalt. Wo warst du in der Mittagspause?« Ich schaue in ihr Gesicht und beobachte, wie sie sich die Haare hinter die geröteten Ohren steckt. Sie hat wirklich nicht den leisesten Schimmer.

»Hatte jede Menge Hausaufgaben«, antworte ich und vergrabe meine halb erfrorenen Hände in den Ärmeln meiner Jacke. »Ich war in der Bibliothek.« Ich bringe es nicht über mich, noch mehr zu sagen.

»Oh«, erwidert sie. »Sitzt du schon an dem Aufsatz für Finn? Das wird sicher schrecklich viel Arbeit.«

»Jep«, sage ich, froh um die Ausrede. »Wahrscheinlich werde ich den Rest der Woche mittags in der Bibliothek arbeiten.«

Der Bus hält an und wir steigen ein. Während der holprigen Fahrt streicht Amelia immer wieder über die Falten ihres Rocks. An der Haltestelle Randolph Street verabschieden wir uns. Ohne mich noch einmal umzudrehen, überquere ich die Straße.

An diesem Abend bin ich schrecklich aufgeregt. Ich habe noch nie vorgesprochen, und ich habe nicht die geringste Ahnung, was mich am nächsten Tag erwartet. In der ersten Klasse haben wir *Der Lorax* aufgeführt. Jeder bekam eine Rolle, Emma und ich waren pinkfarbene Bäume. Ich kann mich an nicht mehr viel erinnern, außer dass wir beide nebeneinander im Hintergrund standen. Diesmal wird es anders sein.

Jack hat in der Grundschule bei allen Theateraufführungen mitgemacht. Eigentlich sollte er jetzt Brad bei seinen Hausaufgaben helfen, aber er sitzt im Wohnzimmer und schaut fern. Ich könnte ihn über das Vorsprechen ausfragen, aber ich habe keine Lust. Tante Sally und Onkel Evan sind unten im Kellerabteil und schauen die Kisten mit Grandma Alice' Sachen aus dem

Pflegeheim durch. Sie scheiden also auch aus. Ohnehin will ich den beiden lieber nicht von dem Vorsprechen erzählen. Ich hole meinen Block hervor und versuche, mich aufs Zeichnen zu konzentrieren.

Am nächsten Morgen macht Finn seine Ankündigung wahr und gibt uns eine Doppelstunde, damit wir an unseren Aufsätzen arbeiten können. Ich überlege, ob ihm mein Name auf der Vorsprechliste aufgefallen ist. Vielleicht sollte ich einfach zu ihm gehen und fragen, was auf mich zukommt. Als am Ende der Stunde die Glocke läutet, lasse ich Amelia alleine ihre Sachen packen und stelle mich ans Pult.

»Grayson«, sagt Finn. »Gerade wollte ich dich bitten, noch kurz dazubleiben.«

»Okay.« Während die anderen hinausrennen, bleibe ich mit gesenktem Kopf am Pult stehen und starre auf meine Schuhe. Das Geplapper und Lachen im Gang wird leiser. Im Klassenzimmer ist es jetzt fast vollkommen still, bis auf die verhallenden Stimmen der anderen und das Rauschen einer frischen Brise, die plötzlich hereinweht. Ich schaue über die Schulter. Jemand muss eines der hinteren Fenster geöffnet haben. Ein Windstoß lässt die Gedichte und Geschichten rascheln, die Finn an die Pinnwand geheftet hat.

»Also, Grayson«, beginnt Finn und beugt sich in seinem Stuhl vor. Ich beobachte, wie er mit einem Stift spielt, und als ich in sein Gesicht schaue, lächelt er mich an. »Ich habe gesehen, dass du dich in die Liste eingetragen hast. Das hat mich wirklich sehr gefreut. Ich frage mich allerdings, was dich dazu gebracht hat. Versteh mich bitte nicht falsch, ich bin überzeugt, dass du auf der Bühne großartig sein wirst. Theaterspielen ist etwas, das sehr gut zu dir passt. Trotzdem bin ich neugierig. Bisher hast du noch nie Interesse an unseren Aufführungen gezeigt.«

Ich zucke die Schultern. Er beobachtet mich aufmerksam und lächelt dabei, aber mir fällt keine Antwort sein. Ich denke an die schmutzige Holzwand in der Bibliotheksnische und an die dort eingeritzten Namen.

»Ähm«, murmle ich unsicher. »Ich weiß auch nicht. Ich schätze, ich wollte einfach mal an irgendetwas teilnehmen.« Bestimmt höre ich mich wie ein Idiot an, aber Finn beugt sich vor und hört mir aufmerksam zu. Er wartet, aber ich weiß nicht, wie ich es in Worte fassen soll: dass Amelia mich im Stich gelassen hat, dass Grandma Alice gestorben ist und dass ich *Grayson war hier* in die Nische ritzen wollte, mich aber nicht getraut habe und stattdessen meinen Namen in die Vorsprechliste eingetragen habe.

»Tja«, sagt er schließlich. »Ich finde, es ist eine hervorragende Idee. Das Theaterstück, das ich in diesem Jahr ausgesucht habe, ist wunderbar. Es ist etwas ganz Besonderes, du kommst also genau zum richtigen Zeitpunkt zu uns.« Ich denke mir, dass es wirklich cool sein muss, ein Schriftsteller zu sein und entscheiden zu können, was mit den Figuren passiert. Bei der Vorstellung muss ich lächeln. Finn schaut mich immer noch gespannt an, als würde er darauf warten, dass ich noch etwas sage.

»Eigentlich wollte ich Sie fragen, was ich beim Vorsprechen tun muss«, sage ich schließlich. Die Glocke läutet zum zweiten Mal, das heißt, ich muss jetzt los.

»Keine Sorge, ich schreib dir eine Entschuldigung fürs Zuspätkommen. Hast du in der nächsten Stunde nicht Zeit zur Freiarbeit?«

»Ja, stimmt«, sage ich lächelnd und stelle meinen Rucksack vor meine Füße auf den Boden.

»Sehr schön. Eigentlich ist es ganz einfach«, sagt Finn. Er nimmt einen Abreißblock mit Entschuldigungszetteln aus der obersten Schublade und legt sie aufs Pult. »Als du bei meinem Büro warst, um dich in die Liste einzutragen, hast du doch sicher ein Exemplar der Rollenbeschreibungen aus dem Ordner neben der Tür mitgenommen.«

Ich schlucke schwer. »Rollenbeschreibungen?«

»Keine Sorge, keine Sorge.« Er wühlt in seinem Pult, zieht einen roten Ordner heraus und reicht mir einen schmalen, zusammengehefteten Stapel Papier. Er scheint meine Gedanken lesen zu können, denn er sagt: »Du musst noch gar nichts auswendig können. Auf der ersten Seite findest du eine kurze Zusammenfassung, danach kommen mehrere ein- bis zweiseitige Auszüge aus dem Stück. Es steht jeweils drüber, zu welcher Figur sie gehören. Ich schlage vor, du liest während der Freiarbeit oder in der Mittagspause kurz drüber und suchst dir aus, für welche Rolle du vorsprechen möchtest. Wir haben mehrere Kopien des Skripts auf der Bühne, aber es reicht auch, wenn du einfach aus diesen Textpassagen vorliest.«

Er hält inne. Anscheinend sehe ich nervös aus, denn er fügt hinzu: »Grayson, du kannst hervorragend Texte analysieren und dich in Charaktere hineindenken. Schau dir einfach die verschiedenen Rollen an und suche die richtige für dich aus. Ich weiß, dass du dir beim Lesen Gedanken machst.«

Ich werfe einen Blick auf die Entschuldigungszettel. Die Freiarbeit ist reine Zeitverschwendung.

»Worum geht es in dem Stück?«, frage ich.

»Es ist ein mythologisches Thema. Erinnerst du dich noch an die Unterrichtseinheit, in der wir die griechischen Götter durchgenommen haben?«

»So ungefähr«, sage ich. »Bei Persephone geht es um die Entstehung der Jahreszeiten, stimmt's?«

»Genau. In unserem Stück ist Persephone ein Mädchen, das etwa in deinem Alter ist. Sie lebt mit ihrer Mutter auf dem Olymp, wird dann jedoch von Hades, dem Gott der Unterwelt, entführt. Es geht darum, wie die Jahreszeiten entstanden sind, aber die Geschichte erzählt auch davon, wie sie kämpft, nach Hause zu kommen.«

Ich nicke.

»Und man kann sich wirklich für jede Rolle bewerben?«

»Selbstverständlich!« Er blickt zur Wanduhr, schreibt meinen Namen und die Zeit auf das Formular und reißt es vom Block.

»Hier, bitte«, sagt er. »Ach, und Grayson ...«

Ich nehme den Zettel.

»Ja?«

»Ich freue mich, dass du vorsprechen willst. Es ist nicht leicht, sich an etwas Neues zu wagen.«

Ich nehme meinen Rucksack und versuche mir vorzustellen, wie ich auf der Bühne stehe.

»Danke«, sage ich zu Finn. Bei dem Gedanken, nicht mehr länger unsichtbar zu sein, fange ich an zu lächeln.

☆

KAPITEL 11

ALS UM DREI UHR DIE GLOCKE LÄUTET, stopfe ich meine Bücher in den Rucksack und hole meine Jacke aus dem Spind. Die Schüler strömen in die Korridore und ich muss mir in dem Trubel einen Weg zur Aula bahnen. Ich habe das Gefühl, gegen einen Fischschwarm anzuschwimmen.

Als ich in der Aula ankomme, ist der große Saal fast leer, nur hinter dem Vorhang der runden Holzbühne bewegt sich etwas. Ich setze mich auf einen Klappstuhl in der ersten Reihe und blättere den Papierstapel durch, den Finn mir gegeben hat. Ich habe alles schon drei Mal durchgelesen, aber ich gehe es trotzdem ein viertes Mal durch.

Der dicke Samtvorhang ist ein Stück zurückgezogen. Dahinter höre ich Finn reden.

»Ich habe mir überlegt, dass wir heute ein bisschen umbauen«, sagt er. »Ich fände es besser, wenn die Stühle auf der gegenüberliegenden Seite stehen, und der lange Tisch kommt hierhin.«

»Einverstanden«, sagt eine Frauenstimme. Ich höre, wie Möbel über Holzdielen geschoben werden.

Inzwischen trudeln auch noch andere Schüler ein. Die meisten nehmen in den hinteren Reihen Platz, aber ein paar kommen nach vorne. Ich muss wieder an die Aufführung von *Der Lorax* denken. Ich weiß noch, dass man im hellen Scheinwerferlicht das Publikum überhaupt nicht erkennen konnte. Damals hatte jeder auf der Bühne das Gefühl, nur für sich allein zu spielen.

Direkt hinter mir sitzt Andrew Moyer. Er ist in der Achten und hat in den letzten Jahren immer eine Hauptrolle übernommen. Ich schaue auf sein schwarzes T-Shirt und das Button-down-Flanellhemd, das er offen darüber trägt, dann schaue ich in seine ernsten grünen Augen. Paige Francis und Reid Axleton, beide ebenfalls in der Achten, schlängeln sich die Stuhlreihe entlang zu ihm. Ich bin sicher, die drei werden die wichtigsten Rollen übernehmen. Rasch schaue ich wieder nach vorn, damit sie nicht denken, ich würde sie anstarren. Wahrscheinlich wissen sie gar nicht, wer ich bin, und fragen sich, was ich ganz alleine in der ersten Reihe mache.

Finn tritt vor den Vorhang. Er streicht sein zerzaustes Haar zurück. Als es in der Aula ruhig wird, lächelt er uns an.

»Willkommen«, ruft er. Ms Landen, eine Lehrerin, die in der Siebten Geschichte und Literatur unterrichtet, kommt mit einem Mikrofonständer hinter dem Vorhang hervor. Jack nörgelt immer, wie sehr er ihren Unterricht hasst, aber ich finde, sie wirkt ganz nett. Die

Lehrerin lächelt und sieht dabei sehr jung aus. Sie hat lange blonde Haare, die sie zu einem tief sitzenden Zopf zusammengebunden hat. Nun stellt sie den Ständer vor Finn hin und reicht ihm das Mikrofon.

»Danke, Samantha«, sagt er, während sie bereits wieder hinter dem Vorhang verschwindet.

»Herzlich willkommen zum Vorsprechen.« Finns Stimme ist so laut, dass sie bis in alle Ecken der Aula dringt, bis in die kleinste Ritze. Mein Herz pocht. »Ich bin schon gespannt auf eure Sprechproben für *Die Sage von Persephone*. An dieser Stelle darf ich mich bei Dr. Shiner bedanken, der auch diesmal die künstlerischen Projekte an unserer Schule unterstützt und mir ermöglicht, dieses Stück auf die Bühne zu bringen.« Finn blickt zum Eckplatz der ersten Sitzreihe und lächelt höflich, aber steif. Ich folge seinem Blick. Dr. Shiner, unser Schulleiter, sitzt ruhig da, die langen, dürren Beine übereinandergeschlagen. Sein magerer Körper verschwindet fast in dem perfekt gebügelten Anzug. Alle fangen an zu klatschen, also klatsche ich auch. Dr. Shiner steht auf und winkt. Seine Augen sind tiefschwarz und scheinen jede Farbe zu verschlucken.

Finn ergreift wieder das Wort.

»Ms Landen und ich werden euch jetzt nacheinander aufrufen. Wenn ihr mit dem Vorsprechen fertig seid, könnt ihr gehen, wenn ihr wollt. Bitte verhaltet euch ruhig, solange ihr noch nicht dran seid. Wenn ihr mit einem Freund üben oder euch leise unterhalten wollt, ist das okay. Wir werden die Vorhänge etwas zuziehen, das dämpft den Lärm ein wenig, trotzdem sollte es nicht zu laut werden.«

Er blickt in die Runde und lächelt in meine Richtung. Ich drehe mich zu Andrew, Paige und Reid um.

»Am Montag nach den Ferien hängt die Besetzungsliste an meiner Bürotür aus. Ich möchte betonen, dass *jeder* eine Rolle bekommt. In dem Stück gibt es viele kleine Rollen ohne Text, angefangen von den Elfen bis zu den Seelen in der Unterwelt, sodass jeder, der mitmachen will, auch mitmachen kann. Niemand wird ausgeschlossen.«

Finn nimmt das Mikrofon vom Ständer und setzt sich damit an den Bühnenrand.

»Und jetzt eine kurze Zusammenfassung der Sage von Persephone für diejenigen von euch, die nicht mehr wissen, was sie in der fünften Klasse gelernt haben, und diejenigen, die die Anmerkungen auf der ersten Seite eures Handouts nicht gelesen haben.«

Andrew, Paige und Reid hinter mir fangen an zu lachen.

»Also: Persephone lebt bei ihrer Mutter, der Erntegöttin Demeter. Ihr Großvater ist Zeus.«

»Zeus!«, ruft Andrew laut flüsternd, und alle in der Aula lachen. Ich drehe mich wieder zu ihm um. Er sieht Finn mit einem Grinsen an.

»Im weiteren Verlauf«, sagt Finn gut gelaunt, »wird Persephone von Hades, dem Gott der Unterwelt, entführt. Daraufhin verfällt Demeter in tiefen Kummer, sodass die Ernte verdirbt.« Während Finn weiterspricht, muss ich an Mom und Grandma Alice denken. »Zeus geht zu Hades und fordert ihn auf, Persephone freizulassen, was dieser auch tut. Sie einigen sich darauf, dass sie die Hälfte des Jahres in der Unterwelt verbringt und in dieser Zeit die Pflanzen nicht wachsen, während sie in der anderen Hälfte des Jahres bei ihrer Mutter lebt und die Welt voll erblüht.«

»Und deshalb gibt es die Jahreszeiten!«, ruft Reid.

»Ganz genau«, sagt Finn.

Er blickt in die Runde.

»Wenn es keine weiteren Fragen gibt, fangen wir an.« Er wartet einen Moment, dann nickt er uns zu. »Viel Glück euch allen. Ich weiß, dass ihr euer Bestes geben werdet. Den Anfang macht Andrew Moyer!«

Ich schaue auf den Stapel Papier in meinen Händen.

»Wünscht mir Glück«, höre ich Andrew sagen, als er nach vorne geht. Er eilt auf die Bühne und nimmt dabei zwei Stufen auf einmal.

Ich höre nicht alles, was er sagt, aber ich bekomme mit, dass er sich für die Rolle des Zeus bewirbt und von Ms Landen ein rotes Textbuch bekommt. Er blättert es durch, holt tief Luft und fängt an zu lesen. Von hier unten sieht es so aus, als würde zwischendurch auch Ms Landen vorlesen. Ich schlage die Seite vier mit Zeus' Textpassage auf und versuche herauszufinden, wo Andrew gerade ist.

Eigentlich wollte ich auch den Zeus vorlesen, aber gegen Andrew habe ich nicht den Hauch einer Chance. Er ist älter und größer und wird natürlich ein viel besserer

Zeus sein als ich. Hastig blättere ich die Seiten um und überfliege die anderen Rollen. Vor lauter Nervosität kaue ich an meinen Fingernägeln.

Auf der Bühne gibt Andrew das rote Textbuch an Ms Landen zurück. Er macht eine kleine Verbeugung und lacht. Finn sagt ihm, dass er seine Sache sehr gut gemacht hat. Als Nächste ist Paige dran. Grinsend geht sie an Andrew vorbei die Stufen zur Bühne hinauf. In ihrem langen schwarzen Rock mit den schimmernden Pailletten wirkt sie sehr selbstbewusst. Ich schaue an mir herab auf meine glänzende schwarze Jogginghose, die sich früher in meiner Vorstellung so spielend leicht in einen Rock wie ihren verwandelt hat.

Oben auf der Bühne verkündet Paige gerade, dass sie die Persephone vortragen wird. Natürlich. Sie fängt an und ich höre zu. Nachdem Hades Persephone entführt hat, verlangt sie, wieder zurück zu ihrer Mutter gebracht zu werden. Ihre Stimme ist laut und klar und es klingt alles sehr dramatisch. Ich werfe einen Blick auf den Textabschnitt auf der zweiten Seite, dann sehe ich mich in der Aula um.

Als Paige fertig ist, warten sie und Andrew auf Reid, danach ziehen alle drei ihre Jacken an und gehen. Ich werfe immer wieder einen Blick auf die Uhr an der Wand, während einer nach dem anderen seine Sprechprobe ablegt, und blättere dabei langsam die Seiten durch. Ich sollte jetzt eigentlich den Text von Zeus noch einmal üben, aber ich kann mich nicht darauf konzentrieren.

Gleich bin ich dran. Mein Herz fängt an zu pochen, und als Finn schließlich meinen Namen aufruft, sind außer mir nur noch zwei Siebtklässlerinnen da, die in den hinteren Reihen ihre Sachen zusammenpacken. Sie flüstern und lachen miteinander, während sie in ihre Jacken schlüpfen und ihre langen Haare aus dem Kragen ziehen. Ich muss an Lila und Amelia denken. Die alte, vertraute Sehnsucht erfasst mich – der alte, vertraute Wunsch.

Mit hämmerndem Herzen gehe ich langsam die Stufen zur Bühne hinauf und trete durch den Vorhangspalt in den kleinen, abgegrenzten Bereich, den Finn und Ms Landen geschaffen haben. Die beiden Siebtklässlerinnen verlassen die Aula, die Tür fällt hinter ihnen ins Schloss. Die Bühnenbeleuchtung ist heruntergedimmt. Der schwere, burgunderrote Samt hüllt uns ein. Finn und Ms Landen sitzen an dem langen Tisch und lächeln mich aufmunternd an. Beide haben Notizbücher vor sich liegen und eine leere Seite aufgeschlagen.

Ich versuche, ihr Lächeln zu erwidern, aber meine Beine sind plötzlich wackelig, und ich habe das Gefühl, als käme dieses dumpfe Hämmern gar nicht von meinem Herzen, sondern von außen. Ich starre auf das Skript, das Ms Landen mir hinhält. Es scheint in der Luft zu schwimmen. Ich strecke die Hand danach aus und nehme es.

»Grayson, du hast jetzt sehr lange warten müssen«, sagt Finn. Er wendet sich zu Ms Landen. »Samantha, das ist Grayson, einer meiner Sechstklässler.«

»Hallo«, sagt sie und schreibt meinen Namen in ihr Notizbuch. »Sprichst du zum ersten Mal für eine Rolle vor?«

Ich nicke und starre auf das rote Skript. *Die Sage von Persephone* steht in glitzernden Goldbuchstaben auf dem Umschlag. Mein Blick gleitet weiter, zu meiner schwarzen Jogginghose, und wieder einmal versuche ich es – ich versuche, sie in Paige' Glitzerrock zu verwandeln, aber ich schaffe es nicht. Mein Herz ist wie eine Trommel. Das Pulsieren kommt von allen Seiten und jeder Trommelschlag jagt einen Schauer durch mich hindurch. Ich blättere in dem Skript.

Das Wort *Unterwelt* springt mich an. Ich denke an Grandma Alice in ihrem hellbraunen Sarg und daran, wie die Schaufeln ihn unter grauer Erde und Schnee begraben haben.

Ich denke an Amelia und Lila und an ihre zueinanderpassenden Röcke und an Paige' Paillettenrock. Dann denke ich wieder an meine Jogginghose.

»Also gut, Grayson, was wirst du uns vorlesen?«, fragt Finn. Seine sanften Worte dringen durch die dicke, warme Luft zu mir.

Ich schaue ihn an, aber ich kann nicht antworten. Aus irgendeinem Grund muss ich an die vielen Jahre denken, in denen ich so getan habe, als wäre meine Hose ein Rock – genau wie die Röcke von Lila und Amelia und Paige. All diese Jahre habe ich so getan, als könnten auch alle anderen das sehen, was ich sehe. Und immer, wenn ich mir das vorgestellt habe, war alles gut.

In meinem Schrank zu Hause hängen Jogginghosen und Basketballhosen. Seidige, glänzende Stoffe in leuchtendem Gelb, Schwarz, Grau, Silber und Gold. Aber anders als früher sind es nur Hosen. Meine überlangen T-Shirts sehen nicht mehr wie Kleider aus. Ohne sie bin ich nichts. Plötzlich nimmt eine Idee Gestalt in meinem Kopf an. Sie nimmt Gestalt an, dringt bis zu meinem Mund und wartet darauf, ausgesprochen zu werden. Ich schaue auf meine Hände, auf meine abgekauten Fingernägel und dann wieder zu Finn. Auf der Bühne herrscht Stille. Finn und Ms Landen warten darauf, dass ich etwas sage, also tue ich es auch. Ich stelle eine Frage.

»Kann ich die Persephone vortragen?«

☆

KAPITEL 12

NIEMAND RÜHRT SICH, NIEMAND SAGT etwas. Die Worte hängen zwischen uns wie eine Nebelschwade. Um mich herum klopft mein Herz. Ich schaue Finn an, der mich anschaut, und Ms Landen, die ihn anschaut. Seine Miene ist ausdruckslos, aber seine Augen erforschen mich. Ich würde am liebsten zu Boden schauen, aber ich zwinge mich dazu, es nicht zu tun.

Er holt tief Luft.

»Nun«, setzt er an. Dann sagt er eine ganze Minute lang nichts mehr. Er nimmt seinen grauen Stift und betrachtet ihn, als müsse er genau überlegen, wie sein nächster Satz lauten soll.

Ich kann mich nicht bewegen, und ich kann meine Augen nicht von ihm abwenden, und auch nicht von Ms Landen. Keine Ahnung, wie viel Zeit vergeht, aber es kommt mir vor wie eine Ewigkeit. Schließlich setzt Finn zu einer Antwort an.

»Ich finde«, sagt er langsam, als würde er laut seine Gedanken ordnen, »ich finde, dass nichts dagegenspricht, dich die Persephone vortragen zu lassen.« Ich nicke. Mein Herzschlag zieht sich wieder in meine Brust zurück und ich atme gleichmäßiger.

»Ich meine, darum geht es doch bei einer Sprechprobe, nicht wahr? Etwas *auszuprobieren*«, fährt er fort. Nach einem kurzen Zögern fügt er hinzu: »Ich meine, natürlich kannst du es. Warum solltest du dir nicht aussuchen dürfen, für welche Rolle du vorsprechen möchtest? Aber, Grayson ...« Er sieht mich eindringlich an. »Eins will ich dir noch sagen: Wenn du danach das Gefühl hast, die Rolle ist genau die richtige für dich, dann sollten wir uns noch einmal zusammensetzen und darüber sprechen – darüber, wie andere vielleicht darauf reagieren könnten.«

Plötzlich sehe ich im Geiste Ryans und Sebastians Gesichter vor mir und mein Herz fängt wieder zu hämmern an. Der Gedanke, was andere dazu sagen könnten, ist mir noch gar nicht gekommen.

»Na ja, vielleicht sollte ich –«, fange ich an, aber Finn lässt mich nicht weiterreden.

»Ein Schritt nach dem anderen«, sagt er und nickt noch einmal. »Na los, Grayson. Zeig uns deine Persephone.«

Persephone. Der Name springt in meinem Kopf hin und her. Ein Junge in einer Mädchenrolle – ich mag mir gar nicht ausmalen, was die Leute sagen würden. Wieder kommen mir Ryan und Sebastian in den Sinn. Und Jack. Und alle anderen. Vielleicht sollte ich doch den Zeus nehmen, überlege ich kurz. Vielleicht sollte ich das Vorsprechen ganz lassen und stattdessen hinter den

Kulissen mithelfen. Aber da sind Finns braune Augen, aufrichtig und freundlich. Wie festgefroren stehe ich vor dem langen Tisch. Und wie ein Schatten aus einem anderen Leben, wie ein widerhallendes Echo legt sich langsam eine Hand auf meine Schulter. Sie riecht nach Handcreme und nach der Clementine, die sie gerade geschält und in Stücke zerteilt hat. *Bleib*, gibt sie mir zu verstehen. Ich schließe kurz die Augen und sehe unendlich tiefes Schwarz mit goldenen Punkten. Ich konzentriere mich auf die Punkte, auf ihr Funkeln, dann öffne ich die Augen wieder.

»Welche Seite?«, frage ich.

Ms Landen sieht Finn an und er nickt. Sie räuspert sich.

»Siebenundzwanzig. An dieser Stelle versucht Hades, Persephone dazu zu bringen, in der Unterwelt glücklich zu sein. Wir haben alle, die die Persephone vorsprechen –« Sie hält inne und räuspert sich erneut. »Wir bitten *dich*, die Passage zu lesen, weil Persephone in diesem Abschnitt sehr viel Leidenschaft und Gefühl entwickelt und wir sehen wollen, wie du diese Emotionen umsetzt.«

Sie schlägt ihr Textbuch auf.

»Ich übernehme den Part von Hades. Während du liest, werden wir uns Notizen machen, lass dich davon nicht ablenken. Fang auf Seite siebenundzwanzig oben an, wenn du bereit bist. Und Grayson ...?«

Ich nicke und schlucke schwer.

»Viel Glück.«

Ohne lange nachzudenken, überfliege ich kurz die

erste Zeile und fange an zu lesen. Persephone umrundet Hades' Thron. Dann späht sie durch alle Fenster und unterdrückt dabei ihre Tränen. Ich stelle mir vor, dass ich an ihrer Stelle wäre. Das ist gar nicht schwer. Ich sehe den dunklen Garten der Unterwelt direkt vor mir.

»*Lass mich frei*«, sage ich entschlossen und drehe mich zu Hades um. Ich versuche, meine Gefühle vor ihm zu verbergen. Aus seinen Angst einflößenden Augen sickert das Böse, aber er soll nicht glauben, er hätte gewonnen.

»*Meine Mutter kann ohne mich nicht sein*«, lese ich vor, aber ich weiß genau, dass Persephone eigentlich sagen will: *Ich kann nicht ohne sie sein.* Meine Stimme klingt plötzlich rau, denn ich muss an Moms Gesicht auf dem Foto neben meinem Bett denken.

»*Natürlich kann sie das*«, liest Ms Landen. »*Und sie wird es auch.*«

»Nein.« Meine Stimme ist wieder fest, aber zugleich fühle ich Persephones Sehnsucht in mir. »*Ich muss diesen Ort verlassen.*«

»*Ich kann dir alles geben, was du willst*«, erwidert Ms Landen. »*Soweit es Maß und Ziel hat*«, fügt sie hinzu.

Ich schaue in Hades' kalte Augen. »*Meine Mutter wird eine Möglichkeit finden, um zu mir zu kommen. Zeus wird ihr helfen. Wenn nicht, werde ich selbst einen Weg finden.*«

Hades lacht ein schreckliches Lachen. Ich versuche, ihn einzuschüchtern, aber in Wahrheit ist er viel mächtiger als ich.

»*Bitte*«, flehe ich ihn an. »*Lass mich nach Hause zurückkehren.*«

Hades grinst siegessicher. Mit einem Mal wird mir klar, dass ich noch einen Trumpf in der Hand habe. Entschlossen trete ich vor ihn hin.

»Nun gut.« Ich bemühe mich, meine Stimme genauso kalt klingen zu lassen wie seine. »*Ich werde bleiben. Aber solange ich hier in diesem kalten, dunklen und bösen Land bin, werde ich nicht lächeln. Ich werde nicht essen. Ich werde nichts tun, außer zu versuchen, nach Hause zurückzukehren.*«

Ich höre, wie Finn sagt, dass ich aufhören kann. Ich schaue von Seite achtundzwanzig hoch und bin beinahe überrascht, mich in dem burgunderroten Raum wiederzufinden.

Finn und Ms Landen starren mich an. Dann tauschen sie einen Blick aus und lächeln.

»Danke, Grayson«, sagt Finn zu mir gewandt. »Das hast du sehr, *sehr* gut gemacht.« Benommen reiche ich ihm das Textbuch. Er nimmt es und einen Augenblick herrscht Stille.

»Wir sehen uns morgen früh im Unterricht«, sagt er dann.

Ich nicke.

Durch den Vorhangspalt trete ich in die Aula hinaus, die mir plötzlich viel kälter vorkommt. Meine Augen brennen in dem hellen Licht, als ich über die Bühne gehe und die Holzstufen hinabsteige. Ich schnappe nach Luft und spüre den harten Boden unter mir. Es kommt mir vor, als würden meine Füße soeben zum ersten Mal die Erde berühren.

TEIL ZWEI

KAPITEL 13

WIE BENOMMEN HOLE ICH MEINE SACHEN, die ich auf einem Stuhl abgelegt hatte. Ich ziehe meine Jacke an, schultere den Rucksack und trete hinaus in die Dunkelheit. Mein Atem bildet kleine Wölkchen in der eisigen Luft.

Nachdem ich die Straße überquert habe, drehe ich mich zur Schule um. Fast überall sind noch die Lichter an, das Gebäude leuchtet geradezu vor dem schwarzen Himmel. Die Turnhallentür an der Ostseite geht auf und mehrere Mädchen kommen heraus. Sie reden und lachen, und ich überlege, wann das Footballtraining wohl zu Ende ist. Drei Lehrer verlassen die Schule durch den großen Torbogen des Haupteingangs und schleppen ihre übervollen Stofftragetaschen die Stufen hinunter zum Parkplatz.

Müdigkeit überkommt mich, aber ich zwinge mich dazu, über das, was auf der Bühne passiert ist, nachzudenken. Ich versuche mich daran zu erinnern, wie ich mich gefühlt habe, bevor ich Finn bat, für die

Persephone vorsprechen zu dürfen, aber alles ist seltsam verschwommen.

Doch dann denke ich daran, wie ich zusammen mit Ms Landen den Text gelesen habe, und diese Erinnerung ist kein bisschen verschwommen. Ich weiß alles noch ganz genau. Ich weiß, wie perfekt es sich angefühlt hat. In diesem Moment bin ich wirklich Persephone gewesen. Bei dem Gedanken muss ich lächeln. Die Tür der Turnhalle geht erneut auf und wieder kommen mehrere Mädchen mit Basketbällen heraus. *Das hast du sehr*, sehr *gut gemacht*, hat Finn gesagt, und es klang, als ob er es ernst meinte. Mir ist es genauso ergangen, auch ich habe gefunden, dass ich es *sehr*, sehr *gut gemacht* habe.

Auf dem Gehweg türmt sich ein Schneehaufen. Ich steige hinauf und springe auf der anderen Seite in den schneebedeckten Rasen.

»Ja!«, rufe ich so laut, dass zwei ältere Damen, die zur Bushaltestelle unterwegs sind, in meine Richtung schauen. Meine Fußknöchel brennen vor Kälte, während ich weiter durch den Schnee renne. Als der Bus hält, hüpfe ich die Stufen hinauf. Die Fahrerin lächelt mich an. Ich schaue auf ihr Namensschild.

»Hallo, Dori«, sage ich und überlege, ob sie wohl Kinder hat.

Sie wirkt amüsiert.

»Guten Abend.«

Ich erwidere ihr Lächeln und setze mich auf den freien Platz hinter ihr. Als ich meinen Rucksack auf dem Nebensitz ablege, muss ich an Amelia denken.

Plötzlich kriege ich fast keine Luft mehr. *Ich habe gerade vorgesprochen, um vor der ganzen Schule ein Mädchen zu spielen.* Ich stelle mir vor, wie Amelia, Lila, Meagan, Hannah und Hailey in der Cafeteria die Köpfe zusammenstecken. Fast kann ich ihr Lachen und ihre Stimmen hören, die aus dem Wirrwarr von Haarbändern, Zöpfen und langen, frisch gebürsteten Locken hervordringen – *er hat was gemacht? Ist er jetzt komplett verrückt geworden?* Ich nehme meinen Rucksack, stelle ihn auf meinen Schoß und lehne mich mit dem Kopf dagegen, während der Bus losfährt.

Zu Hause finde ich die Wohnung leer vor. In meinem Zimmer stelle ich den Rucksack auf den Fußboden und schaue in den Spiegel. Ich frage mich, wen Finn und Ms Landen beim Vorsprechen vor sich gesehen haben. Ich selbst habe mich in diesem Moment als Persephone gefühlt. Haben die beiden mich oder sie gesehen?

Wieder spuken die Gesichter der Mädchen durch meine Gedanken. Dann tauchen auch noch Ryan und Sebastian auf. Ryans Blick durchbohrt mich. Mit geballten Fäusten reibe ich mir die Lider, so richtig fest, damit vor meinen Augen ein Feuerwerk explodiert und die Bilder verbrennt. Ich sollte mir die ganze Sache aus dem Kopf schlagen und mich an meinen Aufsatz setzen, aber mir ist nicht danach, also lege ich mich auf mein Bett, denke an das Vorsprechen und rufe mir in Erinnerung, was ich als Persephone gefühlt habe. Ich will kein einziges Detail vergessen.

Irgendwann geht die Wohnungstür auf und wieder

zu, dann höre ich die Stimmen von Tante Sally, Onkel Evan, Jack und Brad. Jack hämmert an meine Tür und ruft, dass ich zum Abendessen kommen soll.

Ich setze mich neben Brad und schaufle mir eine Portion Lasagne aus dem Schnellimbiss auf den Teller. Viel zu aufgeregt, um auch nur einen Bissen hinunterzukriegen, stochere ich in meinem Essen herum. Onkel Evan greift nach dem Wasserkrug, der vor mir steht.

»Es ist wirklich schade, dass aus dem Trip nach Costa Rica nichts wird, findet ihr nicht auch, Jungs?« Er gießt uns reihum Wasser ein.

»Das kannst du laut sagen«, erwidert Jack. »Meine Freunde unternehmen fantastische Reisen. Wusstest du, dass die Aarons in Südafrika Urlaub machen?«

»Hm«, brummt Onkel Evan. Er setzt sich wieder und bläst über seinen Teller, damit die Lasagne abkühlt. »Tut mir leid, Jungs. Es ging nicht anders. Im Büro ist gerade der Teufel los.« Er wendet sich an Tante Sally. »Wenigstens bekommst du ein paar Tage frei, nicht wahr, Sal? Was wirst du damit anfangen?«

»Tja, gute Frage«, sagt Tante Sally glucksend. »Mit Freizeit kenne ich mich nicht so aus.«

»Und wie war es in der Schule?«, will Onkel Evan wissen.

»So wie immer«, antwortet Jack. »Es sind bald Ferien, da läuft nicht mehr viel.« Jede Wette, dass Jack das als Vorwand nimmt, um sich vor den Hausaufgaben zu drücken. Ich muss an sein naturwissenschaftliches Projekt in der Vierten denken. Damals hat er in den Sommerferien auf Tante Tessas und Onkel Hanks Seegrundstück in Michigan verschiedene Nistkästen aufgehängt, um herauszufinden, welchen davon die Vögel am ehesten annehmen. Zwischen den dichten Rosenbüschen befanden sich kleine Kästen, durch deren winzige Löcher die Zaunkönige ein- und ausgeflogen sind. Ich überlege, wann Jack damit aufgehört hat, für irgendetwas Interesse zu zeigen, aber ich kann es nicht genau sagen.

»Und wie war dein Tag, Brad?«, geht Onkel Evan zur nächsten Frage über.

»Gut. Er war gut. Lucia hat in der Nachmittagsbetreuung ihre Wasserflasche auf dem Computertisch verschüttet und ziemlichen Ärger bekommen, weil man überhaupt keine Wasserflaschen an die Computerplätze mitnehmen darf. Dann gab es eine Schulversammlung.«

»Ach, tatsächlich?«, fragt Onkel Evan. Tante Sally beugt sich lächelnd vor und zerschneidet die grünen Bohnen auf Bretts Teller.

»Keine Ahnung, was das sollte. Da waren Leute mit merkwürdigen Kostümen und Instrumenten.«

»Das war das Streichquartett des Jugendorchesters«, mischt Jack sich ein. »Sie haben zum Schulschluss ein Konzert gegeben, allerdings nur für die Grundschüler.«

Tante Sally hält mit dem Besteck in der Hand inne und blickt hoch. Sie und Onkel Evan starren Jack an.

»Was denn?«, sagt er. »Ich habe den Flyer in der Aula gesehen.«

Onkel Evan räuspert sich. »Und wie war dein Tag heute, Grayson?«

Statt zu antworten, schiebe ich meine Lasagne auf dem Teller hin und her. Ich denke an die weichen Bühnenvorhänge und an die warme, stickige Luft.

»Ich habe für das Theaterstück vorgesprochen«, sage ich schließlich.

Onkel Evan, Tante Sally und Jack hören auf zu essen und starren mich an. Sie sitzen da wie vom Donner gerührt. Brad blickt erstaunt in die Runde.

»Was ist denn?«, fragt er. »Das ist cool, Grayson. Wir führen auch bald ein Theaterstück auf.« Wieder schaut er uns an. »Was ist denn?«

Ein Grinsen stiehlt sich auf Jacks Gesicht.

»Ist für die Theateraufführungen der Mittelstufe nicht Mr Finnegan verantwortlich?«

»Ja«, antworte ich. »Wieso fragst du?«

Jack schüttelt den Kopf.

»Dieser Typ ist so was von schwul.« Er grinst dämlich, und ich würde am liebsten aufspringen und ihm einen Tritt versetzen. Weil ich mich das nie trauen würde, grabe ich meine Fingernägel in den schwarzen Lederbezug des Stuhls.

»Jack!«, rufen Tante Sally und Onkel Evan gleichzeitig.

»Was sagst du denn da?«, fährt Tante Sally ihn an.

»Alle sagen, Mr Finnegan ist der beste Lehrer an der ganzen Schule«, verkündet Brad.

»Ist er auch«, sage ich mit Blick auf Jack. Meine Ohren brennen wie Feuer. »Das Theaterstück ist fantastisch. Er ist ein Genie.«

»Wie du meinst«, brummt Jack und wischt sich mit dem Handrücken über den Mund. »Ich wette, es ist total zum Gähnen.« Er schaut Tante Sally und Onkel Jack an, dann blickt er wieder auf seinen Teller. »Was denn?«, sagt er und legt die Gabel weg. »Alle Schulaufführungen sind stinklangweilig.«

»Hast du schon vergessen, dass du in der Grundschule bei fast jedem Theaterstück mitgemacht hast?«, erinnert ihn Tante Sally. »Du warst ganz versessen aufs Theaterspielen.« Jack verdreht die Augen, aber Tante Sally sagt lächelnd zu mir: »Grayson, ich finde es toll, dass du vorgesprochen hast. Du nicht auch, Ev?«

»Finde ich auch«, sagt Onkel Evan und klingt beinahe stolz. »Das ist prima. Wann erfährst du, ob du genommen wirst?«

Mein Herz setzt einen Schlag aus.

»Alle werden genommen«, stammle ich.

»In unserem Stück darf ich die Hauptrolle spielen«, meldet sich Brad zu Wort. »Wann sagen sie dir, welche Rolle du bekommst?«

Ich kann nicht weiter darüber reden.

»Montag nach den Ferien«, sage ich und schiebe den Stuhl zurück. »Jetzt muss ich mich an meinen großen Aufsatz setzen. Kann ich in mein Zimmer gehen?« Ich stelle meinen Teller auf die Anrichte und lasse die anderen und ihre neugierigen Blicke hinter mir.

☆

Am nächsten Morgen bin ich in Finns Stunde furchtbar zappelig. Einerseits würde ich am liebsten in der Turnhalle eine Meile rennen, andererseits möchte ich ins Zimmer der Schulschwester gehen und mich auf eine der kleinen Pritschen legen. Ich schlage meinen Notizblock auf und beobachte Finn vorne am Pult. Lautlos schreie ich ihn an: *Ich brauche diese Rolle!* Mein Magen sackt nach unten. Wie komme ich dazu, mir so etwas zu wünschen? Finn hebt den Kopf und fängt meinen Blick auf. Ich spüre, wie ich rot werde, und schaue rasch aus dem Fenster. Der alte Schnee ist jetzt schon ganz grau.

Aus dem Augenwinkel beobachte ich Amelia. Die ganze Doppelstunde hindurch tauschen sie und Lila Blicke aus und flüstern leise miteinander. Amelia schreibt etwas in großen Buchstaben auf ihren Block, reißt das Blatt heraus und hält es unter dem Tisch so, dass Lila es von ihrem Platz aus lesen kann. Lila fängt an zu lachen und vergräbt ihr Gesicht in den Händen. Als die Glocke läutet, hat Amelia erst eine halbe Seite geschrieben.

Ich beuge mich nach unten, um meine Sachen in den Rucksack zu packen.

»Wo warst du gestern?«, fragt mich Amelia. »Bist du von der Schule abgeholt worden?«

»Ähm, nein«, antworte ich, als wäre alles wie immer. Ich hole tief Luft und schaue sie an. »Ich habe für das Theaterstück vorgesprochen.«

Ihre Miene hellt sich auf. »Echt?«

»Ja, Finn ist der Regisseur.«

»Das ist ja super, Grayson!«, sagt sie. »Da wirst du bestimmt jede Menge neue Freunde finden!« Sie schultert ihren Rucksack und fasst in ihre langen Haare. Ich könnte schwören, dass sie erleichtert aussieht.

»Sehen wir uns beim Mittagessen oder gehst du in die Bibliothek?«

»Bibliothek«, murmle ich, aber da ist sie bereits wieder an Lilas Tisch. Ich weiche Finns Blick aus, als ich am Pult vorbeikomme, und gehe allein zur Tür hinaus.

KAPITEL 14

AM FREITAG STELLE ICH MICH IN DIE hinterste Ecke des gläsernen Bushäuschens. Obwohl ich ständig darüber nachdenken muss, ob Finn mich als Persephone besetzt, bin ich doch froh, dass ich es erst in zwei Wochen erfahren werde. Solange alles noch offen ist, kann ich hoffen. Am liebsten würde ich die Zeit anhalten. Mir graut schon davor, an dem ersten Montagmorgen nach den Ferien die vielen gespannten Mienen vor Finns Bürotür zu sehen, wenn die Besetzungsliste ausgehängt wird.

Der Wind peitscht wie verrückt. Amelia kommt an die Bushaltestelle, aber ich weiß nicht, was ich mit ihr reden soll. Wie ich mich wirklich fühle, wenn ich sie und Lila in ihren Röcken sehe, kann ich ihr sowieso nicht anvertrauen. Oder soll ich etwa sagen: Am liebsten würde ich den gleichen Rock tragen wie du? Ich werde einfach nett zu ihr sein, nett, aber nicht *zu* nett.

Amelia wirkt aufgebracht.

»Alles okay?«, frage ich.

»Ich bin so sauer auf Lila«, faucht sie. »Sie hat Asher erzählt, dass ich auf ihn stehe.«

»Oh. Tust du das?« Ich wollte die Frage gar nicht stellen, aber sie rutscht mir einfach so heraus. Ich komme mir vor wie von einer Frostschicht umhüllt, die jetzt zu schmelzen anfängt. Ich spüre schon, wie der Eispanzer sich lockert.

»Darum geht es nicht. Seit wann tun Freundinnen so etwas? Es ist so gemein.« Sie blickt die Straße entlang und hält nach dem Bus Ausschau.

»Vielleicht mag sie ihn auch«, gebe ich zu bedenken und ziehe meine Mütze noch weiter über meine Ohren.

Amelia starrt mich an.

»Ich mag ihn nicht.«

»Okay.«

»Ich meine, süß ist er schon.«

Bei ihren Worten muss ich grinsen. Ich will's eigentlich gar nicht, aber ich kann nicht anders. Amelia muss ebenfalls lachen, und als der Bus anhält, steigen wir gemeinsam ein.

Wie wir so nebeneinandersitzen, ist es fast so wie im Herbst. Beinahe kann ich das Rascheln der Blätter unter unseren Füßen auf den Gehsteigen von Lake View hören. Plötzlich muss ich an die Mädchen denken, wie sie beim Mittagessen miteinander tuscheln, aber ich verdränge es sofort wieder.

»Fährst du in den Ferien weg?«, frage ich Amelia.

»Nein. Mein Dad und meine Stiefmutter wollten mit

mir nach Florida, aber dann mussten sie in letzter Minute absagen. Ich nehme an, es hat mal wieder mit der Arbeit zu tun.«

»Oh.« Ich überlege, ob es dumm ist, ihr eine zweite Chance zu geben. »Hast du sonst was vor?«

»Eigentlich nicht«, antwortet sie. »Alle fahren weg.«

»Ja.« Ich hole tief Luft. »Dann könnten wir ja mal wieder nach Lake View fahren.«

»Klar«, erwidert sie rasch. »Oder wir schauen uns das neue Secondhand-Geschäft an, das meine Mom und ich in Wicker Park entdeckt haben. Dort ist es schöner, nicht ganz so schäbig. Der Laden ist echt cool.«

»Okay, super!«, sage ich.

»Wie wär's gleich mit morgen? Ich glaube, wir haben den 23er Bus genommen. Ich werde Mom fragen und im Busfahrplan nachschauen. Ich ruf dich später an, okay?«

»Super«, sage ich wieder. »Hört sich toll an!«

Am nächsten Morgen wache ich auf, weil draußen der Wind heult und gegen mein Fenster peitscht. Das Eis auf dem See ist von einer frischen Schneeschicht überzogen. Ein Schneepflug wühlt sich durch die Seitenstraßen. Trotzdem scheint die Sonne. Es ist schon fast neun Uhr und unser Bus geht um neun Uhr fünfundvierzig. Ich springe schnell unter die Dusche und schleiche mich durch die morgenstille Wohnung in die Küche. Tante Sally sitzt auf dem Zweiersofa im Wohnzimmer. Sie hat eine Jogginghose und ein T-Shirt an und liest an ihrem Laptop. Im Fernsehen läuft *CNN*, aber der Ton ist abgestellt.

Tante Sally schiebt ihre Lesebrille hoch.

»Guten Morgen, Grayson«, sagt sie. »Hast du gut geschlafen?«

»Ja.« Ich schaue auf die Großvateruhr.

»Nimmst du den Bus um neun Uhr fünfundvierzig?«

»Jep.«

»Und du willst wirklich kein Taxi nehmen, wenn du in Wicker Park fertig bist, damit wir uns am Planetarium treffen können? Es würde zeitlich wunderbar passen. Onkel Evan und ich brauchen noch ein paar Stunden, um im Keller den restlichen Papierkram deiner Großmutter zu sortieren, daher werden wir nicht vor halb zwölf dort sein.«

Als Tante Sally Großmutter Alice erwähnt, würde ich am liebsten sofort abhauen.

»Nein, ist schon okay. Ich komme hierher zurück. Keine Ahnung, wie lange wir brauchen.«

»Einverstanden. Falls du deine Meinung änderst, kannst du mich ja auf dem Handy anrufen, okay?«

Ich nicke.

»Hör zu, Grayson. Als du gestern Abend schon im Bett warst, haben dein Onkel Evan und ich noch geredet. Wir sind wirklich sehr froh, dass du an dem Vorsprechen teilgenommen hast. Bist du sehr aufgeregt?« Sie lächelt freundlich.

Ja, würde ich am liebsten losschreien. *Ich sterbe vor Ungeduld, und ich weiß nicht, auf was ich mich da eingelassen habe.*

»Ja. Zwei Wochen Wartezeit können ziemlich lang sein.«

»Dass dieser Lehrer euch bis nach den Ferien warten lässt, ist ja beinahe grausam.« Sie lächelt wieder, aber plötzlich geht etwas mit mir durch.

»Er ist kein bisschen grausam«, protestiere ich sofort. »Finn will nur keine vorschnelle Entscheidung treffen. Er weiß genau, was er tut, glaub mir.« Kaum habe ich das gesagt, frage ich mich, ob es stimmt.

Tante Sally wirkt fast ein bisschen beleidigt. Wieder schweift mein Blick zur Uhr. Es tut mir leid, dass ich sie mit meinen Worten vor den Kopf gestoßen habe, aber mir fällt nichts ein, was ich noch sagen könnte.

»Ich muss los«, erkläre ich ihr. »Sonst muss Amelia warten.«

»Okay, viel Spaß«, sagt Tante Sally und sieht mich forschend an. Ich gehe in die Küche, nehme einen Müsliriegel und eine Wasserflasche aus der Speisekammer und schon bin ich zur Tür hinaus.

Der Schnee auf den Gehsteigen von Wicker Park ist schmutzig. An der Straßenecke steigen wir aus dem Bus und Amelia führt mich eine halbe Häuserzeile entlang bis zu dem Secondhand-Laden. Die Auslagen im Schaufenster sind farbenfroh und alles sieht sehr trendig aus.

Als wir dort ankommen, schließt eine Frau gerade die Tür von innen auf und dreht das GESCHLOSSEN-Schild um, sodass da jetzt OFFEN steht. Sie hält die Tür für uns auf.

»Guten Morgen!«, sagt sie lächelnd und zieht an allen Fenstern die Jalousien hoch. Die Verkaufstheke und der gefliese Boden funkeln im Sonnenlicht.

Es sind noch zwei weitere Verkäuferinnen da, die uns ebenfalls begrüßen.

»Sucht ihr etwas Bestimmtes?«, fragt die eine. Sie ist ordentlich gekleidet, trägt einen Pullover mit Rollkragen und ihre schwarzen Haare sind zu einem straffen Knoten zusammengebunden.

»Wir möchten uns nur umschauen«, antwortet Amelia selbstbewusst. Zu mir gewandt sagt sie: »Unsere Abteilung ist hinten.« Sie packt mich am Arm und führt mich in einen zweiten Raum, in dem außer uns niemand ist.

Das Geschäft ist eindeutig schöner als der andere Laden. Die Auswahl ist größer und alles ist heller und freundlicher. Ich kann es mir selbst nicht erklären, denn das *Second Hand* ist ziemlich gammelig, aber plötzlich wäre ich viel lieber dort als hier. Die vertrauten schiefen Holzdielen und der staubige Mottenkugelgeruch fehlen mir. Ich muss an die vielen Stunden denken, in denen ich in der Jungsabteilung nach Klamotten gesucht habe – nach überlangen Shirts oder besonders knalligen Farben.

Ich streife mit der Hand über einige noch fast neu

aussehenden Kleidungsstücke. Dabei entdecke ich einen tiefvioletten Pullover, der aussieht, als könnte er mir passen. Ich lege ihn über den Arm, schlendre durch den menschenleeren Raum und bleibe schließlich vor einem Ständer mit Röcken stehen.

Nachdem ich sie alle durchgesehen habe, ziehe ich einen langen Rock heraus. XS, 15 Dollar, steht auf dem Preisschild. Ich halte ihn ganz nah an mein Gesicht. Der Stoff ist dünn und zartgelb und wie aus einer früheren Zeit. Der Rock ist mit eleganter Spitze besetzt, kleine Bernsteinperlen zieren den Saum. Lächelnd fahre ich mit der Handfläche unter die Perlen. So etwas könnte Persephone tragen.

Sofort bin ich in Gedanken wieder hinter dem burgunderroten Vorhang auf der Bühne. Die Luft ist warm und schwer und vor mir liegt das Skript mit den goldgeprägten Buchstaben vornedrauf. In meinen Ohren hämmert mein Herzschlag. Ich lege den Rock über den violetten Pullover auf meinen Arm und steuere die Umkleidekabine an.

Als Erstes hänge ich den Pullover an den Wandhaken. In der Ecke steht ein kleiner, mit scheußlich grünem Plastik bezogener Hocker. Durch einen Riss in der Sitzfläche quillt gelber Schaumstoff hervor. Ich lege den Rock über den Riss und ziehe meine Hose aus.

Amelia schiebt den Vorhang in der Nachbarkabine beiseite.

»Meinst du nicht, dass sie hier viel mehr Auswahl haben?« In dem Spalt unter der dünnen Trennwand sehe ich ihre Füße. Die metallenen Kleiderbügel klappern an den Haken.

»Finde ich auch«, sage ich und streife meine feuchten Schuhe ab. Eine Socke wird nass, als ich mit dem Fuß auf einen Eisklumpen trete, der auf dem braunen Teppich liegt. Ich bin wie benommen und habe das Gefühl, als wäre ich eine andere Person.

»Meine Mom hat hier ein fantastisches Kleid gefunden«, sagt Amelia nebenan. Ich ziehe den Rock an und schließe den Reißverschluss an der Seite. Er passt perfekt. Ich stelle mich vor den Spiegel. Die kleinen Perlen kitzeln an meinen Knöcheln und klimpern leise wie zwei Würfel in der Hand oder wie Regentropfen.

»Hast du was Schönes gefunden?«, fragt Amelia.

»Ja«, antworte ich geistesabwesend. Ich drehe mich, um mich auch von der Seite anzuschauen. Die Würfel schlagen leise gegeneinander und die Regentropfen fallen wieder. Mein Herz hämmert. Ich schaue hoch. Der Spiegel ragt vor mir auf wie ein Haus. Plötzlich habe ich das Gefühl, als stünde jemand hinter mir. Doch das ist nur die beige Wand der Umkleidekabine. Ich drehe mich vorsichtshalber um, aber ich bin allein.

Ich greife nach dem Vorhang. Draußen neben den Fenstern befindet sich ein größerer Spiegel, in dem man sich auch von der Seite anschauen kann. In diesem Moment gibt es nur mich und diesen Rock, und ich muss ihn und mich im Licht sehen.

Mit bloßen Füßen stehe ich auf dem feuchten Teppich, aber das macht mir nichts aus, denn ich bin ganz in den Anblick meines Spiegelbilds versunken. Mein Haar wird länger. Ich hebe mein weißes T-Shirt, damit ich den Rockbund sehen kann. Er schmiegt sich perfekt an meinen Bauch. Die Spitze ist einfach wunderschön.

Plötzlich sehe ich Amelia neben mir im Spiegel. Ihre alten Strümpfe sind bis auf ihre blassen Knöchel heruntergerollt. Sie trägt eine blaue Jeansjacke über ihrem pinkfarbenen T-Shirt und einen langen Blumenrock. Sie lächelt. Ihre Augen funkeln vergnügt. Ich halte die Luft an.

Ihre Haare schwingen um ihre Schultern, als sie lachend den Kopf zurückwirft.

»Grayson! Was machst du da? Das ist ja zum Totlachen!« Ich beobachte im Spiegel, wie ihr Blick an mir hinab- und dann wieder hinaufgleitet, von den bernsteinfarbenen Perlen bis zu meinen Augen. Ich starre ihr Spiegelbild an und sehe, wie ihr Grinsen langsam verschwindet und sie mich plötzlich argwöhnisch mustert. Unsere Blicke treffen sich im Spiegel.

Plötzlich ist sie ernst.

»Grayson«, flüstert sie. »Was tust du da?« Sie schaut nach vorn zum Eingangsbereich des Geschäfts. Ich höre eine Verkäuferin sprechen. Amelia und ich stehen nebeneinander und starren uns im Spiegel an. Sie streicht sich das Haar aus dem Gesicht. »Was tust du da?«, wiederholt sie. »Willst du, dass die Leute dich für verrückt halten?« Ich stehe da und rühre mich nicht vom Fleck.

»Grayson!«, wispert sie.

Ich denke an Lilas dunkelroten Rock. Das hätte mein Rock sein sollen. Ich drehe mich zu Amelia, schaue in ihr Gesicht mit den großen Augen und der blassen, sommersprossigen Haut. Amelia wirft einen Blick durchs Fenster, und ihre Stimme hat wieder normale Lautstärke, als sie sagt: »Ich gehe nach Hause. Um halb elf geht ein Bus, der nächste um elf. Ich habe Mom versprochen, dass wir nicht so lange bleiben. Ich muss jetzt los.«

»Okay.« Mein Mund formt das Wort wie von selbst. Sie blickt auf ihre Füße.

»Kommst du mit oder bleibst du noch?«

»Ich komme mit.«

Rasch ziehen wir unsere eigenen Kleider an. Ich lasse den Rock in einem Häufchen auf dem Boden der Umkleidekabine liegen, dann treten wir hinaus in die eisige Luft.

Auf dem Weg zur Haltestelle fängt es wieder an zu schneien. Im Bus setzen wir uns nebeneinander und starren geradeaus. Meine Finger und Zehen sind halb erfroren, aber mein Nacken brennt wie Feuer. Vor meinem geistigen Auge sehe ich die Besetzungsliste an Finns Bürotür. Plötzlich kann ich den Gedanken, die Rolle zu bekommen, nicht mehr ertragen. Aber die Vorstellung, die Rolle *nicht* zu bekommen, ist genauso unerträglich. Ich überlege, ob ich vielleicht krank werde. Ich reibe am Fenster eine kreisrunde Fläche frei, um hinausschauen zu können, aber die Scheibe beschlägt sofort wieder, also starre ich stattdessen auf den abgewetzten blauen Stoffbezug der vorderen Sitzbank.

Während der Fahrt sprechen wir kein Wort. Ich denke darüber nach, wie laut die Stille ist und was das wohl bedeutet. Schließlich hält der Bus an der Randolph Street. Ich möchte so schnell wie möglich aussteigen, aber ich kann mich kaum bewegen. Meine Beine tun weh. Mir ist klar, dass alles aus ist. Es spielt keine Rolle mehr, ob Finn mich als Persephone besetzt, Amelia wird es den anderen Mädchen sowieso erzählen. Sie werden beim Mittagessen über mich reden, über den Jungen, der einen Rock anprobiert hat – einen wunderwunderschönen Rock. Der Tratsch wird sich ausbreiten wie eine ansteckende Krankheit und alle werden sich auf mich stürzen.

Ich stolpere die Stufen des Busses hinunter und überquere die Randolph Street. Die Schneeflocken dringen in meinen Kragen, und ich stelle mir vor, wie sie auf meinem brennenden Nacken verdampfen.

KAPITEL 15

DER PFÖRTNER ÖFFNET DIE GLASTÜR für mich und ich taumle an ihm vorbei. Als Erstes sehe ich Tante Sally und Onkel Evan, die in der Lobby gemeinsam auf den Aufzug warten. Onkel Evan hat einen großen braunen Umschlag und die beiden reden aufgeregt miteinander.

Ich hole tief Luft und versuche, so zu tun, als wäre alles ganz normal, obwohl ich plötzlich weiche Knie habe. Der Ausdruck in Amelias Augen, als sie mich im Spiegel angesehen hat, will mir nicht mehr aus dem Kopf gehen.

»Hi«, sage ich leise, als ich direkt hinter Tante Sally und Onkel Evan stehe. Sie drehen sich überrascht um.

»Grayson, du bist ja schon wieder da!«, sagt Onkel Evan. Die beiden tauschen ein Lächeln aus, dann wandern ihre Blicke zu dem Umschlag. Es macht leise *pling!* und die Aufzugtüren gleiten zur Seite. Ich ziehe die Jacke aus, mir ist so heiß, dass ich fast verglühe. Tante Sally drückt den Knopf und der Lift setzt sich in Bewegung.

»Was ist denn los?«, frage ich, weil die beiden so merkwürdig grinsen. Mir ist schon das Reden zu viel, trotzdem versuche ich, mich normal zu verhalten und nicht darüber nachzudenken, was gerade passiert ist. Tante Sally versetzt Onkel Evan einen Knuff.

»Tja, hm, wir haben bei den Sachen deiner Großmutter etwas gefunden, das dich interessieren wird.« Mein Herz macht einen Satz. Plötzlich fühlt sich mein Gesicht noch heißer an als vorher.

»Was?«, frage ich. »Was ist es?«

»Sieh es dir an.« Onkel Evan drückt mir den Umschlag in die Hand. Darauf steht in roter Schrift *Briefe von Lindy (für Grayson)*.

Jetzt spüre ich Schweiß auf meiner Stirn.

»Deine Großmutter hat sie anscheinend für dich aufbewahrt«, sagt Tante Sally freudestrahlend. »Schon vor langer Zeit. Ist das nicht unglaublich, Grayson?«

Die Tür gleitet auf, aber ich schaffe es nicht, einen Fuß vor den anderen zu setzen. Tante Sally legt ihre Hand auf meinen Rücken und führt mich nach draußen.

»Grayson, mein Schatz.« Sie bleibt unvermittelt stehen und sieht mich besorgt an. »Ist alles in Ordnung mit dir? Du fühlst dich so warm an!« Sie legt ihre Hand auf meine Stirn. Amelias verdutzter Blick lässt mir keine Ruhe. Ich umklammere den Umschlag fester. *Briefe von Lindy.*

Obwohl ich mich am liebsten an Tante Sallys Hand schmiegen würde, sage ich nur: »Keine Ahnung, ich fühle mich irgendwie komisch.« Meine Augen brennen. »Wo habt ihr sie gefunden?«, frage ich und drehe den Umschlag hin und her.

»Geht es ihm gut?« Onkel Evan berührt ebenfalls meine Stirn. »Ich weiß nicht recht. Ist er fiebrig?«

»Wo habt ihr den Umschlag gefunden?«, frage ich noch einmal.

»Er befand sich in den Unterlagen deiner Großmutter, die Adele an uns übergeben hat, mein Schatz.« Tante Sally tastet nach den Schlüsseln und schließt die Tür auf. »Zieh dir erst mal die nassen Sachen aus, dann reden wir weiter. Vermutlich hat deine Großmutter die Briefe für dich beiseitegelegt, bevor sie krank wurde. Zuerst wollten wir sie lesen, doch dann haben wir uns dagegen entschieden.« Sie hält einen Moment inne. »Sie gehören dir.«

Es kommt mir vor, als würde ich den Gang entlangschweben. Ich schaue auf den Umschlag – auf Moms Namen, *Lindy*, auf Grandma Alice' zittrige Schreibschrift –, und taumle in mein Zimmer hinein. Alles gleitet verschwommen an mir vorüber, meine Beine scheinen nicht mir zu gehören. Ich ziehe meine feuchte Hose aus, lasse sie achtlos auf dem Boden liegen und krieche ins Bett. Auf dem kalten Laken sind meine Füße wie Eis.

Ich lege den Umschlag vor mich hin. Mein Herz pocht und meine Augen brennen. Die Tür geht einen Spalt breit auf und Tante Sally streckt den Kopf herein. Hinter ihr ist Onkel Evan.

»Können wir reinkommen?«, fragt sie. Ich nicke. Tante Sally hat ein Thermometer in der Hand. »Aufmachen«, sagt sie, und ich mache den Mund auf. Onkel Evan setzt sich ans Fußende meines Betts.

»Wenn's dir recht ist, würden wir die Briefe gerne zusammen mit dir lesen«, fängt er an. »Kann sein, dass es merkwürdig für dich –«

Das Thermometer piepst und Tante Sally zieht es aus meinem Mund.

»Leicht erhöht, aber nicht sehr viel«, sagt sie und blickt prüfend in meine Augen. »Grayson, wie war es denn heute Vormittag mit Amelia? Du bist gar nicht lange weg gewesen?«

Ich weiche ihrem Blick aus und schaue zum Bild an der Wand, konzentriere mich ganz auf den Vogel.

»Es war okay«, sage ich.

Sie zögert einen Moment, aber ich spüre, dass sie mich beobachtet.

»Also gut«, sagt sie schließlich. »Wollen wir die Briefe gemeinsam lesen? Wir wissen, dass es nicht leicht für dich ist.«

»Nein!« Ich nehme schnell den Umschlag in die Hand. »Nein, ist schon okay. Ich schaff das.« Plötzlich kann ich es nicht erwarten, endlich allein zu sein.

»Na gut«, sagt Tante Sally.

Onkel Evan steht von meinem Bett auf.

»Versprich mir, dass du dich rührst, wenn du uns brauchst«, sagt er, und ich nicke. Die beiden gehen hinaus und machen die Tür hinter sich zu.

Ich drehe den braunen Umschlag ein paar Mal in den Händen, ehe ich ihn öffne und den Inhalt langsam auf mein Bett kippe. Drei hellblaue Umschläge rutschen heraus. Sie sind an Grandma Alice adressiert. Ich fahre mit dem Finger über die Buchstaben, dann kneife ich die Augen zusammen, um das Datum des Poststempels zu entziffern. Schließlich lege ich die Briefe in zeitlicher Reihenfolge so nebeneinander, dass sich ihre Ränder berühren. Erst jetzt wird mir bewusst, dass ich die ganze Zeit die Luft angehalten habe, und ich zwinge mich, normal zu atmen.

Ich nehme den ersten Umschlag und drehe ihn um. Als Absender ist die Adresse unseres blauen Hauses in Cleveland angegeben. Grandma Alice hat nicht die zugeklebte Lasche geöffnet, sondern den Umschlag sorgfältig aufgeschlitzt. Ich stelle mir vor, wie sie ihn mit dem glänzenden metallenen Brieföffner geöffnet hat, den sie immer in der Küchenschublade aufbewahrte, und überlege, wo der wohl hingekommen sein mag. Die Lasche ist mit Spucke zugeklebt. Meine Mom hat diesen Umschlag abgeleckt. Mit dem Finger reiße ich die Lasche an der Kante entlang auf. Dann schließe ich die Augen und versuche, *sie* zu ertasten.

Plötzlich habe ich das Gefühl, als würde ich im Schneidersitz über meinem Bett schweben. Ich höre weder den Fernseher noch die Schritte in den anderen Zimmern. Alles um mich herum ist schwarz. Der Umschlag ist fest und schwer, ich mache die Augen auf und spähe hinein.

Der Brief ist pinkfarben, fast fuchsiarot. Als ich ihn herausziehe, sehe ich, dass Fotografien darin stecken. Die Schwärze bekommt plötzlich einen Riss. Ich habe das Gefühl, als würde mich jemand beobachten. Nervös schaue ich zur Tür, aber da ist niemand. Ich entfalte das Briefpapier, nehme die zwei Bilder heraus und lege sie vor mich hin.

Als wir bei Tessa und Hank am Seehaus waren, habe ich mich am seichten Ufer bis auf den sandigen Untergrund sinken lassen. Ich habe mir die Nase zugehalten, die Beine verschränkt und die Augen aufgemacht. Um mich herum schimmerte das Wasser in einem mit hellen Pinselstrichen durchzogenen Dunkelgrün. Das Geräusch des Nichts war sehr laut. Dieses Geräusch höre ich jetzt wieder. Ich werde mir zuerst die Bilder ansehen, aber nur eine Minute lang. Dann werde ich den Brief lesen. Danach, nehme ich mir vor, sind wieder die Fotos an der Reihe.

Die Stille dröhnt in meinen Ohren. Ich sehe mir die Fotos nur flüchtig an, denn ich möchte nicht alles vorwegnehmen. Das erste zeigt Mom im Krankenhausbett mit einem Baby im Arm. Das bin ich. Ihre stützende Hand schmiegt sich um meinen kleinen Rücken. Auf dem anderen Foto bin ich ein kleines Kind. Ich schaue in die Kamera, nur mein Gesicht ist scharf, der Hintergrund ist verschwommen.

Meine Hände sind feucht, ich werde das Papier bestimmt zerknittern, aber Mom würde das nichts ausmachen, da bin ich mir sicher. Als Datum ist oben auf dem Brief der sechste September angegeben. Laut Poststempel hat Mom den Brief fast genau ein Jahr vor ihrem Unfall geschrieben.

6. September

Liebe Mom,

wie geht es dir? Ich vermisse dich, und ich hoffe, es geht dir gut! Heute ist ein großer Tag – Grayson kommt in die Vorschule! Ich bin ein bisschen aufgeregt, aber ich weiß, dass er zurechtkommen wird. Sie haben dort viele Sachen zum Verkleiden und jede Menge Malutensilien, was kann da schon schiefgehen?!

Ich schicke dir Abzüge der Bilder, von denen ich dir erzählt habe. Sein Vorschullehrer sagt, dass sie noch eine ganze Weile mit ihren »Das-bin-ich«-Heften beschäftigt sein werden, aber wenn er seines irgendwann mit nach Hause bringt, werde ich dir sofort eine Kopie schicken.

Ich hoffe, die Fotos gefallen dir!

Alles Liebe von uns,
Kuss, Lindy

Ich schiebe die Fotos zur Seite. Die Luft ist viel zu schwer. Ich möchte erst die anderen Briefe lesen, bevor ich wieder Fotos anschaue. Mom hat sie ausgewählt. Sie zeigen, wie sie mich gesehen hat, und das will ich mir bis zum Schluss aufheben.

Ich streiche das Briefpapier glatt und stecke es wieder

in den Umschlag. Mit zittrigen Händen öffne ich den zweiten Umschlag. Er enthält ebenfalls einen fast fuchsiaroten Brief. Vorne drauf sind violette Kritzeleien. Vorsichtig entfalte ich das Papier.

30. Dezember

Liebe Mom,

Grayson möchte sich bei dir für das wunderschöne Kinderbuch über griechische Sagen bedanken! Kannst du entziffern, was er dir geschrieben hat? (Ha!) Ich werde es für dich übersetzen: »Oma, Weihnachten-Buch, danke!«
Im Ernst, er liebt das Buch heiß und innig. Paul und ich müssen es ihm ständig vorlesen – nein, das stimmt nicht ganz, wir müssen eine ganz besondere Geschichte immer wieder vorlesen. Er ist ganz versessen auf die Sage vom Phönix. Er hat mich sogar dazu gebracht, einen Phönix, der über der Erde fliegt, in das Bild zu malen, von dem ich dir erzählt habe. Ich bin jetzt fast fertig damit.

Danke, Mom! Ich liebe dich!
Kuss, Lindy (und Grayson)

Mein Blick fliegt zu Moms Bild – zu dem rot-gelb-blauen Vogel, den ich in den vergangenen Jahren so oft angeschaut habe. *Es ist ein Phönix.* In der Fünften haben wir die Sage durchgenommen. Ich stelle mir einen Vogel vor, der in Flammen aufgeht und dessen Asche sich in einem Häufchen auf dem Boden sammelt, um dann wie von

Zauberhand wieder die Gestalt eines Vogels anzunehmen. Meine Augen brennen. Ich stelle mir vor, wie Mom einen kleinen hölzernen Pinsel in der Hand hält und ihn vorsichtig in das Rot, in das Gelb und dann in das Blau taucht. Hat sie die Farben auf eine Palette aufgetragen? Oder hatte sie die Farben in Pappbechern? Ich wünsche mir, ihre Hand halten zu können. Ich möchte die Furchen ihrer Haut nachfahren und die kleinen Risse berühren, wo sie sich an dem scharfen Papier geschnitten hat.

Und weil ich das nicht kann, nehme ich den letzten blauen Umschlag, den Grandma Alice für mich aufbewahrt hat. Es scheint ein weiteres Foto darin zu sein. Ich ziehe den letzten Brief heraus. Das Foto fällt mit dem Bild nach oben auf meinen Schoß.

Darauf bin ich zu sehen, wie ich vor einem Spiegel stehe. Meine Augen leuchten und ich habe ein pinkfarbenes Tutu an.

3. September

Liebe Mom,

hier ist das wunderschöne Foto, von dem ich dir erzählt habe. Sieht er nicht hinreißend aus? Danke für das Gespräch gestern Abend. In meinem Herzen weiß ich, dass Paul und ich das Richtige tun, aber seit Grayson in die Vorschule geht, ist es für uns nicht ganz leicht. Ich merke, wie uns alle dafür verurteilen, dass wir ihm erlauben, sich so anzuziehen, wie er will.

Aber es stimmt, was du gestern gesagt hast: Grayson ist so, wie er ist. Wenn er auch weiterhin darauf besteht, ein Mädchen zu sein, dann ist es unsere Aufgabe, ihn darin zu unterstützten. Ich will nur, dass er sich selbst treu bleiben kann.

Trotzdem vielen Dank dafür, dass du das für dich behältst. Paul und ich möchten es Grayson ermöglichen, der Welt zu zeigen, wer er ist – und zwar genau so, wie er es will und wann er es will.

Ich umarme und küsse dich,
Lindy

KAPITEL 16

DIE DÄMMERUNG BRICHT HEREIN, IM Zimmer ist es zu dunkel und auch zu hell; jemand hat einen Pinsel in der Hand und wechselt zwischen den Farben hin und her, zwischen tiefschwarzer Nacht und leuchtendem Tag. Wenn das Licht sich durchsetzt, funkelt die Welt wie ein Kristall. Ich rieche wieder die Handcreme und den Duft von Clementinen.

Ich bleibe in dieser Welt und betrachte die Fotos, schaue sie mit den Augen von Mom und Dad an. Ich bin ein Baby in Moms Armen und wir sind im Krankenhaus. Ich versuche Dads Hände zu spüren. Ich weiß, dass sie die Kamera halten. Meine Augen sind ganz schmal und ich bin in eine weiße Decke gehüllt. Mom blickt zu mir herab, müde und erschöpft, aber auch strahlend vor Freude.

Auf dem nächsten Foto sieht man nur mein Gesicht. Wieder taste ich nach Dads Händen. Ich möchte ihm die Kamera entreißen, damit ich seine Hände umklammern kann. Licht fällt ein und lässt meine Augen blauer und mein Haar blonder leuchten. Mein Gesicht ist entspannt, ich scheine mich nicht darum zu kümmern, was andere denken. Der untere Saum meines Shirts geht in ein verschwommenes Purpurblau über. Plötzlich ist der Gedanke da – der Gedanke, dass dieses Foto zeigt, was hätte sein *können*.

Als ich das letzte Foto in die Hand nehme, stockt mein Atem. Ich stehe vor einem Spiegel. In der Ecke sieht man undeutlich Mom und Dad hinter dem Blitzlicht. Dad hält die Kamera, Mom hat den Arm um seine Hüfte gelegt. Ich stehe mit dem Rücken zu ihnen und betrachte mein lächelndes Gesicht. Ich trage eine Jeans, ein weißes T-Shirt und darüber ein pinkfarbenes Tutu. In der Hand halte ich einen Zauberstab aus Plastik, an dessen Spitze silberne Glitzerfäden flattern.

Ich schließe die Augen und lasse die Erinnerung zu – die einzige, die ich vollkommen und ohne jede Lücke aus meinem ersten Leben behalten habe. Ich lasse sie aus der mit Samt ausgelegten Gedankenschatulle aufsteigen, in die ich sie so sorgfältig verschlossen habe.

Mom und ich sind auf einem grasbewachsenen Hügel, unter uns erstreckt sich der Ozean. Heiße, feuchte Luft hüllt uns ein. Ich trage Rot, Gelb und Blau. Die Luft ist schwer wie warmes Wasser. Sie bläht unsere T-Shirts auf und verweht unsere Haare.

»Lass meine Hand los«, sagt Mom. »Streck die Arme aus. So muss es sich anfühlen, ein Vogel zu sein.«

KAPITEL 17

MEINE AUGEN SIND DAS ERSTE, WAS wieder funktioniert. Ich sehe nur Umrisse: ein Glas auf meinem Nachttisch, aber nicht das Wasser darin, Fensterrahmen, aber nicht die Glasscheiben, Bilderrahmen, aber nicht die Bilder.

Dann kommen die Geräusche hinzu. Irgendwo klingelt ein Telefon. Stimmen, laut und flüsternd zugleich.

»Hallo, Mr Finnegan!« Tante Sallys gedämpfte Stimme, die zuerst schrill und dann wieder dunkel wird, ehe sie sich immer weiter in die Höhe schraubt, bis meine Trommelfelle beben.

Lange, wohltuende Stille.

»Sally, wir müssen mit ihm reden.« Onkel Evan. Hat Dad eine ähnliche Stimme gehabt? Türen gehen zu. Fernsehgeräusche. Schritte auf den Holzdielen. Auf dem Rücken liegend treibe ich im stillen, warmen Wasser.

Ich fühle mich zurückversetzt in die ersten Nächte, nachdem ich hierhergekommen bin, und ich erinnere mich noch gut – an den ungewohnten Geruch des Kissenbezugs und den schmalen Lichtstreifen, der nachts durch die offene Tür fiel, sich an der Bettdecke brach und vom Teppich bis zur Kommode führte, wo er sich in der Dunkelheit verlor wie eine Straße, die ins Nichts verläuft.

Mein Körper scheint in Flammen zu stehen. Ich schlafe und bin zugleich hellwach. Immer wieder tauchen neue Bildfetzen auf. Plötzlich brennt die Nachttischlampe, ihr Licht durchdringt meine Augenlider wie eine grelle Explosion. Papier raschelt. Dann ist es still.

»Oh mein Gott, Evan, das musst du lesen.«

Wispern. Papier, das auf- und wieder zusammengefaltet wird.

Jemand setzt sich aufs Bett, Metallfedern drücken sich in den Matratzenschaum.

»Sieh dir das Foto an.«

Noch mehr Rascheln, noch mehr Geräusche des Stillseins und Atmens.

Wieder das Wispern.

»Oh mein Gott, Evan. Was, denkst du, hat sie damit gemeint?«

Nichts. Keine Antwort.

»Evan!«

»Es ist vollkommen klar, was sie gemeint hat, Sally! Vollkommen klar!«

Stille.

Ich weiß nicht einmal, ob die Stimmen echt sind. Die bis zum Hals hochgezogene Decke kratzt. Meine Füße können sich endlich wieder bewegen, sie stoßen die

Decke beiseite. Ich schlage die Augen auf. Onkel Evans Gesicht ist ganz nah. Sein Blick wandert von meinen Augen zu meinem Kinn. Mit sanftem Blick sieht er mich aufmerksam an.

Dann sehe ich nur noch die Fliesen in der Toilette, sie leuchten hell und makellos weiß. Mir ist schlecht. Onkel Evans Hand stützt meinen brennenden Rücken. Die Toilettenspülung geht. Ich schaue weg und halte mich am Waschbecken fest. Plötzlich spüre ich einen kalten Waschlappen im Nacken. Ich komme mir vor wie ein Schlafwandler. Irgendwann bin ich wieder in meinem Bett und schlafe, während es um mich herum dunkel wird.

Ich weiß, dass der Morgen kommt, denn im Zimmer wird es immer heller. Jemand hat mich wieder zugedeckt. Als ich die Augen öffne, sehe ich als Erstes den fliegenden Phönix auf dem Bild über meinem Bett. Für einen Moment kommt mir alles, was passiert ist, total unwirklich vor, aber als ich mich umdrehe, fällt mein Blick auf die drei steifen blauen Umschläge, die jemand ordentlich an meine Lampe gelehnt hat.

KAPITEL 18

LANGSAM SETZE ICH MICH AUF. MEIN Mund ist trocken und ich fühle mich schlapp. Ich betrachte die blauen Umschläge und kann immer noch nicht glauben, was passiert ist. Man könnte alles für einen Traum halten, wenn da nicht diese Umschläge wären. Ich greife nach dem Brief, den Mom kurz vor dem Unfall geschrieben hat, und ziehe das rosafarbene Papier heraus.

Grayson ist so, wie er ist, hat sie geschrieben. Aber wie bin ich? Wie gerne würde ich es von ihr selbst hören. Ich betrachte das Foto von mir im Tutu. *Ich will nur, dass er sich selbst treu bleiben kann.* Meine Gedanken rasen, aber sie kehren immer wieder zu dem einen zurück: Sie wussten es. Sie wussten es, und es war okay.

Vorsichtig schwinge ich die Beine über die Bettkante und stehe auf. Das Blut schießt in meine Füße und mir ist schwindelig. Seit gestern Morgen habe ich nichts mehr gegessen und getrunken. Als ich eine Hose aus dem Schrank holen will, sehe ich mich in weißem T-Shirt und Unterwäsche im Spiegel. Plötzlich muss ich an Amelias dunkle Augen denken, die mir aus dem Spiegel im Geschäft entgegengeblickt haben. Dunkelheit sickert wieder zu mir herein und ich kehre zum Bett zurück. Die Sprungfedern quietschen, als ich mich hinsetze.

Onkel Evan streckt den Kopf durch den Türspalt.

»Grayson, du bist ja wach! Wie geht's dir? Sally!«, ruft er. »Er ist wach.«

Ich höre eilige Schritte, dann taucht Tante Sally neben ihm auf. Zögernd betritt sie mein Zimmer.

»Grayson«, sagt sie. »Geht es dir wieder gut?«

»Ich glaube schon«, antworte ich ihr. Aber sobald ich an gestern denke, steigen Übelkeit und Angst in mir auf, ballen sich zusammen wie Wörter, die einen Satz bilden wollen. Ich bleibe auf meinem Bett sitzen und schaue zu Tante Sally und Onkel Evan an der Tür.

»Grayson«, fängt Tante Sally verlegen an. »Diese Briefe. Onkel Evan und ich haben sie gestern Abend gelesen. Als wir sie dir gegeben haben, hatten wir ja keine Ahnung. Wir wussten nicht, was drinsteht.« Sie blickt auf ihre Füße. »Wir hätten sie zuerst lesen sollen«, sagt sie dabei die ganze Zeit, ohne mich anzuschauen. »Es war sicher nicht leicht für dich.« Ihre Stimme verebbt. »Es tut uns leid.«

Onkel Evan beobachtet sie, und ich warte darauf, dass sie weiterspricht und mir sagt, was genau ihnen leidtut, aber es kommt nichts mehr.

»Mein Junge, was hältst du davon, wenn du dich anziehst und ins Wohnzimmer kommst, damit wir reden können?«, schlägt Onkel Evan vor. »Vor einer Stunde hat Tessa die Jungs abgeholt und verbringt mit ihnen den Tag am Seehaus.« Er wirft Tante Sally einen nervösen Blick zu. »Und, ähm, da gibt es noch etwas, worüber wir sprechen sollten«, sagt er, sieht aber dabei immer noch Tante Sally an.

Ich spüre nichts. Die Hälfte ihrer Worte prallt an mir ab wie Licht an einem Spiegel. Mein Gesicht ist blass und ich bin am Verdursten. Benommen tapse ich ins Wohnzimmer. Meine Augen fühlen sich an wie mit Watte ausgestopft. Ich komme mir vor, als wäre ich wieder vier Jahre alt.

Ich setze mich ihnen gegenüber auf die Couch. An der Tischkante neben mir stehen ein Glas Wasser und eine Kanne mit Tee, den Tante Sally zubereitet hat.

Mit langsamen Schlucken trinke ich das Wasser. Ich lege mir ein rotes Kissen auf den Schoß und klammere mich daran wie an einen Schutzschild.

Onkel Evan fährt sich durchs Haar, betrachtet eingehend seine Hände und fängt dann an zu sprechen.

»Grayson«, sagt er. »Ich denke, wir haben einiges zu bereden.«

Ich sitze da und rühre mich nicht.

»Tante Sally hat ja schon gesagt, dass wir uns sehr gut vorstellen können, wie schwer es für dich gewesen sein muss, die Briefe deiner Mom zu lesen. Wir wussten nicht, worum es darin geht. Wir sind uns selbst nicht sicher, was wir von dem, was deine Mom da schreibt, halten sollen.« Er sieht mich eindringlich an. »Oder was das für dich bedeutet.«

Keiner von uns sagt ein Wort.

»Ich denke«, fährt er schließlich fort, »sie wollte, dass du sein darfst, wie du bist. Das Foto von dir in dem, ähm, pinkfarbenen Röckchen …«

»Tutu«, korrigiere ich ihn gedankenverloren.

»Wie bitte?«, fragt Onkel Evan.

»Es heißt Tutu.«

»Ja, natürlich. Wie auch immer, das alles ist ja schon sehr lange her.«

Die Übelkeit kehrt zurück.

»Wir müssen jetzt nicht darüber reden, wenn du nicht willst, aber Tante Sally und ich möchten, dass du eines weißt: Du kannst immer zu uns kommen, egal, worum es geht.«

»Aber das weiß er doch«, mischt Tante Sally sich ein.

Ich schaue in ihr hochrotes Gesicht und nicke automatisch. Onkel Evan sieht mich erwartungsvoll an, aber ich bin wie erstarrt. Stille breitet sich aus. Nur das Ticken der Uhr ist zu hören.

Eine Minute vergeht, bevor Onkel Evan sich räuspert und weiterspricht.

»Nun ja, ähm, ich weiß, das ist ziemlich viel zum Nachdenken, und womöglich fühlst du dich überfordert. Aber es gibt noch etwas, worüber wir reden müssen, Grayson. Als du gestern in deinem Zimmer warst und, ähm, die Briefe gelesen hast, hat Mr Finnegan angerufen.«

Eine flüchtige Erinnerung an Tante Sallys Stimme stiehlt sich in meine Gedanken. Mein Herz fängt an zu rasen.

»Er hat angerufen, um zu fragen –«

»Er hat gar nichts gefragt«, unterbricht ihn Tante Sally. »Er hat es uns einfach mitgeteilt.«

»Okay, also, er hat angerufen, um uns mitzuteilen, dass er darüber nachdenkt –«

»Was heißt hier *nachdenken*, Evan? Er hat seine Entscheidung doch längst getroffen.« Da wird mir klar, dass Tante Sally total wütend ist. Ihre Gesichtszüge sind hart und ihr Blick ist kalt. Ich kann mich nicht daran erinnern, sie je so gesehen zu haben.

»Was wollte er?«, schreie ich los, weil ich mich nicht länger beherrschen kann.

Onkel Evan sieht mich bestürzt an. »Nun ja, anscheinend hast du für die *weibliche* Hauptrolle in dem Stück vorgesprochen, Grayson.«

Mein Herz hämmert wie wild. Ich nicke stumm.

»Grayson«, sagt Tante Sally flehentlich und runzelt bekümmert die Stirn. »Warum hast du das getan?«

»Immer mit der Ruhe, Sal«, sagt Onkel Evan leise zu ihr.

»Tut mir leid«, erwidert sie. »Es ist nur ... Grayson, ich mache mir Sorgen um dich. Wieso willst du dich auf etwas einlassen, dass dir nichts als Spott einbringen wird? Kinder können sehr grausam sein, besonders in deinem Alter. Ich meine es nur gut mit dir, Grayson. Ich versuche, dich zu beschützen –«

»Was genau hat er gesagt?«, unterbreche ich sie.

»Eins nach dem anderen«, sagt Onkel Evan. »Dazu kommen wir noch. An dem, was Tante Sally sagt, ist was dran. Wenn du vorhast, eine Mädchenrolle zu übernehmen ... nun ja, dann kannst du das natürlich. So sehe ich das jedenfalls.« Er wirft Tante Sally einen Blick zu. »Aber, Grayson, deine Tante hat nicht ganz unrecht. Die anderen in der Schule werden nicht sehr freundlich darauf reagieren.«

»Heißt das, er will –«

»Hör mal«, unterbricht mich Onkel Evan. »Wir, ähm, hatten keine Ahnung, bevor wir die Briefe deiner Mutter gelesen haben. Wir wussten ja nicht, dass du schon so warst, bevor du zu uns kamst.«

»Was soll das heißen?«, frage ich ihn.

»Als du bei uns eingezogen bist, hast du dich immer als Mädchen verkleidet«, sagt Tante Sally. »Ich nehme an, das ist auch das, worauf deine Mom in ihren Briefen anspielt.«

Ich kralle meine Finger in das rote Kissen.

»Wirklich?«, frage ich.

Onkel Evan nickt.

»Wir konnten es nicht richtig einordnen«, beginnt er zögernd. »Bevor deine Eltern nach Cleveland gezogen sind, hatten dein Dad und ich uns ziemlich entfremdet. Das gehört zu den Dingen, die ich am meisten bereue – dass wir nicht mehr miteinander gesprochen haben.« Er nimmt seine Brille ab und reibt sich die Stirn.

»Oh«, murmle ich leise.

»Aber deine Vorliebe fürs Verkleiden hielt nicht lange an«, betont Tante Sally. »So etwas Ähnliches hat ja auch deine Mom geschrieben. In den ersten Monaten hier bei uns hast du steif und fest behauptet, ein Mädchen zu sein. Aber deine Lehrerin, Mrs Stern, hat uns versichert, dass das eine völlig normale Phase sei, die vorübergeht und vermutlich mit deinem Trauma zusammenhängt. Und so war es auch.«

Onkel Evan blickt sie an.

»Mag sein, Sally, aber es hörte erst auf, nachdem wir ihm erklärt haben, dass Jack ihn nicht mehr so hänseln würde, wenn er sich wie ein Junge benimmt.« Zu mir gewandt fügt er hinzu: »Du hast meine Unterhemden als Kleidchen angezogen. Sie waren natürlich viel zu lang und du bist immer darüber gestolpert. Ich weiß nicht, ich nehme an ... vielleicht hätten wir dir –«

»Evan!«, mischt Tante Sally sich wieder ein. »Es brauchte nur eine einfache Erklärung, dass man so etwas als Junge nicht tut, und schon hat er damit aufgehört.«

Meine Hände schwitzen und ich muss schlucken.

»Dann war wirklich Schluss?«, frage ich.

»Natürlich«, sagt Tante Sally rasch. »Es ist dir leichtgefallen.«

»Na ja, Jack hat ihm das Leben schwer gemacht«, sagt Onkel Evan zu ihr, als wäre ich gar nicht da. »Vielleicht ist das der Grund, warum es aufgehört hat. Vielleicht wollte er nicht länger Jacks Spott ausgesetzt sein.« Er hält kurz inne, dann fügt er hinzu: »Wir beide haben

Grayson nicht so unterstützt, wie Paul und Lindy das anscheinend getan haben.« Als er den Namen seines Bruders ausspricht, stockt seine Stimme.

Tante Sally holt tief Luft.

»Es war eine schwere Zeit für uns alle. Jack war von deiner Ankunft nicht gerade begeistert. Damals war er erst fünfeinhalb. Er wusste noch nicht, was richtig und was falsch ist. Und Brad war noch ein kleines Baby. Wir hatten so viel –«

Onkel Evan schneidet ihr das Wort ab.

»Wie auch immer, du und Jack habt euch schließlich doch noch angefreundet.« Er ringt sich ein gequältes Lächeln ab, aber sein Blick ist auf Tante Sally gerichtet. »Es hat nur ein paar Jahre gedauert.«

Ich beobachte die beiden. Es ist, als hätte ich soeben die Vorgeschichte zu meinem Leben gelesen und würde nun zum ersten Mal die Zusammenhänge begreifen.

»Warum hat niemand mir etwas davon gesagt?«

»Ach«, antwortet Tante Sally. »Ich bin davon ausgegangen, dass du dich daran erinnerst.«

Verdutzt starre ich sie an.

»Die Sache ist die, Grayson ... wir müssen jetzt eine Entscheidung treffen«, fährt sie fort. »Darüber, ob das gut für dich ist. Ich meine damit die Rolle dieser, ähm, Persephone. Mr Finnegan sagt, er habe dich dafür ausgewählt. Aber bevor er es offiziell macht, wollte er noch einmal sichergehen, dass du es wirklich willst. Es wäre also kein Problem, ihm einfach zu sagen –«

»Heißt das, ich habe die Rolle?«, frage ich und springe auf. Das rote Kissen fällt auf den Boden.

»Ja, Grayson, genau das ist ja das Problem.« Ihr Blick geht zwischen Onkel Evan und mir hin und her. Ich lächle. Ich kann einfach nicht anders, und das obwohl Tante Sally so aussieht, als würde sie gleich in Tränen ausbrechen. Ich wiederhole den Satz, nur um die Worte noch einmal zu hören.

»Ich habe die Rolle.«

»Das ist absolut lächerlich.« Tante Sallys Stimme wird immer lauter. »Mr Finnegan hat kein Recht, dir eine solche Rolle zu geben.« Inzwischen sieht sie nicht mehr so aus, als wollte sie weinen, dafür ist sie viel zu wütend. Neben ihr wirkt Onkel Evan klein und unterlegen. Er reibt seine Knie und blickt mich an. Obwohl ich Moms und Dads Gesichter nur von Fotos kenne, habe ich jetzt das Gefühl, als würden sie neben mir stehen und mir mit den Händen den Rücken stützen. Dieses eine Bild will mir nicht mehr aus dem Kopf: Ich stehe im Scheinwerferlicht auf der Bühne und trage ein wunderschönes fließendes Kleid.

»Grayson, geht es dir gut?«, fragt Onkel Evan und sieht mich so seltsam an.

»Ja«, sage ich mit einem breiten Grinsen. »Ja, es geht mir bestens.«

KAPITEL 19

TESSA UND HANK BRINGEN JACK UND Brad nach dem Abendessen wieder nach Hause.

»Ich hoffe, du hast nichts Ansteckendes«, sagt Jack, als er an mir vorbei in sein Zimmer geht und die Tür hinter sich zuschlägt. Ich weiß noch, wie wir klein waren und er auf unser geheimes Klopfzeichen hin die Zimmertür aufgemacht hat – *tapp, tapp, tock, tock, tock.* Ich erinnere mich an die Zeit, als wir mit Tessa und Hank beim Segeln waren, während Brad mit Tante Sally und Onkel Evan in böigem Wind und grellem Sonnenlicht am Pier wartete. Wir schafften es gerade noch bis zum Ufer, ehe das Segelboot im Schilf kenterte. Jack und ich trieben in unseren muffig riechenden Rettungswesten im Wasser und lachten. Er griff nach meiner Hand und half mir auf den rutschigen weißen Kiel des Boots.

Brad blickt hinaus in die leere Diele, dann setzt er sich zu mir auf die Couch.

»Bist du immer noch krank?«, fragt er.

»Nein, es geht mir gut«, antworte ich. Was haben

Tante Sally und Onkel Evan Tessa und Hank gesagt? Sie winken mir von der Tür aus zu. Wissen sie über die Theateraufführung Bescheid? Allein der Gedanke jagt mir einen Schrecken ein.

Den Rest des Abends sitzen wir zusammen auf der Couch. Selbst als es schon richtig spät ist, scheuchen Tante Sally und Onkel Evan uns nicht ins Bett. Ich tue so, als würde ich mit Brad *Star Wars* anschauen, dabei hänge ich meinen Gedanken nach. Meine Erinnerung an Mom und Dad bestand bisher nur aus ihren Gesichtern. Nun ist das anders. Jetzt, wo ich die Briefe habe, spüre ich, wie nahe sie mir sind.

Die Winterferien ziehen sich endlos dahin. Tante Sally und Onkel Evan wollen mich nicht bedrängen, aber ich merke, dass sie mich ständig so merkwürdig anschauen. Tante Sally hat eine Wochenkarte fürs Museum gekauft, aber ich werde auf keinen Fall mitgehen. Jeden Tag brechen sie mit Jack und Brad gleich nach dem Frühstück auf, während ich die meiste Zeit damit verbringe, auf dem Bett zu liegen und Moms Bild zu betrachten. Besonders den Phönix. Immer wieder lese ich die Briefe und schaue die Fotos an. Mom und Dad haben es gewusst. Sie haben es *gewusst* und es war okay.

Eines Abends kommen Tante Sally und Onkel Evan nach dem Abendessen zu mir ins Zimmer.

»Grayson«, fängt Tante Sally an. »Wir wollten mal sehen, wie es dir geht ... und wir wollten dich fragen, was du in dieser, ähm, Sache mit dem Theaterstück vorhast. Mr Finnegan hat heute wieder eine Nachricht auf dem

Anrufbeantworter hinterlassen. Er scheint dringend auf einen Rückruf von uns zu warten.«

Ich setze mich im Bett auf.

»Ihr habt ihn noch gar nicht angerufen?«

»Nun ja, dein Onkel und ich wollten ein bisschen Zeit verstreichen lassen. Damit du, ähm, die Sache überdenken kannst.« Sie wirft Onkel Evan einen Blick zu.

»Also«, schaltet er sich ein. »Möchtest du immer noch diese Rolle spielen?«

»Ja!«, antworte ich. »Unbedingt.«

»Aber warum?« Tante Sally klingt fast verzweifelt. »Warum willst du dich den Hänseleien aussetzen? Die anderen werden dir das Leben schwer machen, Grayson. Sie werden dich mobben. Du wirst *verletzt* werden.«

Es kommt mir vor, als würde ich bereits eine Rolle spielen, denn ich scheine schon nicht mehr ich selbst zu sein.

»Ich weiß es nicht«, antworte ich. »Da ist nur dieses Gefühl ...« Ich hole tief Luft und schaue den beiden fest in die Augen. »Also, ich habe darüber nachgedacht, was ihr gesagt habt ... dass ich mit euch über alles reden kann, und wie ich war, als ich zu euch gekommen bin ...« Mein Onkel und meine Tante sehen mich mit großen, erschrockenen Augen an. »Ich glaube, ich bin immer noch –«

»Du bist immer noch *was*, Grayson?«, unterbricht mich Tante Sally aufgewühlt.

Ich weiche ihrem Blick aus und konzentriere mich ganz auf Onkel Evan.

»Nichts«, sage ich und lasse mich ins Kissen zurückfallen. »Ich möchte diese Rolle spielen. Das ist alles. Wenn die anderen sich darüber lustig machen, komme ich damit klar.« Ich behaupte es, ohne wirklich zu wissen, ob es stimmt.

»Wenn das so ist«, sagt Tante Sally matt, »dann sollten wir mit Jack und Brad darüber sprechen. Damit sie vorbereitet sind.« Mein Magen krampft sich zusammen, als ich sehe, wie verletzt sie ist. Worauf sollen sie vorbereitet sein?

»Einverstanden«, antworte ich. Sie stehen noch eine Minute lang in meinem Zimmer herum, dann gehen sie hinaus und schließen die Tür hinter sich.

Am nächsten Morgen bleibe ich so lange wie möglich im Bett aus, aber irgendwann bleibt mir nichts anderes übrig, als aufzustehen. Ich bin am Verhungern und muss zur Toilette. Außerdem kann ich mich ja nicht für immer verstecken. Ich muss daran denken, was Tante Sally und Onkel Evan über Jack gesagt haben. Darüber, wie Jack mich anfangs behandelt hat. Auf dem Weg zum Esszimmer wappne ich mich innerlich.

Tante Sally, Jack und Brad sitzen am Frühstückstisch.

»Hey, seht euch die süße Lady an!«, ruft Jack. Brad, der gerade einen Löffel mit Müsli essen will, hält mitten in der Bewegung inne und sieht seinen Bruder an.

Tante Sally blickt von ihrer Zeitung auf.

»Jack, das ist genau das, was ich gemeint habe. Lass ihn in Ruhe«, sagt sie warnend. »Wie hast du geschlafen, Grayson?«, fragt sie automatisch.

»Gut«, antworte ich ihr, behalte dabei aber Jack im Auge. Ich setze mich neben Brad und nehme mir Müsli.

Brad schaut mich mit vollem Mund an.

»Dad hat mir die Geschichte von Persephone und den Jahreszeiten erzählt«, murmelt er kauend. »Und du spielst wirklich die Persephone?«

Ich zwinge mich zu einem Lächeln.

»Ja, das stimmt.«

»Ist die Geschichte wahr?«, fragt er.

»Nein, sie ist frei erfunden«, antworte ich.

Er nickt.

»Ich finde, unser Grayson hier gibt ein perfektes Mädchen ab«, stellt Jack fest. »Aber was soll ich meinen Freunden sagen, wenn sie mich fragen, warum mein Cousin sich total schwul aufführt?« Als ich ihn anschaue, wird er rot. Er senkt den Blick und spielt mit seinem Müsli.

»Jack«, sagt Tante Sally streng, aber müde.

Brad beobachtet uns verwirrt. Ich versuche mir vorzustellen, wie ich auf andere wirken werde, wenn ich in einem Kleid auf der Bühne stehe, und mir wird klar, dass es eigentlich um eine ganz andere Frage geht – um die Frage, was dahintersteckt. *Ich will nur, dass er sich selbst treu bleiben kann*, hat Mom geschrieben, und seit ich das weiß, sehne ich mich noch mehr nach ihr als zuvor. Ich brauche sie, damit sie mir sagt, wer ich bin. Sie muss es mir erklären, denn ich weiß genau, was Jack denkt, und ich bin sicher, dass er nicht recht hat.

»Was genau bedeutet –«, setzt Brad an, aber Jack unterbricht ihn sofort.

»Also, was soll ich den anderen sagen?«, fragt er mich finster.

»Ich weiß es nicht«, antworte ich leise. Ich weiß es *wirklich* nicht. »Tut mir leid.«

»Ach ja? Wenn es dir wirklich leidtäte, würdest du so was gar nicht erst machen. Du bist echt peinlich.«

»Das reicht, Jack«, sagt Tante Sally ruhig.

»Wie du meinst«, faucht Jack. Er steht auf und rennt hinaus. Ich höre, wie er seine Zimmertür zuknallt.

Brad blickt abwechselnd mich und seine Mutter an.

»Ich kapier das nicht«, sagt er. »Warum kann Grayson nicht Persephone spielen?« Tante Sally blickt zum Fenster hinaus. »Es ist doch nur ein Spiel«, sagt Brad verdutzt.

Ich würde ihm gerne erklären, dass es sehr viel mehr ist als ein Spiel, aber ich weiß nicht, wie. Bretts Worte schweben im Raum, halb wahr und halb nicht.

An diesem Abend liege ich im Dunkeln im Bett. Im Haus ist es still, nur aus Tante Sallys und Onkel Evans Schlafzimmer sind gedämpfte Stimmen zu hören. Ein Blick auf die Uhr sagt mir, dass es fast schon elf ist. Leise schleiche ich durch den Gang und setze mich auf den kalten Holzboden vor ihrer geschlossenen Tür. Die beiden streiten miteinander.

»Himmel noch mal, Sally, erzähl mir einfach, was er gesagt hat, ohne mir ständig deine eigene Meinung aufzudrängen«, verlangt Onkel Evan.

»Kannst du nicht etwas leiser sprechen? Du weckst alle auf!«, flüstert Tante Sally laut. »Ich habe ihm erklärt, dass er seine Kompetenzen als Lehrer überschritten hat, mehr nicht. Und ich habe ihm gesagt, dass Grayson die Rolle haben möchte, aber kein Lehrer, *überhaupt niemand* eine so schwerwiegende Entscheidung treffen kann, ohne zuvor alle Beteiligten zu Rate gezogen zu haben!«

»Und?«

»Er will mit Grayson darüber sprechen, wie die Leute reagieren könnten. Er will mit ihm gemeinsam eine Strategie entwickeln, wie er damit umgehen kann. Ich habe ihm klargemacht, wie unnötig das ist, weil wir zu Hause ohnehin über so gut wie nichts anderes mehr reden als über die möglichen Auswirkungen.«

»Hältst du das für richtig, Sally?«, fragt Onkel Evan, aber sie scheint ihm gar nicht zuzuhören.

»Er erwiderte, er wolle niemandem zu nahetreten, aber er sei der festen Überzeugung, dass jeder Lehrer, der es ernst mit seinen Schülern meine, gelegentlich auch die Grenze zwischen schulischem und privatem Leben überschreiten müsse oder so etwas in der Art. Kompletter Unsinn. Ich habe ihm gesagt, dass er ein Monster aus ihm machen wird. Die Situation gerät immer mehr außer Kontrolle, und am Ende wird Grayson nur verletzt werden, das garantiere ich dir.«

Mein Herz hämmert. Eine Weile herrscht Stille.

Schließlich sagt Tante Sally: »Wir könnten Grayson verbieten, bei diesem Theaterstück mitzumachen.«

Mein Magen verknotet sich und brennt plötzlich wie Feuer.

»Nein«, sagt Onkel Evan schroff. »Ich bin strikt dagegen. Wie lange ist es her, dass Grayson sich an *irgendetwas* beteiligen wollte? Und jetzt, wo er endlich einmal Interesse zeigt, sollen wir es ihm verbieten? Ausgeschlossen.«

Tante Sally gibt keine Antwort. »Und überhaupt«, fährt Onkel Evan mit leiserer Stimme fort. »Vielleicht bedeutet die Sache mit dem Theaterstück noch weit mehr. Vielleicht war das Verkleiden nicht nur eine Phase. Du hast Lindys Brief selbst gelesen.«

»Natürlich war es nur eine Phase!«, protestiert Tante Sally sofort. »Wer weiß, wie sie das in ihrem Brief gemeint hat? Soll ich dir etwas sagen, Evan? Angenommen, es wäre tatsächlich nicht nur etwas Vorübergehendes ... dann ist es trotzdem nicht der springende Punkt. Es steht Mr Finnegan einfach nicht zu, sich einzumischen. *Das* ist der springende Punkt. Er geht zu weit. Gleich am Montag rufe ich Dr. Shiner an. Tut mir leid, wenn dir das nicht passt, aber ich lasse mich nicht davon abhalten. Er muss wissen, was ich von dieser Entscheidung halte. Vielleicht kann er etwas dagegen unternehmen. Mr Finnegan ist drauf und dran, bei Grayson etwas in Gang zu setzen, das ungeahnte Folgen haben kann.

Grayson ist ein *Kind*. Er kann unmöglich Entscheidungen dieser Tragweite treffen.«

Der Knoten in meinem Magen zieht sich fester zu.

»Himmel, das ist typisch Lindy, ihn darin auch noch zu bestärken«, fügt sie hinzu.

»Mein Gott, Sally«, flüstert Onkel Evan.

»Tut mir leid, Ev«, sagt Tante Sally sanft. Sie spricht jetzt so leise, dass ich mich anstrengen muss, um sie zu verstehen. »Ganz ehrlich, ich fühle mich damit überfordert.« Eine Zeit lang sind beide still, dann sagt sie: »Erinnerst du dich noch, als er zu uns gekommen ist und wir zum Abendessen bei den Clarks eingeladen waren? Die Kinder hatten sich verkleidet, und wir mussten ihm praktisch das Kleid vom Leib reißen, als wir gehen wollten. Ich weiß noch, wie Alex und Esther uns angesehen haben, als er brüllend auf dem Boden lag – als wären wir völlig unfähig.«

»Sally«, sagt Onkel Evan, diesmal sogar noch leiser.

»Außerdem werden die anderen ihn gnadenlos mobben«, fährt Tante Sally fort. »Darum geht es hier.«

Ich halte es nicht aus, ihnen weiter zuzuhören. Leise schleiche ich mich in mein Zimmer und schließe vorsichtig die Tür hinter mir. Meine Hände zittern. Ich wickle mich fest in meine Decke und verschließe meine Augen vor der Dunkelheit.

KAPITEL 20

ALS ICH IM MORGENDLICHEN WINTERLICHT die menschenleere Treppe zum vierten Stock hinaufgehe, höre ich Stimmen durch die geschlossene Tür am oberen Treppenabsatz. Ich weiß längst, welche Rolle ich bekommen habe. *Also, warum bist du überhaupt hier?*, schreie ich mich stumm an. Weil ich es will. Ich will in der Menge stehen, mich mit den anderen vor Finns geschlossener Bürotür drängen, die Besetzungsliste lesen und sehen, wer welche Rolle bekommen hat.

Ich schultere meinen Rucksack fester und starre erst noch eine Minute lang auf den Türknauf, bevor ich den Gang betrete und langsam zu der kleinen Schar von Siebt- und Achtklässlern gehe. Tommy ist da, Reid, Paige und natürlich Andrew. Meagan, Hannah, Hailey und ein paar andere Sechstklässler stehen ebenfalls vor der Tür. Sie scharen sich um die Liste und flüstern und deuten. Ich wusste gar nicht, dass sie ebenfalls vorgesprochen haben.

Unauffällig mische ich mich unter sie und konzentriere mich ganz auf das Papier an der geschlossenen Tür. Ich schaue niemanden an, trotzdem spüre ich die Gegenwart der anderen. Und dann lese ich es:

Persephone – *Grayson Sender*

Druckerschwärze auf Papier. Buchstaben, die dauerhaft da stehen. Mein Herz schlägt heftig, aber ich lächle insgeheim, während ich den Rest der Liste durchgehe.

Hades – *Reid Axelton*
Zeus – *Andrew Moyer*
Demeter – *Paige Francis*
Hermes – *Tommy Littleton*
Sprechrolle Elf 1 – *Meagan Lee*
Sprechrolle Elf 2 – *Audrey Booker*
Sprechrolle Elf 3 – *Natalie Strauss*

Ich bin erstaunt, Meagans Namen bei einer der Nebenrollen zu lesen. In der Klasse ist sie immer eine von den Ruhigen. Ich frage mich, wie sie das hinkriegen wird. Rasch überfliege ich die restliche Liste. Unten stehen die kleinen Rollen, weitere Elfen und die Seelen der Unterwelt. Hailey und Hannah sind die Elfen Nummer elf und zwölf.

Ich studiere den Zettel, solange es geht. Um mich herum wispert es. Ich möchte mich nicht umdrehen, aber ich weiß, dass ich nicht ewig vor der Tür stehen bleiben kann. Schließlich stecke ich die Hände in die Taschen, hole tief Luft und drehe mich mit gesenktem

Kopf um. Ich versuche, Mom und Dad heraufzubeschwören, wie in den Ferien zu Hause, aber es klappt nicht. Ich bin völlig allein.

»Glückwunsch, Grayson«, sagt eine Stimme so scharf, dass ich zusammenzucke. Tante Sallys Warnung fällt mir wieder ein. Ich hebe den Kopf. Es ist Paige. »Ziemlich beeindruckend, dass ein Sechstklässler die Hauptrolle bekommen hat.« Sie rückt ihren Rucksack zurecht und verschränkt die Arme vor der Brust.

»Danke«, antworte ich ihr mit einem gezwungenen Lächeln. Reid kommt auf uns zu, und ich würde am liebsten weglaufen, aber Paige redet weiter.

»Ich habe damit gerechnet, dass *ich* die Rolle bekomme. Normalerweise spielen Achtklässler die Hauptrollen.«

»Oh.« Mein Gesicht fühlt sich heiß an. Ich weiß nicht, was ich darauf erwidern soll. »Tut mir leid ... ich, ähm, ich habe das gar nicht erwartet.«

Paige holt tief Luft und sieht Reid von der Seite an.

»Tja«, murmelt sie und mustert mich von Kopf bis Fuß. Immerhin scheint sie sich mit der Situation abzufinden, denn sie sagt ziemlich trocken: »Dann solltest du mich wohl von jetzt an *Mom* nennen.«

Alles um mich herum erbebt, aber nur einmal und nur ganz kurz. Ich versuche mein Gleichgewicht zu behalten und konzentriere mich auf Paige' buntes, seidiges Lagen-Shirt. Ihre vielen Halsketten haben sich verheddert. Niemand sonst in unserer Schule kleidet sich so wie sie.

»Okay«, sage ich zu ihr.

Andrew stellt sich zu uns und alle drei sehen mich neugierig an.

»Ich muss zum Unterricht«, murmle ich schnell.

»Was hast du in der ersten Stunde?«, fragt Andrew.

»Ähm, Geschichte und Literatur bei Finn.«

»Mein absolutes Lieblingsfach«, sagt er lächelnd.

»Ja, meines auch«, antworte ich. »Also, ich muss los.«

»Bis morgen bei der Probe«, ruft er mir hinterher. Bevor ich durch die Tür zur Treppe gehe, drehe ich mich noch einmal um.

Reid und Andrew stehen beieinander und unterhalten sich leise, aber Paige starrt mich immer noch an. Meagan, Hailey und Hannah stehen schweigend daneben, und mir wird klar, dass sie unser Gespräch mitgehört haben.

»Hey, Grayson«, ruft Meagan. Sie schaut Hailey und Hannah an, dann wieder mich.

»Ja?«

»Warte auf uns, wir gehen mit. Kommt, Leute.«

Ich würde ihnen am liebsten sagen, dass es okay ist und ich alleine zurechtkomme, aber ich tue es nicht. Hailey und Hannah trotten hinter Meagan her, und zu viert gehen wir nach unten in den ersten Stock.

Vor der Tür zum Klassenzimmer bleibe ich stehen und lasse Meagan, Hannah und Hailey vor. Amelia ist bestimmt schon da. Ich überlege, ob sie wohl den anderen von der Sache mit dem Rock erzählt hat. Allein bei dem Gedanken kriege ich eine Wut auf sie.

Finn sitzt nicht wie sonst auf seinem Pult, um alle Schüler zu begrüßen, und mir wird klar, wie sehr ich mich darauf gefreut habe, ihn zu sehen. Ich schiebe die Schultern nach vorne, um mich so klein wie möglich zu machen, und trotte zu meinem Platz.

Auf der anderen Seite des Klassenzimmers ist Amelia. Sie sitzt auf Lilas Tisch. Die beiden lachen wie verrückt. Hailey geht zu ihnen.

»Hey, Leute«, höre ich sie sagen. »Was ist denn so lustig?« Ich lausche angestrengt, um zu verstehen, was sie tuscheln.

Amelia beugt sich zu Lila und flüstert in ihr Ohr. Die Haare fallen dabei über ihre und Lilas Schultern. Hailey steht etwas abseits und beobachtet die beiden. Sie könnten über alles Mögliche tuscheln, rede ich mir ein, aber mein Herz klopft trotzdem wie wild.

Ryan und Sebastian setzen sich direkt vor mich. Als Sebastian anfängt, seinen Rucksack auszupacken, dreht Ryan sich zu mir um.

»Hey, Grayson«, sagt er zuckersüß. Sebastian sieht ihn von der Seite an. Ich schaue stur geradeaus, aber ich spüre, wie ich rot werde.

»Was hast du in den Ferien gemacht?« Ryan wartet einen Moment, dann fragt er: »Hast du mit deiner Tante warme Unterhemden gekauft?« Sein Blick gleitet über mein T-Shirt. »Ah, du ignorierst mich? Das schockt mich jetzt.«

Sebastian tippt Ryan auf die Schulter und deutet auf Finn, der mit einem Stapel Papier zur Tür hereinkommt. Finn lässt den Stapel auf den Tisch fallen, streicht sich die Haare glatt und blickt in die Runde.

»Setzt euch bitte«, sagt er über das Geplapper und Gelächter hinweg. »Entschuldigt die Verspätung. Herzlich willkommen, willkommen zurück aus den Ferien. Ich hoffe, ihr hattet alle eine erholsame Zeit.« Die Klasse kommt zur Ruhe.

Ich halte den Blick ausschließlich auf Finn gerichtet, selbst als Amelia sich neben mich setzt. Weder sie noch ich sagen ein Wort. Aus dem Augenwinkel sehe ich, dass sie ein neues Armband trägt. Kleine Herzen an einem Silberkettchen.

Irgendwie möchte ich es gerne berühren, aber das würde ich mich natürlich nie trauen.

»Ich weiß, dass zwei Wochen sehr lange sein können und eure Köpfe vielleicht immer noch in den Wolken stecken, aber ich darf euch daran erinnern, dass wir vor den Ferien unsere Lektion zum Holocaust abgeschlossen haben«, sagt Finn lächelnd. »Am Ende der Stunde gebe ich euch die Aufsätze zurück. Heute werden wir etwas Neues in Angriff nehmen. Ich möchte, dass ihr eure Tische wieder so aufstellt wie ganz am Anfang. Ab sofort werdet ihr nicht mehr in Zweiergruppen arbeiten, für die neue Lektion habe ich mir etwas anderes ausgedacht. Also lasst uns loslegen. Überlegt, wo euer Tisch stand. Wenn ihr es nicht mehr wisst, dann fragt mich.«

Alle fangen an Tische zu rücken.

»Sobald ihr wieder auf euren alten Plätzen seid, verteile ich die neue Lektüre.« Er hält eine Kopie von *Wer die Nachtigall stört* hoch. »Der Roman ist nicht ganz einfach, aber er gehört zu meinen absoluten Lieblingsbüchern.« Inzwischen muss er fast schreien, um sich Gehör zu verschaffen, denn alle reden durcheinander, während sie Tische und Stühle hin und her schieben. Ich ziehe meinen Tisch weg, ohne Amelia noch einmal anzuschauen.

Es ist gut, dass ich nicht mehr neben ihr sitze. Ich schaue mich im Klassenzimmer um und sehe, dass Meagan mich mit ihren mandelförmigen Augen beobachtet. Als ich sie anschaue, senkt sie den Blick, aber nach einer Sekunde hebt sie den Kopf und lächelt. Ich lächle zurück.

»Okay!«, ruft Finn. »Beruhigt euch wieder, damit wir anfangen können. Nehmt eure Notizblöcke heraus und lasst uns keine Zeit verschwenden.« Er schreibt *Wer die Nachtigall stört* an die Tafel. Ich schreibe es ab, und während ich ihm zuhöre, zeichne ich eine Prinzessin. Ich schaue sie mir eine Weile an, dann zeichne ich einen König und eine Königin zu beiden Seiten.

KAPITEL 21

AM NÄCHSTEN TAG HABE ICH ES NACH dem Unterricht eilig, in die Aula zu kommen. Als ich gerade das letzte Buch in meinen Rucksack stecke, tippt mir jemand auf die Schulter.

Mein Magen zieht sich zusammen, und ich atme zuerst einmal tief durch, ehe ich mich langsam umdrehe. Lila steht vor mir. Amelia beobachtet uns von der anderen Seite des Gangs, während sie ihre rote Winterjacke zuknöpft.

Lila wirft ihre langen braunen Haare über die Schulter und sagt: »Hallo, *Gracie*.« Ich schaue an ihr vorbei zu Amelia, aber die schaut weg, dreht mir den Rücken zu und schließt ihren Spind ab. *Feigling!*, würde ich am liebsten schreien. »Ich wollte nur mal Hallo sagen«, kichert Lila. Als ich ihr breites Grinsen sehe, fällt mir erst recht keine Antwort ein.

»Also, mach's gut, *Gracie*.« Lila rennt zu Amelia, packt sie am Arm und zieht sie den Gang entlang, ohne dass sich eine von ihnen noch einmal umdreht. Amelias rote

Jacke verschwindet um die Ecke, und in diesem Moment weiß ich, dass sie endgültig fort ist.

Ich schlage meine Spindtür zu und versuche gleichmäßig zu atmen. Meine Augen brennen. *Es fängt schon an*, denke ich auf meinem Weg zur Aula. Tante Sally hatte recht.

Ich stoße die Tür zum Saal auf und gehe zur Bühne, wo schon ein paar Leute sitzen und die Beine baumeln lassen.

»Hey, Grayson!«, ruft Paige, als hätte sie bereits auf mich gewartet. »Hör mal, Grayson ...«, beginnt sie. Tante Sallys Stimme explodiert in meinem Kopf: *Die anderen werden ihn gnadenlos mobben.* Ich wappne mich und schaue Paige in die Augen.

»Ja, was gibt's?«

»Also, es tut mir leid, dass ich mich gestern so idiotisch benommen habe.« In der Aula wird es ruhiger, und ich brauche mich nicht umzudrehen, um zu wissen, dass alle Augen auf mich gerichtet sind. Mein Gesicht ist wahrscheinlich knallrot.

»Schon okay«, murmle ich, denn sie scheint es ernst zu meinen. Ich würde am liebsten wegschauen, aber ich zwinge mich dazu, den Blick auf ihre langen Ohrringe mit den Federchen zu richten.

»Ehrlich, es war total unhöflich von mir. Ich habe mit ... ich meine, ich habe gestern Abend noch darüber nachgedacht, und ich finde, es ist echt mutig von dir, dass du die Mädchenrolle spielen willst. Ich bin sicher, du wirst eine tolle Persephone sein.« Nach einer kurzen

Pause fragt sie: »Worauf wartest du? Komm hoch zu uns. Wir Hauptrollen müssen zusammenhalten.« Einladend klopft sie auf den Platz neben sich.

Ihre Entschuldigung klingt ein bisschen einstudiert, aber sie lächelt, deshalb gehe ich die Stufen zur Bühne hoch und setze mich neben sie.

»Danke«, sage ich und schaue starr auf ihren pinken Pullover. »Weißt du, wo Finn ist?«

»Keine Ahnung«, sagt sie. »Er kommt schon zur ersten Probe zu spät.« Wieder lächelt sie mich an. Eigentlich sollte ich wegschauen. Ich denke an Amelia. Es wäre klüger, schon allein, um mich selbst zu schützen. Aber ich kann nicht anders, als das Lächeln zu erwidern.

»Da ist er ja«, ruft Meagan und deutet zur Tür. Finn und Dr. Shiner unterhalten sich im Gang. Sie stehen so dicht beieinander, dass ihre Gesichter sich fast berühren. Ich schlucke schwer und überlege, ob Tante Sally ihre Ankündigung wahrgemacht und die Schule informiert hat. Dr. Shiner ist hochrot im Gesicht. Er sagt etwas zu Finn, doch der hat sich bereits weggedreht und kommt zu uns. Als ich Dr. Shiner davonstürmen sehe, schaue ich zu Paige, aber sie zuckt nur mit den Schultern.

Mittlerweile sind sehr viel mehr Leute da, wahrscheinlich sind wir inzwischen vollzählig.

»Jungs und Mädels«, sagt Finn. Er holt tief Luft und kommt die Stufen zu uns herauf. Sein Lächeln wirkt gezwungen. »Tut mir leid, dass ich mich verspätet habe. Lasst uns sofort anfangen.« Weiter hinten auf der Bühne steht ein langer Tisch. Finn setzt sich darauf und wir drehen uns alle zu ihm und schauen ihn erwartungsvoll an.

»Erst einmal herzlichen Glückwunsch! Ich kann euch gar nicht sagen, wie sehr ich mich auf dieses Stück freue. In diesem Jahr haben wir eine beeindruckende Truppe beieinander, und ich bin zuversichtlich, dass unsere Vorstellung einer der großartigsten Erfolge wird, den wir je hatten.«

»Jippie!«, ruft Paige. Sie fängt an zu klatschen und alle machen mit.

»Danke, vielen Dank«, sagt Finn scherzhaft. »Okay. Erst einmal zum Organisatorischen. Der Probenplan hängt am schwarzen Brad hinter der Bühnentreppe. An manchen Tagen brauche ich nur die Hauptrollen, an anderen das ganze Ensemble. Ich habe bereits Kopien des Plans an eure Familien gemailt.« Er lässt den Blick schweifen. »Diejenigen von euch, die schon einmal an einer Theateraufführung mitgewirkt haben, wissen, dass wir bei jeder Probe mit dem Aufwärmen beginnen, bevor wir dann am Skript weitermachen.«

»Das ist immer das Allerbeste«, raunt Paige mir zu. Ich nicke, als wüsste ich, wovon sie redet.

»In dieser Woche gehen wir den Text komplett durch«, erklärt Finn. »Dafür werden wir zwei Tage brauchen, denn wir werden nicht nur lesen, sondern auch diskutieren. Wir wollen herausfinden, warum die Charaktere so handeln, wie sie es tun. Wir beginnen mit dem Aufwärmen und dann legen wir los. Noch Fragen?« Er blickt in die Runde. Ich würde ihn gerne fragen, was er mit *Aufwärmen* meint, aber da niemand sonst die Hand hebt, melde ich mich auch nicht.

»Wunderbar.« Finn lässt sich schwungvoll vom Tisch gleiten. »Lasst uns die Bühne erkunden. Die meisten von euch sind ja schon alte Hasen, aber die Neulinge unter euch dürfen so lange zuschauen, wie sie wollen. Macht erst dann mit, wenn ihr bereit dazu seid.«

Ich habe keine Ahnung, wovon er redet, aber ich stehe mit allen anderen auf. Finn nickt Paige zu, woraufhin sie sofort meinen Arm nimmt.

»Komm mit«, flüstert sie und führt mich etwas weg von den anderen zu dem Tisch am hinteren Bühnenrand.

»Also gut«, ruft Finn über das Geschnatter und Gekicher hinweg. »Kommt zur Ruhe und denkt einen Augenblick nach. Wer seid ihr heute? Eine bestimmte Person? Ein Tier? Seid ihr männlich oder weiblich? Wie alt seid ihr? Wenn ihr eure Wahl getroffen habt, dann setzt euch in Bewegung.«

Ich sehe Paige verständnislos an.

»Such dir was aus«, flüstert sie.

»Egal was?«, frage ich verblüfft und fange an zu grinsen.

»Ja. Eine Person, ein Tier, irgendwas.«

Sie steht eine Minute lang still, dann fängt sie an, mit den Armen zu schlagen, als wären es Flügel. Bei ihrem Anblick muss ich fast loslachen, sie sieht total durchgeknallt aus. Da spüre ich hinter mir eine Bewegung und drehe mich um. Tommy stapft wie ein Gorilla an den burgunderroten Vorhängen entlang, während Meagan mit hochgereckter Nase an uns vorbeistolziert. Ich komme mir vor wie in einer anderen Welt. Alle wirken total ernst und sehen gleichzeitig total albern aus – aber auf eine nette Art albern.

Paige hört kurz auf, mit ihren Flügeln zu flattern und ergreift meine Hand. Ich schließe die Augen, gehe neben ihr her und stelle mir den langen Rock mit den schwingenden bernsteinfarbenen Perlen vor.

»Sehr schön«, höre ich Finn sagen, während wir alle kreuz und quer über die Bühne laufen. Paige fliegt davon und ich schreite in meinem Rock weiter.

»Stopp!«, ruft Finn laut. Alle bleiben stehen. »Wer stellt sich uns heute vor?«

»Uh, uh, ah, ah«, grunzt Tommy laut. Er steht auf allen vieren und stützt sich mit den Fingerknöcheln am Boden ab. Jetzt fängt er an, auf und ab zu hüpfen, und stellt sich als Tom, der Gorilla vor, der total aufgedreht ist, weil er aus dem Zoo von San Diego fliehen konnte. Er fragt, ob jemand ihn zum Tierarzt bringt, weil seine Fingerknöchel so wehtun. Als Tommy wieder aufsteht und sich die Hände ausschüttelt, applaudiere ich lächelnd mit den anderen.

»Autsch«, stöhnt er, und alle lachen.

»Gut gemacht!«, ruft Finn über unser Gelächter hinweg. »Ich wünschte, wir hätten mehr Zeit fürs Aufwärmen, aber jetzt müssen wir an die Arbeit. Nächstes Mal machen wir die Übung noch mal.« Er geht zum Tisch.

»Hier sind eure Textbücher.« Er öffnet eine Pappschachtel. Alle scharen sich um ihn. »Verliert sie bitte nicht«, sagt er und holt einen Stapel roter Bücher heraus. »Sie sind abgezählt.« Die goldene Schrift auf dem Umschlag funkelt im Licht der Deckenlampen. Vorsichtig nehme ich mein Exemplar von Paige entgegen.

»Hinter dem Vorhang stehen Klappstühle«, sagt Finn. »Nehmt euer Skript und schnappt euch einen Stuhl. Aber bitte der Reihe nach, wir wollen ja keine Lawine auslösen. Dann bilden wir einen Kreis und fangen mit dem Lesen an.«

Wir gehen nacheinander hinter den Vorhang und holen uns einen Stuhl. Ich weiche Paige nicht von der Seite, aber es scheint ihr nichts auszumachen. Sie klappt ihren Stuhl auf und rutscht damit ein Stück zur Seite, damit ich mich neben sie setzen kann. Reid stellt seinen Stuhl auf meine andere Seite. Er zappelt und wackelt mit dem Knie, während er im Skript blättert.

»Okay«, sagt Finn, als alle Platz genommen haben. »Lasst uns anfangen. Wie gesagt, wir wollen lesen und diskutieren.« Er setzt sich wieder auf den Tisch. »Seite eins!«

Ich schlage mein Skript auf. Der Buchrücken ist steif und das Papier riecht neu und frisch. Tommy fängt mit dem Prolog an.

»*Vor langer Zeit, in einem weit entfernten Land, gab es einen hohen Berg. Er hieß* Olymp *und war die Wohnstatt der griechischen Götter*«, liest er. »*Die Götter waren wunderschön und gut, aber sie waren nicht allein. Schreckliche Kreaturen lebten mitten unter ihnen. Diese Ungeheuer gab es, damit die Götter und die sterblichen Helden gegen sie in die Schlacht ziehen konnten – bis das Gute und das Licht im Kampf den Sieg davontrugen. In den Gefilden des Olymps lebte Persephone. Sie war ein anmutiges junges Mädchen ...«*

Ich lächle still, während Tommy fortfährt, höre ihm aber nur halb zu. Sie war ein *anmutiges junges Mädchen*. Der Satz fährt wie ein Stromschlag durch meine Glieder. *Ein anmutiges junges Mädchen.*

Ich sehe mich in der Runde um. Alle hören Tommy aufmerksam zu, sogar Finn. Meagan, Hannah und Hailey sitzen mir gegenüber und sind in ihre Skripte vertieft, Hannah spielt gedankenverloren mit ihrem langen Pferdeschwanz, Meagan kratzt sich die Nase. Ich kann immer noch nicht glauben, dass ich tatsächlich hier bin. Ich kann nicht glauben, dass ich Persephone bin.

Als Tommy am Ende des Prologs angelangt ist, will Finn von ihm wissen, welchen Beweggrund Hermes haben könnte, diese Geschichte einem Publikum zu erzählen. Während die beiden darüber sprechen, blättere ich in meinem Skript. Ich finde meinen Namen, *Persephone*, auf fast jeder Seite. *Du spielst die Hauptrolle*, rufe ich mir lächelnd in Erinnerung. Ich habe keine Ahnung, wie ich mir so viel Text merken soll.

»Grayson?«, ruft Finn. Ich schaue hoch. »Erde an Grayson.« Er lächelt. »Dein Einsatz.«

»Seite drei«, flüstert Paige. Sie klemmt sich das Textbuch unter den Oberschenkel und greift nach meinem Skript, um die richtige Seite aufzuschlagen.

Ich schaue in ihr weiches, freundliches Gesicht und dann wieder zu Finn. Er wartet geduldig lächelnd.

Ich lese meinen Monolog laut vor, und als ich fertig bin, schaue ich benommen hoch. Die Tür zum Gang steht offen. Dr. Shiner lehnt am Türrahmen. Er scheint mich mit seinen Augen durchbohren zu wollen, und ich frage mich, wie lange er wohl schon dort steht, während Tommy Hermes' Antwort auf meinen Monolog vorliest. Ich schaue auf meine Fingernägel. »Persephone ahnte nicht, welches Schicksal sie erwartete.«

Als ich den Kopf hebe, ist Dr. Shiner verschwunden.

☆

KAPITEL 22

AUF DEM WEG ZUR THEATERPROBE versuche ich, Ordnung in die wirren Gedanken der vergangenen Tage zu bringen. Ich bin fast an der Tür zur Aula, als ich höre, wie jemand meinen Namen ruft. In der Halle wimmelt es von Schülern, aber ich sehe Ryan und Sebastian sofort. Sie tragen die gleichen schwarzen Winterjacken und kommen schnurstracks auf mich zu.

»Hi, Gracie«, sagt Ryan. »Na, hast du wieder eine Probe?« Ich stehe da und kann mich nicht bewegen. Ich sehe Sebastian an, aber der hält den Blick gesenkt. »Tja, ich hoffe, sie haben viele hübsche Kleidchen für einen Freak wie dich«, sagt Ryan und versetzt mir im Vorbeigehen einen Stoß, sodass ich stolpere. Meine Augen brennen wie Feuer, als ich den beiden hinterherschaue, wie sie um die Ecke biegen. Ich hole tief Luft und stelle mir vor, wie ich mit Paige und Reid auf der Bühne bin, statt hier im Gang zu stehen und mir die schmerzende Seite zu halten.

Beachte ihn nicht, sage ich zu mir und gehe weiter Richtung Aula. *Einfach nicht beachten.*

Angefangen hat es vor ein paar Tagen, nach der Unterrichtsstunde bei Finn. Als die Glocke läutete und ich aufstand, um hinauszugehen, bemerkte ich, wie Ryan mich anstarrte. Finn war gerade auf der anderen Seite des Klassenzimmers und suchte etwas im Schrank. Ich wollte zur Tür gehen, aber Ryan stand auf und stellte sich mir in den Weg. Ich trat zur Seite und strich im Vorbeigehen meine Haare hinter die Ohren.

»Lässt du sie jetzt wachsen, Gracie?«, fragte er und sah mir hinterher.

Am nächsten Tag – Finn war noch nicht da – bauten sich Ryan und Sebastian schweigend vor meinem Tisch auf. Ryan hatte ein falsches Lächeln aufgesetzt. Ich drehte mich weg und blickte zur Tür. Wo blieb Finn?

»Ich will ja nicht unhöflich sein, Grayson«, sagte Ryan. Dass ich ihn nicht ansah, schien ihn nicht im Geringsten zu stören. »Wir fragen uns nur ... nein, *alle* fragen sich, warum du ein Mädchen spielst? Bist du schwul oder was?« Das Klassenzimmer bebte wie bei den ersten Erschütterungen eines Erdbebens. Ich wusste selbst nicht, warum, aber ich suchte Sebastians Blick. Vielleicht um herauszufinden, ob er das Beben auch gespürt hatte. Aber er starrte zum Fenster hinaus. Eine Minute später kam Finn herein und scheuchte alle auf ihre Plätze.

Energisch stoße ich die Tür zur Aula auf, um die Erinnerung aus meinem Kopf zu vertreiben. Heute proben nur die Hauptrollen. Tommy, Reid, Audrey und Natalie sitzen bereits am Bühnenrand und unterhalten sich mit Finn. Sie winken mich zu sich.

»Hey Grayson!«, rufen sie im Chor. Überrascht schauen sie sich gegenseitig an, dann prusten sie los. Sie lachen so heftig, dass sie fast übereinander purzeln.

Noch während ich auf sie zugehe, spüre ich, wie ich mich entspanne. Paige ist nicht da, deshalb setze ich mich neben Reid, der gar nicht aufhören kann zu lachen. Die Tür fliegt auf. Paige und Meagan kommen herein und pfeffern ihre Rucksäcke auf die Holzstühle. Finn blickt auf seine Uhr.

»Wir geben Andrew noch ein paar Minuten, okay?«

»Er kommt gleich«, sagt Paige. »Ich habe ihn am Spind gesehen. Er ist total ausgeflippt, weil er seinen Englisch-Ordner nicht finden kann. Wisst ihr, wie es in seinem Spind aussieht?« Sie schaut mich grinsend an. »Eklig ist gar kein Ausdruck. Ich schätze, die alten Essensreste da drin gammeln schon seit September vor sich hin.« Sie steigt die Stufen zur Bühne hoch und nimmt neben mir Platz. Meagan folgt ihr. Es sind noch so viele Stühle frei, auf die sie sich hätte setzen können.

»Hey«, sage ich lächelnd zu ihr.

»Selber hey«, antwortet sie. »Also«, sagt sie unvermittelt und dreht sich zu Finn um. »Sind Sie schon mal im Shakespeare-Theater gewesen?«

»Selbstverständlich! Erst letzte Woche«, antwortet er. »Wieso fragst du?«

»Mein Dad hat uns Karten für *Romeo und Julia* besorgt. Waren Sie in dem Stück?«

»Ja«, antwortet er. »Bei der Premiere.«

»Hat es Ihnen gefallen? Ich habe gehört, es soll toll sein.«

»Es *war* auch toll«, erwidert Finn. »Wir können darüber sprechen, aber erst *nachdem* du dort warst und es gesehen hast. Ich bin gespannt, wie es dir gefällt.«

»Cool«, sagt Paige.

Reid und Paige rahmen mich ein wie Buchstützen. Während wir auf Andrew warten, konzentriere ich mich ganz auf das Gefühl, ihre Arme an meinen Seiten zu spüren.

Mit vielen Entschuldigungen kommt Andrew zur Tür hereingestürmt. Wir nehmen alle unsere Positionen für den ersten Akt ein. Tommy hat schon den ganzen Monolog auswendig gelernt, und als Paige und ich dran sind, legt auch sie ihr Skript auf den Rucksack neben Finns Stuhl. Wieder frage ich mich, wie ich es jemals schaffen soll, mir so viel Text zu merken.

»Sollen wir anfangen?«, frage ich Finn mit dem Skript in der Hand.

»Legt los, wenn ihr so weit seid«, fordert er uns auf. Ich schlage mein Skript auf. »*Mutter!*«, rufe ich. Es laut auszusprechen ist irgendwie merkwürdig. Ich versuche nicht zu lachen und ganz in meiner Rolle zu bleiben, so wie Finn es uns eingeschärft hat. Paige tut so, als würde sie in der Ecke der Bühne Unkraut aus der Erde ziehen. »*Ich gehe zum Fluss*«, sage ich zu ihr.

»*Sei vorsichtig, Persephone*«, ermahnt sie mich.

»*Ja, Mutter.*« Ich schaue auf mein Skript. Eigentlich ist sie jetzt dran, aber sie schaut mich erwartungsvoll an. »*Wann kommst du wieder zurück?*«, raune ich ihr zu.

Ich?, formt sie lautlos mit den Lippen. Ich nicke, und sie ist so überrascht, dass sie fast loslacht.

»*Wann kommst du wieder zurück?*«

»*Bevor die Dunkelheit hereinbricht*«, lese ich vor. Auf der Bühne ist es still. »*Persephone, nimm doch die Elfen mit*«, flüstere ich leise, dann pruste ich los. Ich kann nicht anders. Wie es aussieht, hat Paige ihre Rolle doch nicht so gut gelernt. Ich atme tief durch und versuche mich zusammenzureißen.

»*Persephone, nimm doch die Elfen mit*«, wiederholt Paige. Da segelt ein rotes Skript wie eine Frisbee-Scheibe durch die Luft und landet vor ihren Füßen. Wir schauen zu den Stuhlreihen und kriegen uns fast nicht mehr ein. Finn sitzt in der ersten Reihe und fuchtelt mit den Händen.

»Ich schlage vor, wir machen heute früher Pause«, sagt er. Als ich meine braune Brotzeittüte aus dem Rucksack hole, muss ich immer noch lachen.

Zu Hause schlinge ich schnell mein Abendessen hinunter. Ich will mich in mein Zimmer zurückziehen, damit ich meine Mathehausaufgaben erledigen und danach mit dem Textlernen weitermachen kann. Es sind nur noch ein paar Rechenaufgaben, das meiste habe ich bereits während meiner Mittagspause in der Bibliothek geschafft.

»Da scheint jemand ja noch viel vorzuhaben«, hat Mrs Millen zu mir gesagt, die mit dampfendem Mittagessen und Diätcola an ihrem Schreibtisch saß und mir dabei zusah, wie ich in Windeseile Hausaufgaben machte. Sie hatte recht. Zu Hause will ich mich ganz auf das Auswendiglernen konzentrieren. In Persephones Haut zu schlüpfen, wie Finn es genannt hat, ist der Höhepunkt meines Tages. Außerdem will ich Tante Sally aus dem Weg gehen. Als ich vom Teller hochschaue, merke ich, dass sie mich beobachtet. Ich schaue zum Fenster hinaus in den schwarzen Himmel. Ich kann ihre Worte nicht vergessen. Sie hält mich für ein Monster.

»Hör mal, Grayson«, sagt Jack und schaufelt eine Gabel Reis in seinen Mund. »Weißt du, was Tyler mich heute beim Sport gefragt hat?« Ich zucke vor Schreck zusammen. Jacks neuer bester Freund Tyler ist Ryans älterer Bruder.

»Nein«, murmle ich.

»Er hat mich gefragt, ob Schwulsein bei uns in der Familie liegt.«

Die Gabel fällt mir aus der Hand und landet klirrend auf dem Teller.

»Jack! Lass uns nicht schon wieder davon anfangen!«, ermahnt ihn Onkel Evan.

»Wie du meinst«, grummelt Jack. »Klar, dass du das sagst. Immer geht es nur darum, was *Grayson* will. Das war schon immer so. Ich bin dir völlig egal.«

Ich traue meinen Ohren nicht. Wie kann er nur so etwas glauben?

»Mach dich nicht lächerlich«, mischt Tante Sally sich ein.

»Warum gehst du Tyler nicht einfach aus dem Weg?«, fragt Brad. »Mr Smith erklärt uns in der Schule immer, dass man Streit aus dem Weg gehen soll.«

»Halt die Klappe, Brad«, faucht Jack ihn an.

»Warum denn? Und überhaupt, ich kapier's nicht. Es ist doch nur ein Theaterstück.«

Ich ertrage es nicht, auch nur einen Augenblick länger zuzuhören. »Ich bin fertig«, sage ich und stehe vom Tisch auf. »Ich muss jetzt meinen Text lernen.«

Das Skript auf dem Schoß, sitze ich auf meinem Bett unter Moms Bild. Ich muss den Text bis zur morgigen Probe auswendig können, aber ich bin abgelenkt. Jacks Worte dröhnen in meinen Ohren. Nicht zu fassen, wie dumm er ist.

Es klopft leise an der Tür. Onkel Evan kommt herein und setzt sich an meinen Schreibtisch.

»Na«, sagt er sanft. »Hast du viel zu tun?«

»Ja«, antworte ich. »Alle können ihren Text schon ziemlich gut, nur ich nicht.«

»Weißt du«, sagt er, »als ich Jura studiert habe, musste ich Tausende von Seiten auswendig lernen.«

»Wirklich?«

»Ja. Das war eine Schinderei. Damals habe ich versucht, mir die Seiten bildlich vorzustellen. Ich habe einen Abschnitt gelesen, dann habe ich die Augen zugemacht und mir die wichtigsten Begriffe im Geist vorgestellt. Das hat geholfen.« Er hält inne. »Willst du es auch mal probieren? Wenn du möchtest, helfe ich dir. Ich könnte mitlesen und aufpassen, dass du nichts auslässt.«

Ich schaue ihn an. Auf den Fotos sieht Dad immer so jung aus, und ich überlege, ob er und Onkel Evan sich auch jetzt noch ähneln würden. Würde sein Haar ebenfalls an den Schläfen grau werden? Würde er seine Brille auch mit den Fingerknöcheln hochschieben, wenn sie ihm über die Nase rutscht? Aus der Küche ist das Klappern von Geschirr zu hören. Inzwischen läuft auch der Fernseher. Onkel Evan steht auf und schließt leise meine Zimmertür.

»Klar«, sage ich und reiche ihm das Skript.
»Erster Akt, hm?«, sagt er und überfliegt den Text.
»Ja.«
»Prima. Fang einfach an, Grayson.«
»Onkel Evan?«
»Ja, mein Sohn?«, fragt er, ohne aufzuschauen.
Die Worte sind wie eine Explosion, aber ich versuche, meine aufkommenden Gefühle wegzudrängen. »Danke.«
»Gern geschehen.« Er blickt hoch und lächelt. »Fang an.«

KAPITEL 23

IN DER AULA HERRSCHT CHAOS. ICH hatte völlig vergessen, dass heute in voller Besetzung geprobt wird, einschließlich aller Elfen und Seelen der Unterwelt. Reid, Andrew und Tommy sind bei den anderen Jungs auf der Bühne. Sie unterhalten sich, dann lachen sie viel zu laut über eine Bemerkung, die einer von ihnen gemacht hat.

Die Mädchen sitzen in den vorderen Reihen. Paige ist schon da, Hailey, Hannah und eine Schar Elfen haben sich um sie versammelt. Natalie und Audrey kommen gemeinsam hereingeschlendert. Sie sagen *Hi* zu mir und gehen zur Bühne. Es trudeln noch ein paar andere ein und ich lasse sie an mir vorbeigehen.

Schließlich taucht auch Meagan auf.

»Kommst du, Grayson?«, fragt sie.

Ich schaue zu den Jungs auf der Bühne, die wild herumspringen und einen Höllenlärm veranstalten.

»Ja, gern«, antworte ich, und dann folge ich ihr zu den Holzstühlen.

Ich schaue immer wieder zu Paige hinüber. Als sie mich bemerkt, ruft sie lächelnd: »Hey, Grayson!« Alle drehen ihre Köpfe zu mir und für einen kurzen Moment lasse ich den Blick über ihre Gesichter schweifen.

»Setz dich zu mir«, fordert Paige mich auf. Sie nimmt Jacke und Rucksack von dem Stuhl neben sich. Ich überlege, ob sie ihn für mich freigehalten hat.

Ich schlängle mich an Sofia vorbei, die eine Elfe spielt. Neben ihr steht Hannah. Sie hat eine kleine pinkfarbene Haarspange zwischen den Lippen und ist damit beschäftigt, Sofia einen schmalen Seitenzopf zu flechten. Ihre Finger sind flink, sie scheinen genau zu wissen, was sie tun. Zum Schluss fixiert sie den Zopf mit der Haarspange.

»Okay«, sagt sie. »Wer will als Nächstes?« Auf ihrem pinkfarbenen Rucksack liegt eine Packung mit Haarspangen. Sie sind in ordentlichen Reihen nach den Farben des Regenbogens angeordnet – Pink, Pfirsich, Gelb, Hellgrün, Hellblau, Lavendel.

»Ich!«, ruft Meagan in der Reihe vor ihr.

»Farbe?«, fragt Hannah. Ich beobachte die beiden bei ihrem Gespräch. Die Sätze hüpfen mühelos hin und her. Bei dem Rhythmus ihrer Worte muss ich an Abklatschreime wie *ene, mene, muh* denken und an all die Jahre, in denen ich in der Pause mit einem Buch draußen auf den Zementstufen saß und so getan habe, als würde ich lesen, während ich insgeheim die Mädchen beobachtet habe. Voller Sehnsucht.

»Ähm, ich hätte gern zwei. Blau und violett.«

»Komm her«, sagt Hannah. Meagan beugt den Kopf vor.

Hannahs Hände fliegen förmlich, bis Meagan zwei perfekte lange schwarze Zöpfe hat. Ich fahre mit den Fingern durch mein Haar, das jetzt schon viel länger ist, und beobachte Paige, die gerade auf ihre Uhr schaut.

»Schon fast halb vier. Wo bleibt Finn denn nur?«, fragt sie niemand Bestimmten. Finn kommt fast immer zu spät.

»Da ist er«, ruft jemand. Ich schaue hoch und sehe, wie Finn den Gang entlanggeeilt kommt.

»Hallo, meine Damen«, sagt er und nickt in unsere Richtung. Ich werfe den Mädchen einen Blick zu. Es ist kaum anzunehmen, dass er mich in ihrer Mitte bemerkt hat, aber Sofia fängt an zu kichern.

»*Sch*«, macht Paige.

»Meine Herren.« Finn nickt den Jungs zu. »Tut mir leid, dass ich zu spät bin. Kommt alle auf die Bühne«, fährt er fort. »Nehmt euch eine Matte vom Stapel und sucht euch einen Platz. Heute werden wir uns anders aufwärmen als sonst.« Er deutet auf einen Stapel Yogamatten, die jemand aus der Turnhalle hergebracht hat. Die Mädchen um mich herum setzen sich sofort in Bewegung und ich lasse mich mittreiben. Gemeinsam gehen wir auf die Bühne. »Es könnte eng werden. Also seht zu, dass alle Platz finden. Nehmt eure Matte und legt euch auf den Rücken!«, fordert Finn uns auf. »Wir machen eine Entspannungsübung.«

Ich entrolle meine Matte und lächle zufrieden, als

Paige ihre Matte direkt neben meine schiebt. Sie legt sich hin und schließt die Augen. Ich strecke mich neben ihr aus. Die Decke scheint Millionen Meilen weit weg zu sein. Die Bühnenlichter leuchten so hell, dass ich Paige' Beispiel folge und die Augen schließe. Die Matte riecht muffig. Ich höre, wie die anderen an mir vorbeilaufen und reden. Schließlich wird es ruhig auf der Bühne. Als ich kurz nach rechts schaue, sehe ich Andrew neben mir.

»Ich könnte einschlafen«, flüstert er.

»Das kannst du laut sagen!«, flüstere ich grinsend zurück.

»Okay«, höre ich Finns leise Stimme von irgendwoher. »Von heute an bauen wir Entspannungsübungen in unsere Probenroutine ein. Viele Schauspieler nutzen Entspannungs- und Visualisierungstechniken, um in ihre Rolle hineinzufinden. Wir beginnen, indem wir Schritt für Schritt die Muskeln in unserem Körper lockern. Wir fangen mit den Zehen an und arbeiten uns bis zum Nacken hoch.«

Ich lausche Finns Worten. Er möchte, dass wir unsere Muskeln anspannen und sie dann bewusst wieder entspannen. Als wir am Nacken angekommen sind, herrscht absolute Stille. Auch Finn spricht jetzt im Flüsterton.

»Nun, da ihr ganz entspannt seid, fangen wir mit unseren Visualisierungsübungen an. Haltet die Augen geschlossen. Stellt euch vor, wie ihr auf der Bühne probt. Aber ihr seid nicht mehr ihr selbst. Ihr spielt eure Rolle nicht nur, ihr *seid* sie.« Er lässt uns einen Moment Zeit, und als er fortfährt, spricht er noch langsamer als zuvor.

»Wie seht ihr euch selbst?«, fragt er. »Blickt an euch herab und stellt euch euren Körper und eure Kleider vor. Was seht ihr?« Er wartet. Die Stille dehnt sich aus. »Was wisst ihr bereits über euch, was müsst ihr noch in Erfahrung bringen? Überlegt es euch und erstellt in Gedanken eine Liste.« Er schweigt erneut. Die Stille wird immer schwerer, ich spüre förmlich, wie sie die Zwischenräume um mich herum ausfüllt. »Wovor habt ihr Angst?« Wieder eine lange Pause. »Und zuletzt: Was erhofft ihr euch?«

Plötzlich verkrampfen sich meine Muskeln. Ich öffne die Augen und starre hinauf zu den Bühnenlichtern an der Decke. Mein Herz rast. Ich versuche, mich auf das Muster zu konzentrieren. Dunkel, hell, dunkel, hell, dunkel, hell. Die Lichter sickern in die Schwärze, alles wird unerträglich grell. Ich schließe die Augen, aber die Lichtexplosion blendet mich immer noch. Mir wird schwindelig. Es ist, als würde ich mich im Kreis drehen. Wieder habe ich das Gefühl, ein Vogel zu sein, wie damals im Unterricht, als Amelia mich gefragt hat, ob ich ihr Partner sein will.

In der Aula ist es still, aber Finns Stimme hallt noch in meinem Kopf. *Was erhofft ihr euch?* Jetzt schwebe ich über mir und schaue auf die Bühne herab, die sich langsam unter mir dreht. Ich bin wie der Phönix in Moms Bild. Die Farben verschwimmen. Paige und Andrew sind an meiner Seite. Im Gegensatz zu mir haben sie die Augen geschlossen. Ich umklammere den Rand meiner Yogamatte.

Wovor habt ihr Angst? Tante Sallys Stimme bohrt sich in meinen Kopf: *Er wird ein Monster aus ihm machen!* Aber ich sehe nicht aus wie ein Monster. Ich sehe aus, wie ich aussehen soll. Wie mich jeder sehen soll. Ich trage den langen Spitzenrock mit den bernsteinfarbenen Perlen. Er gehört zu einem antiken Gewand. Ein Kleidungsstück, das Persephone tragen würde. Meine blonden Haare liegen wie ein Fächer um mein Gesicht. Ich sehe ängstlich aus, aber auch hübsch. Mein Herzschlag hüllt mich ein, wie damals beim Vorsprechen. Ich weiß noch genau, wie es sich angefühlt hat, als mir klar wurde, dass ich Persephone sein muss.

Was wisst ihr bereits über euch?
Ich weiß, dass ich ein Mädchen bin.

☆

TEIL DREI

KAPITEL 24

TANTE SALLYS HAARE SIND GENAUSO blond wie meine. Ich frage mich, ob sie als Mädchen auch Zöpfe hatte. Ich weiß selbst nicht genau, warum mir der Gedanke durch den Kopf geht, während ich das sanfte *Zupf, Zupf, Zupf* an meinem Kopf spüre. Ich stelle mir vor, wie Paige' Finger sich geübt überkreuzen.

»Reich mir mal eine Haarspange«, fordert sie Meagan auf. Am heutigen Dienstag sind nur die Hauptrollen dran. Als Paige vorgeschlagen hat, mir einen Zopf zu flechten, habe ich nur gelächelt und mit den Schultern gezuckt.

Ein letztes *Zupf,* dann spüre ich die Plastikspange an meiner Wange.

»Süß«, meint Paige und grinst. Sie scheint meine Gedanken lesen zu können, denn sie sagt: »Ich mach dir noch einen.« Sie greift in meine Haare, dann fängt wieder das sanfte Ziehen an. Als sie fertig ist, höre ich das Klacken der beiden Plastikspangen. Ich kann sie aus dem Augenwinkel sehen, sie sind pink und violett.

»Du siehst toll aus, Grayson«, sagt Natalie grinsend. Ich bin mir nicht sicher, ob sie es ernst meint oder nicht, aber sie sieht mich freundlich an, also lächle ich zurück.

Finn wird erst in ein paar Minuten da sein, obwohl die Probe für Viertel nach drei angesetzt ist. Vorsichtig berühre ich die welligen Zöpfe und die Plastikspangen.

»Okay, Meagan«, sagt Paige plötzlich. »Was läuft da zwischen dir und Sebastian?«

»Oh mein Gott.« Meagan verdreht die Augen. »Warum werde ich ständig danach gefragt?« Sie klingt genervt, aber mir fällt auf, dass sie ein Lächeln unterdrückt. »Wer hat es dir erzählt?«

»Ähm, Liam.« Liam ist Sebastians älterer Bruder. Mein Blick wandert zwischen den beiden Mädchen hin und her. Ich versuche, weder allzu neugierig noch allzu entsetzt auszusehen. Es ist nicht zu fassen. Sebastian? Ryans Kumpel, der ihm alles nachmacht und nichts auf die Reihe kriegt? Was denkt sich Meagan dabei? Plötzlich taucht in meinem Kopf die Frage auf: Haben Meagan und Sebastian womöglich auch über *mich* geredet?

»Jetzt sag schon, was läuft da?«, hakt Paige nach. »Seid ihr zusammen oder was?«

»Ich weiß es selbst nicht«, quietscht Meagan verlegen.

»Also ich finde ihn niedlich«, sagt Paige.

Finn kommt durch die Tür gestürmt.

»Tut mir leid!«, ruft er in die Runde. »War spät dran.«

»Wie immer«, murmelt Audrey. Die Mädchen setzen

sich in Bewegung, um für die Entspannungsübungen ihren Platz auf der Bühne einzunehmen.

Ich bleibe noch einen Moment und berühre die zwei Spangen. Meagans langes schwarzes Haar wippt auf und ab, als sie den Mittelgang entlang nach vorne geht.

Andrew, Reid und Tommy sind bereits auf der Bühne und legen ihre Matten aus. Finn sagt etwas zu ihnen. Alle vier lachen. Ich streife die Haarspangen von meinen Zöpfen, stecke sie in meine Tasche und fahre mir mit den Fingern durchs Haar. Als ich zur Bühne hinaufsteige, spüre ich, wie die Zöpfe sich auflösen.

Am Freitag ist Paige nicht bei der Probe. Ich bleibe eine Weile an der Tür stehen und beobachte die Mädchen in der ersten Reihe. Meagan ist mittendrin, neben ihr sitzen Hannah und Hailey und auf der anderen Seite sind Audrey und Natalie. Sie stecken die Köpfe zusammen und reden. Ich gehe zu ihnen und setze mich in die Stuhlreihe vor Meagan. Ohne Paige fühle ich mich verloren. Rasch öffne ich meinen Rucksack und hole ein Buch heraus, um so zu tun, als würde ich lesen.

Erst als Meagan »Hey, Grayson« sagt, drehe ich mich um. Die ganze Woche über habe ich sie und Sebastian beobachtet. Dafür, dass sie angeblich zusammen sind, verbringen sie sehr viel Zeit damit, sich zu ignorieren.

»Komm mal her, Grayson«, fordert Natalie mich auf. Sie hat eine Handvoll Haarspangen mitgebracht. »Wir machen dir einen Zopf.«

»Okay.« Lächelnd stecke ich das Buch wieder in den Rucksack und drehe mich, die Knie auf die Sitzfläche gestützt, zu den anderen Mädchen um. Natalie greift nach meinen Haaren, ihre Finger streifen sanft meinen Kopf.

»Ähm, macht ihr Grayson da gerade Zöpfe?«, fragt eine Sechstklässlerin hinter mir. Sie heißt Kristen und ist eine von den Elfen.

»Ja, die stehen ihm total gut«, antwortet Natalie, während sie bereits an meinen Haaren herumzupft. Ich schaue über die Schulter zu Kristen.

»*Okaaay*«, erwidert sie. Schwer zu sagen, was sie denkt.

Eine Minute lang sagt keiner ein Wort. Schließlich fragt Kristen: »Soll ich helfen?« Aus dem Augenwinkel sehe ich, wie Audrey ihr die Haarspangen reicht.

Inzwischen hat sich Kaylee neben mich gesetzt.

»Kann ich auch ein paar haben?«, fragt sie mit einem Lachen in der Stimme. Und schon machen sich eine Million Hände an meinem Kopf zu schaffen. Irgendjemand zerrt viel zu fest, aber ich weiß nicht, wer. Ich will in meine Haare fassen, aber Natalie meint, dass ich noch warten soll, also lasse ich es.

Meagan sieht mich an und streckt den Daumen hoch, während Natalie, Kristen und Kaylee mit meinen Haaren beschäftigt sind und Hannah und Audrey gleichzeitig auf Meagan einreden. Sie blickt zwischen den beiden hin und her, als stecke sie zwischen zwei Welten fest, und das ist so lustig, dass ich lachen muss.

Als Finn eintrifft, sind die Mädchen fertig. Ich taste meinen Kopf ab. Überall sind Zöpfe und Spangen. Plötzlich fühle ich mich beinahe schuldig. Als hätte ich bei einer Prüfung geschummelt und wäre ungestraft davongekommen. Entschlossen verdränge ich den Gedanken aus meinem Kopf.

»Und? Wie sehe ich aus?«, frage ich und drehe den Kopf von einer Seite zur anderen. Bestimmt sehe ich aus wie ein Clown, aber das ist mir egal, denn alle lächeln mich an.

»Superschön«, sagt Natalie zu mir, als wir gemeinsam auf die Bühne gehen. Finn sieht mich schmunzelnd an, als ich an ihm vorbeigehe und mir eine Yogamatte hole. Es ist nicht gerade bequem, auf einer Million Haarspangen zu liegen und sich dabei auch noch entspannen zu wollen, aber ich nehme die Clips trotzdem nicht ab.

Nach der Probe bleibe ich im Mittelgang stehen und ziehe alle Haarspangen heraus. Während die anderen in ihre Winterjacken schlüpfen und die Rucksäcke schultern, entflechte ich meine Zöpfe.

»Brauchst du Hilfe?«, fragt Meagan hinter mir. Ich drehe mich um. Hannah und Hailey sind bei ihr. Mit ihren pinken und violetten Hochglanzjacken und den langen glatten Haaren sehen sie aus, als kämen sie direkt aus einem Werbespot von *Gap*.

»Nö, ich hab's gleich.« Ich denke an das Gekicher von vorhin und daran, wie die Mädchen beim Flechten meiner Haare gegrinst haben. Wieder steigt dieses Gefühl in mir hoch – dass ich etwas angestellt habe und damit durchgekommen bin. Ich habe zugelassen, dass sie mich wie eine alberne Puppe behandeln. Ich meine, welches *echte* Mädchen hat eine Million schiefe Zöpfe, die in alle Richtungen abstehen? *Echte* Mädchen tragen normale Mädchenshirts, Hosen, Röcke, Jacken und Schuhe und haben nicht irgendwelche verrückten, übertriebenen Stachelzöpfe, mit denen sie total dämlich aussehen. Alle haben sich einen Spaß daraus gemacht. Ich gebe Hannah die Haarspangen zurück. Sie klemmt sie an die Außentasche ihres pinkfarbenen Rucksacks. Plötzlich ist mir zum Weinen zumute. Hektisch taste ich meinen Kopf ab, um sicherzugehen, dass alle Spangen weg sind.

»Da sind keine mehr, du hast alle rausgenommen«, sagt Meagan. »Können wir los?«

»Ja.« Ich werfe den grauen Rucksack über meine Schulter und klemme meine Jacke unter den Arm.

»Nimmst du den Bus?«, fragt Meagan auf dem Weg nach draußen.

»Nein, mein Onkel kommt auf dem Heimweg von der Arbeit vorbei. Und du?«

»Meine Mom holt uns ab.«

»Cool.«

»Verbringst du deine Mittagspause eigentlich immer noch in der Bibliothek?«, wechselt sie plötzlich das Thema.

Ich starre auf meine Schuhe.

»Ja, ich will die Hausaufgaben möglichst schnell erledigen, damit ich am Abend meinen Text lernen kann. Mein Onkel hilft mir dabei.« Vorsichtshalber fahre ich mir noch einmal durch die Haare.

»Wenn du mal mit uns essen willst, dann setz dich doch einfach dazu«, sagt sie, als wir durch die Doppeltüren hinaus auf den Parkplatz gehen.

Ich lächle sie an. Hannah und Hailey stehen links und rechts von ihr und lassen sie nicht aus den Augen.

»Danke, Meagan«, antworte ich ehrlich, auch wenn ich genau weiß, dass ich niemals wieder am selben Tisch wie Lila und Amelia sitzen kann.

Draußen auf dem Wendeplatz wartet Meagans Mom in einem silbernen SUV.

»Tschüss, Grayson!«, rufen die Mädchen und steigen ein. Nacheinander verschwinden die glänzenden Jacken im Auto, erst pink, dann violett, dann wieder pink.

Meagans Mom lässt das Beifahrerfenster herunter und ruft: »Hi, Grayson!« Ein Anflug von Panik überfällt mich. Bestimmt weiß sie, dass ich Persephone bin. »Wirst du abgeholt?«

»Ja, mein Onkel wird bald da sein.«

»Okay, Hauptsache, du kommst irgendwie nach Hause. Schönes Wochenende!«

In der kalten, feuchten Luft warte ich auf Onkel Evan. Ich sollte eigentlich meine Jacke anziehen, aber ich habe keine Lust dazu. Sie hängt über meinem Arm, langweilig und schwarz. Ich stelle mir vor, wie es stattdessen sein könnte.

Echte Mädchen tragen normale Mädchenshirts, Hosen, Röcke, Jacken und Schuhe. Wieder muss ich an die Zöpfe denken. Ich will nicht aussehen wie ein Freak, ich möchte ein echtes Mädchen sein.

Onkel Evan hält mit dem Auto vor mir und ich steige ein. Die Heizung läuft auf Hochtouren. Im Radio laufen Nachrichten.

»Hallo, Grayson«, begrüßt er mich. »Wie geht's dir?«

»Gut«, sage ich und schnalle mich an.

»Prima. Hör zu, es tut mir sehr leid, aber morgen früh werde ich dir nicht beim Textlernen helfen können. Mir ist in der Arbeit etwas dazwischengekommen, ich muss morgen ins Büro fahren, um mich mit Henry zu treffen.« Er wirkt zerstreut. »Aber am Sonntag klappt es ganz bestimmt, okay?«

»Schon gut, kein Problem«, versichere ich ihm fast ein wenig erleichtert. *Echte Mädchen tragen normale Mädchenshirts, Hosen, Röcke, Jacken und Schuhe.* »Eigentlich wollte ich morgen zum Secondhand-Laden in Lake View. Ist das in Ordnung?« Die Worte purzeln einfach aus mir heraus.

Onkel Evan sieht mich von der Seite an.

»Gehst du mit Amelia?«

»Nein«, antworte ich. »Nein, ich gehe allein.«

»Klar, mach das«, sagt er und biegt hinaus auf die Straße.

KAPITEL 25

DER NÄCHSTE MORGEN IST MATSCHIG und grau. Ich öffne das Fenster einen Spalt breit. Die feuchte Luft fließt ins Zimmer. Für Ende Januar ist es viel zu warm. Ich ziehe meine Jeans und ein Sweatshirt an und hole meine hellblaue Fleecejacke aus dem Schrank.

Es ist seltsam, wieder allein im Bus zum *Second Hand* zu fahren. Dabei habe ich das letzten Sommer, als Amelia noch nicht da war, immer so gemacht. Der Bus ruckelt und rumpelt über die Schlaglöcher und ich spähe durch das beschlagene Fenster nach draußen.

Auf dem Weg durch Lake View kommen mir die Passanten fast vertraut vor. Ich schaue nicht hoch, als ich am Coffee-Shop mit den vom Boden bis zur Decke reichenden Fenstern vorbeigehe, trotzdem überläuft mich ein Schauder. Hinter mir bläst der Wind wie verrückt, er schubst mich geradezu durch die Tür ins *Second Hand*.

Drinnen ist alles so wie immer. Der Laden ist trostlos

und düster und riecht nach Mottenkugeln. Ich gehe an den Regalen mit Krimskrams vorbei und würde am liebsten nachsehen, ob der kaputte Vogel immer noch auf dem Käfigboden liegt, aber ich tue es nicht. Wahrscheinlich ist er längst weg. Stattdessen betrete ich die leere Jugendabteilung.

Mein Blick verharrt auf den Ständern mit den Klamotten für Jungs. Ich muss daran denken, wie oft ich nach Sachen gesucht habe, die ein bisschen wie Kleider aussahen, nach langen, fließenden Shirts. Kurz sehne ich mich danach zurück. Damals fühlte ich mich sicher. Aber jetzt gehe ich weiter zu den Ständern mit Mädchenkleidern.

Ich werfe einen Blick über die Schulter zu dem kahlrasierten Typen an der Kasse und den wenigen Leute im vorderen Teil des Geschäfts. *Meine Schwester hat diese Woche Geburtstag*, sage ich mir im Stillen vor. *Sie hat sich etwas zum Anziehen gewünscht.*

Dann durchstöbere ich die Reihen mit den Oberteilen und ziehe ein pinkfarbenes T-Shirt mit Paillettenherz heraus. Sieht aus, als könnte es mir passen. Wie gern würde ich jetzt in aller Ruhe ein T-Shirt nach dem anderen in die Hand nehmen und die Stoffe befühlen. Am liebsten würde ich sie alle anprobieren. Aber ich sollte mich lieber beeilen.

Schnell wähle ich zwei weitere Teile aus, die mir gefallen: ein lavendelblaues T-Shirt mit zartem Spitzenbesatz am Saum und ein fuchsiarotes, dessen Ärmel mit bunten Schmetterlingen bestickt sind. Nachdem ich noch einmal tief durchgeatmet habe, gehe ich damit zur Kasse. *Meine Schwester hat diese Woche Geburtstag*, übe ich im Stillen. *Sie hat sich etwas zum Anziehen gewünscht.*

Vor mir wartet schon ein anderer Kunde. Ich lege die T-Shirts über meinen Arm und greife in eine Schale mit Silberringen, die auf der Theke steht. Ich probiere einen geflochtenen Ring an und muss dabei an Paige denken. Neben der Schale steht ein Metallständer mit Halsketten. Ich schaue mir die Kreuze, Herzen und Perlen an, bis ich auf eine Silberkette mit einem Vogel stoße. Er hat seine Schwingen zum Flug ausgebreitet. Ich drehe das Preisschild um. Zehn Dollar.

»Hast du alles gefunden, was du möchtest?«

Ich bin an der Reihe.

»Ähm, ja.« Meine Hände zittern ein bisschen, als ich die T-Shirts auf die Theke lege. Die Halskette lege ich obendrauf. Der Typ schaut sich die Preisschilder an. Er blickt nicht hoch, und ich überlege kurz, ob es ihm vielleicht egal ist, für wen die Sachen gedacht sind.

»War alles so weit okay?«, will er von mir wissen.

»Ja.«

»Cool«, sagt er und sieht mich endlich an. Er lächelt.

»*Ähm, meine Schwester hat diese Woche Geburtstag*«, stammle ich. »*Sie hat sich etwas zum Anziehen gewünscht.*«

»Das ist eine coole Halskette«, meint er nur und tippt auch schon den Preis ein.

»Ja.«

»Vierundzwanzig achtzehn«, sagt er und steckt die Sachen in eine Plastiktüte.

Ich reiche ihm fünfundzwanzig Dollar und warte auf das Wechselgeld. »Dann hoffe ich mal, dass deine Schwester einen schönen Geburtstag hat«, sagt er und reicht mir das Geld. Ich stecke die Münzen in meine Hosentasche, nehme die Tüte und gehe zur Tür hinaus.

KAPITEL 26

DER REST DES WOCHENENDES KRIECHT dahin. Als endlich Montag ist, wache ich in aller Frühe in meinem noch halbdunklen Zimmer auf. Ich ziehe meine Jeans an, hole die Plastiktüte aus dem Versteck hinter den weggepackten Sommerklamotten in meinem Schrank, nehme die Halskette und das pinke T-Shirt mit dem Glitzerherz heraus, reiße vorsichtig die beiden Preisschildchen ab, zerknülle sie und werfe sie in den Abfalleimer. Dann stopfe ich die Tüte wieder in den Schrank hinter einen Stapel Shorts.

Ich schaue mir im Spiegel zu, wie ich mein Schlafanzugoberteil ausziehe und in das T-Shirt schlüpfe. Das Paillettenherz liegt flach auf meiner Brust. Ich lege die Halskette um, mache den Verschluss zu, bürste meine Haare und streiche sie hinter die Ohren. Dann stehe ich eine Weile nur da und betrachte mich. Ich überlege, was Paige wohl sagen würde.

Als ich das Rauschen der Dusche höre, packt mich die Panik. Hastig öffne ich die andere Schranktür, schnappe mir mein dunkelviolettes Kapuzensweatshirt, streife es über und ziehe den Reißverschluss bis obenhin zu. Jetzt sehe ich aus wie immer. Aber während ich darauf warte, dass das Badezimmer frei wird, kann ich mir ein Lächeln nicht verkneifen.

☆

In der Schule ist Finn wieder einmal spät dran. Ich tue so, als würde ich in meinem Rucksack kramen, damit ich niemandem in die Augen schauen muss. Während ich darauf warte, dass Finn endlich auftaucht, achte ich darauf, wie sich das T-Shirt unter meinem Kapuzensweater anfühlt.

Als die Glocke läutet, schaue ich zur Tür. Von Finn ist weit und breit nichts zu sehen, aber dafür kommt jetzt Ryan auf mich zu. Ich umklammere den Reißverschlusszipper meiner Sweatshirt-Jacke und tue wieder so, als würde ich meinen Rucksack durchsuchen.

»Hey, *Grace*!«, sagt Ryan leise zu mir, aber ich halte den Kopf gesenkt. »*Gracie*!«

Da höre ich Finns Stimme.

»Hallo, Leute! Tut mir leid, dass ich mich verspätet habe. Geht alle auf eure Plätze. Ryan? Das gilt auch für dich.« Ich atme tief durch. »Hefte auf!« Finn nimmt einen Stift, um an die Tafel zu schreiben. »Spätestens jetzt sollte jeder *Wer die Nachtigall stört* vor sich liegen haben. Also raus damit, lasst uns anfangen.« Während ich ihm zuhöre, berühren meine Finger den fliegenden Vogel unter meiner Jacke.

☆

Um drei Uhr ist die Physikstunde endlich vorüber. Ich packe meine Sachen in den Rucksack. Hinter mir sind Meagan und Hannah, die sich für das aktuelle Projekt zusammengetan haben. Als ich aufstehe, sehe ich, wie Sebastian auf sie zusteuert. Er hat die Hände in den Hosentaschen vergraben und lächelt.

»Hi, Meagan«, sagt er schüchtern.

Ich schaue die beiden abwechselnd an.

»Sebastian!«, ruft jemand von der anderen Seite des Klassenzimmers. Ich drehe mich um. Alle strömen zur Tür, aber Ryan drängt sich mitten hindurch und kommt in unsere Richtung. »Pass doch auf«, blafft er Sofia an und stößt sie grob zur Seite. »Wo bleibst du denn, Sebastian? Mom holt mich am Haupteingang ab.« Auf dem Weg zur Tür muss ich an Mrs Leos Pult vorbei. Ich werfe einen letzten Blick über die Schulter und sehe, wie Sebastian mit rotem Gesicht etwas zu Ryan sagt.

Da höre ich Mrs Leos Stimme.

»Grayson, hast du einen Augenblick Zeit für mich?« Sie sucht immer irgendwelche Leute, die ihr dabei helfen, die Laborsachen wegzuräumen.

»Tut mir leid, ich muss zur Theaterprobe«, rufe ich fast schon an der Tür.

»Ach ja, richtig. Es dauert höchstens fünf Minuten. Die Nachmittagskurse fangen doch erst um Viertel nach drei an, oder? Ich würde gerne kurz mit dir und Sebastian sprechen.«

Mein Herz macht einen Satz. Was will sie von uns?

Nach einem Blick auf die Wanduhr murmle ich widerstrebend »okay« und gehe zurück zum Pult.

»Sebastian?«, ruft Mrs Leo quer durch den Raum.

»Ja?«, fragt er und blickt erstaunt hoch.

»Ich möchte kurz mit dir und Grayson sprechen.« Ryan grinst Sebastian hämisch an und hält sich die Hände vor den Mund, als müsste er sich übergeben. Mrs Leo scheint von all dem nichts mitzubekommen.

»Okay«, murmelt Sebastian. Er stellt sich neben mich, während Ryan, Meagan und Hannah zur Tür gehen. Mrs Leo nimmt die Brille ab und steckt sie in ihre weißen Locken.

»Hört mal, Jungs ...«, fängt sie an. Die Worte treffen mich wie ein Faustschlag ihrer kleinen, knotigen Hand mit den hervortretenden Adern. Schweigend starre ich auf meine Schuhe. »Wisst ihr, ich unterrichte nun schon seit fast vierzig Jahren an dieser Schule ...«

Ich nicke und schlucke schwer, bevor ich einen Blick zu Sebastian riskiere. Was will sie von uns?

»Nun ja«, fährt sie fort. »In all den Jahren habe ich noch nie ...« Wieder hält sie inne und blickt jetzt fast ein wenig peinlich berührt. Ich schaue an mir herunter, um sicherzugehen, dass mein Reißverschluss geschlossen ist. Mein Herzschlag dröhnt laut in meinen Ohren.

»Tja, es ist mir in all den Jahren leider nie gelungen, genug interessierte Schüler für einen naturwissenschaftlichen Club zusammenzubekommen.«

Mein Atem wird ruhiger, und ich spüre, wie ich mich entspanne. Auch Sebastian wirkt erleichtert.

Ihre Miene hellt sich auf.

»Also, wie wär's, seid ihr interessiert?«, fragt sie schnell. »Ich hätte gerne Schüler aus jeder Klassenstufe in der Truppe, um das Ganze ins Rollen zu bringen – gute Schüler, die einen Zugang zu den Naturwissenschaften haben.«

Ich komme Sebastian mit einer Antwort zuvor.

»Ähm, tut mir leid, Mrs Leo. Ich kann leider nicht. Ich habe schon genug mit den Theaterproben zu tun.« Ich werfe Sebastian einen kurzen Blick zu und schaue noch einmal auf die Uhr.

»Ja«, murmelt er. »Ähm, ich habe nach der Schule Gitarrenunterricht. Und dann sind da ja auch noch die Hausaufgaben ...« Er lässt den Satz ins Leere laufen. Insgeheim muss ich schmunzeln, als ich merke, wie krampfhaft er nach einer Entschuldigung sucht.

»Oh, na dann«, sagt Mrs Leo enttäuscht. »Ihr Schüler seid heutzutage alle so eingespannt.«

»Tut mir echt leid«, wiederhole ich und trete den Rückzug an. »Wenn sich bei mir etwas ändert, gebe ich Ihnen Bescheid«, verspreche ich Mrs Leo, die Hand schon am Türknauf.

Sebastian ist fast genauso schnell an der Tür wie ich. »Ja, tut mir leid«, murmelt er unbeholfen.

Gemeinsam gehen wir durch den menschenleeren Gang zu unseren Spinden. Ich schaue Sebastian verstohlen von der Seite an. Im Geiste sehe ich ihn immer an der Seite von Ryan, aber jetzt muss ich daran denken, wie er Meagan heute nach dem Unterricht angelächelt hat.

»Das war knapp«, sage ich zu ihm.

Er hält den Blick auf den Fußboden gerichtet, als gäbe es dort etwas zu sehen.

»Jep.« Einen Moment später hebt er den Kopf und lächelt. »Echt jetzt.«

Ich hole die Bücher und meine Jacke aus dem Fach und stopfe alles in meinen Rucksack. Sebastian schließt seinen Spind auf, der sich am anderen Ende des Gangs befindet, aber als ich den Weg zur Aula einschlage, hat er mich bereits wieder eingeholt und geht neben mir her.

Ich berühre den kleinen Vogel unter meinem Sweatshirt. In dem Korridor der Aula hält sich niemand auf, alle sind entweder in ihren Nachmittagskursen oder haben die Schule bereits verlassen. Bis auf ein paar Schüler am Haupteingang sind nur Sebastian und ich da.

Auf halbem Weg zur Aula bleibe ich plötzlich stehen. Am anderen Ende des Gangs sind zwei Gestalten aufgetaucht. Ryan und Tyler. Zum hunderttausendsten Mal muss ich an Tante Sallys Warnung denken. Mir fällt auf, dass Sebastian die beiden genauso misstrauisch beäugt wie ich.

Dämlich grinsend kommen sie auf uns zu. Auch wenn ich noch die leise Hoffnung habe, die beiden könnten einfach auf Sebastian warten, ist mir in Wahrheit längst klar, dass sie es auf mich abgesehen haben.

Schließlich stehen wir uns zu viert gegenüber. Tyler ist etwas größer als Ryan, ansonsten sehen sie mit den glatten Haaren und den harten Gesichtszügen fast wie Zwillinge aus.

»Hey, Sebastian«, sagt Ryan, schaut dabei aber nicht ihn, sondern mich an. »Ich hoffe, Mrs Leo wollte dich nicht zum Laborpartner von Gracie machen? Dann hätte ich ja keinen mehr.« Sebastians blickt den Gang entlang zur Tür. Er schüttelt den Kopf.

Ich umklammere den Reißverschluss meiner Jacke etwas fester.

»Also, Gracie-Girl«, sagt Ryan zu mir. »Warum hast du mich heute im Literaturunterricht ignoriert?«

Ich kriege kein Wort heraus. Mein Mund scheint nicht mehr zu funktionieren.

»Grace«, schaltet sich Tyler ein. »Warum redest du nicht mit uns? Jack meinte, dass wir dich nach der Schule hier finden, falls wir uns mit dir unterhalten wollen. Also warum sprichst du nicht mit uns?«

Ich habe das Gefühl, in einer Wolke festzustecken. Sebastian weicht immer weiter zurück, bis er mit dem Rücken gegen einen Spind stößt.

»Ich muss los«, sage ich zu Ryan und Tyler. Die Worte kommen aus mir heraus, ohne dass ich es merke. Meine Hand ist immer noch am Reißverschluss. Ryan kommt einen Schritt näher und versperrt mir den Weg.

»Willst du in der Aula wieder Verkleiden spielen?«, fragt er höhnisch. »Jede Wette, sie haben da viele schöne Kleidchen für dich.« Grinsend blickt er zu seinem Bruder, der ebenfalls einen Schritt näher gekommen ist.

Mein Mund klappt auf und zu und mir ist schwindelig. Meine Faust schließt sich fester um den Zipper.

»Siehst du das, Ry?« Tyler deutet auf meine Hand.

»Du hast recht, er kann es gar nicht erwarten, sein Kleid anzuziehen.« Er kommt ganz nah an mein Gesicht und sagt: »Hey, verrate uns doch mal, warum du so ein Freak bist.«

Ich schaffe es nicht, den Reißverschluss loszulassen. Tyler packt mich und zieht so fest an meinem Sweatshirt, dass ich gegen ihn taumle. Er riecht nach Schweiß. Ich schaue zu Sebastian, aber der steht nur mit hängenden Armen da.

Hinter mir sind plötzlich laute Stimmen zu hören. Ryan und Tyler spähen über meine Schulter. Ich drehe mich um. Paige kommt angerannt, ihr Rucksack schlägt gegen ihre Hüfte.

»Hey! Hey! Was geht hier ab?«, ruft sie. Dann ist sie auch schon an meiner Seite und legt ihren Arm um mich.

Ryan und Tyler geben keine Antwort. Schließlich sagt Tyler: »Wir haben uns nur ein bisschen mit Gracie unterhalten.« Dabei sieht er Paige an und grinst. Röte schießt in ihr Gesicht. Ich kann ihren hitzigen Zorn spüren und lehne mich noch etwas mehr an sie.

»Warum lasst ihr ihn nicht einfach in Ruhe?«, schreit sie die beiden an.

»Boah, immer mit der Ruhe, Psycho«, sagt Tyler leise. Er schaut sich noch einmal kurz um, bevor er und Ryan den Rückzug antreten. Sebastian, der Paige keine Sekunde aus den Augen lässt, wirkt erleichtert.

»Genau«, faucht Paige. »Haut einfach ab, ihr feigen Idioten. Lauft nach Hause, ihr Loser!«

Ich bin so überrascht über das, was Paige den beiden entgegenschleudert, dass ich gar nicht weiß, was ich sagen soll. Ryan und Tyler sehen sich nervös um.

»Komm schon, Ry«, sagt Tyler. »Wir müssen los. Dad holt uns am Westeingang ab.«

»Ich ... ich dachte, in dieser Woche ist Mom dran«, stammelt Ryan.

»Falsch gedacht«, blafft Tyler ihn an. Wie auf Kommando drehen die beiden sich um und rennen zur Tür. Im nächsten Moment sind sie auch schon weg. Im Gang kehrt Ruhe ein, außer meinen eigenen hastigen Atemzügen höre ich nur das Rauschen des Bluts in meinen Adern. Sebastian hat sich noch immer nicht von der Stelle gerührt.

Plötzlich fliegen die Aula-Türen auf.

»Paige!«, ruft Finn und kommt mit schnellen Schritten auf uns zu. »Was um alles in der Welt geht hier vor?«

Ich greife nach Paige' Hand.

»Sag ihm nichts.« Keine Ahnung, warum ich sie darum bitte.

»Hast du sie noch alle?«, flüstert sie.

»Ich meine es ernst«, flüstere ich zurück. »Bitte.«

»Warum?«, fragt sie. Hinter Finn tauchen immer mehr Köpfe in der Tür auf.

»Ich ... ich weiß es nicht«, stottere ich. Und das stimmt. Ich komme mir vor wie am Rand eines Abgrunds. »Bitte, tu's nicht.«

Paige starrt mich an, als hätte ich den Verstand verloren.

»Okay«, sagt sie zögernd. Ich würde ihre Hand am liebsten gar nicht loslassen, aber jetzt ist Finn da und baut sich vor uns auf.

»Was war das für ein Geschrei?«, fragt er. »Ist alles in Ordnung?«

»Ja«, antwortet Paige. Sie hält seinem Blick stand und sagt: »Tut mir leid.«

»Na, dann ist ja gut.« Finn sieht uns an, wie wir einmütig Seite an Seite vor ihm stehen. Sein Blick ruht eine halbe Ewigkeit auf mir. *Ist wirklich alles okay?*, fragen seine Augen.

Ja, alles okay. Ich lasse Paige' Arm los und vergrabe meine Fäuste in den Taschen.

Finn macht keine Anstalten, zu gehen.

»Grayson, du weißt, dass du mit allem zu mir kommen kannst«, sagt er mit Nachdruck.

»Ja, weiß ich«, murmle ich. Mehr bringe ich in diesem Moment nicht heraus.

Wir stehen uns gegenüber und schweigen.

»Na gut«, seufzt Finn. »Lasst uns reingehen.«

Wir folgen ihm in die Aula. Ich werfe einen Blick über die Schulter. Von Sebastian ist weit und breit nichts mehr zu sehen.

KAPITEL 27

ES IST EIN STÄNDIGES AUF UND AB, mal schlecht, mal gut, dann wieder umgekehrt. Manchmal ist alles hell, manchmal dunkel.

In der Klasse oder bei Tante Sally und Jack zu Hause verhalte ich mich unauffällig. Oft halte ich meinen Reißverschluss am Kragen fest. In diesen Momenten möchte ich wieder unsichtbar sein, so wie früher.

Nur bei den Proben ist es anders.

Ich sitze mit den anderen Hauptdarstellern zusammen und wir lassen die Füße über den Rand der Bühne baumeln. Über unseren Köpfen hängen die Scheinwerfer. Das Schwarz der Zwischenräume wechselt sich mit ihren hellen Lichtkegeln ab und beides geht ineinander über. Paige und Andrew haben mich in ihre Mitte genommen.

»Meine Damen und Herren!«, sagt Finn. »Ich hätte nie gedacht, dass wir bis Februar schon so weit kommen würden. Das wird eine sehr, sehr beeindruckende Aufführung!« Der Gedanke, bald als Persephone auf der

Bühne zu stehen und in den dunklen, voll besetzten Zuschauerraum zu schauen, macht mich glücklich.

»Beim letzten Mal haben wir über den dritten Akt gesprochen«, fährt Finn fort. Reid meldet sich und stellt eine Frage zum Bühnenbild in der Unterwelt. Ich stelle mir vor, wie ich in meinem goldenen Gewand auf Hades' Bank sitze.

Andrew versetzt mir einen spielerischen Knuff.

»Hey, worüber lachst du?«, fragt er leise.

»Hm?«, frage ich. Als ich verwundert dreinschaue, prustet er los. Anscheinend habe ich in die Luft gestarrt und vor mich hin gegrinst. »Ach, gar nichts«, sage ich fröhlich. Wenn ich ihn noch länger ansehe, muss ich mitlachen, also schaue ich schnell nach unten.

Beim Anblick unserer Füße, die über den Bühnenrand baumeln, muss ich an einen Ausflug denken, den ich mit Tante Sally und Onkel Evan unternommen habe. Im Sommer vor zwei Jahren waren wir am Grand Canyon. Ich weiß noch genau, wie ich direkt an der Brüstung am Rand der Klippen stand. Ich hatte das Gefühl, jeden Augenblick in die Tiefe stürzen zu können. Bei der anschließenden Wanderung stolperte ich über einen Stein und wäre fast von dem schmalen Felsenpfad in die Tiefe gestürzt. Ausgerechnet Jack streckte damals die Hand nach mir aus, um mich festzuhalten.

Ich lausche auf Finns Stimme, aber ich höre nicht, was er sagt. Das kristallhelle Licht wird von der Dunkelheit verschluckt. Ich bin als Persephone auf der Bühne, aber diesmal habe ich das Gefühl, wieder an der Klippe zu stehen und nur einen Schritt vom Abgrund entfernt zu sein.

Automatisch taste ich nach dem Reißverschluss meines Sweatshirts. Ich versuche, den Kopf freizukriegen, um mich auf Finns Worte konzentrieren zu können.

»Wenn es keine Fragen mehr gibt, dann legen wir los.«

Alle nehmen ihre Plätze ein. Ich verdränge das Bild vom Klippenrand aus meinen Gedanken und stelle mich in die Mitte der Bühne. Die Seelen der Unterwelt wandern an mir vorbei und beobachten mich. Sie warten darauf, dass ich das Stichwort gebe. Gestern Abend haben Onkel Evan und ich diese Szene geprobt, inzwischen kenne ich den Text in- und auswendig.

Ich setze mich neben Kristen auf die Bank und sehe dabei zu, wie die Seelen der Toten uns umkreisen. Alles ist kalt und trostlos.

»*Ich bin so allein in der Unterwelt*«, sage ich zu Kristen. Ich versuche das Gefühl von Glück zu beschreiben, dass man nur in der Welt da droben hat, kann es jedoch nicht in Worte fassen. Ich achte nicht auf das Böse in ihrem Blick, sondern gebe mich meinen Tagträumen hin und denke an meine Mutter in ihrem Garten. Geistesabwesend greife ich nach einem Granatapfel vom Pappkarton-Baum neben uns. Ich breche die Frucht mit dem Daumen auf und stecke den Kern in meinen Mund. Kristens Lächeln nehme ich kaum wahr.

Als Zeus und Hades zu mir in den Garten kommen, unterbricht Finn die Szene. Inzwischen habe ich bereits sechs Granatapfelkerne gegessen.

»Alle mal herhören«, sagt Finn. »Habt ihr gemerkt, wie gut Grayson sich in seine Rolle hineinversetzt hat? Das war hervorragend, Grayson.« Alle schauen mich an. Ich presse die Lippen zusammen, um nicht übers ganze Gesicht zu grinsen, aber ich kann nicht anders. »Das war wunderbar«, sagt Finn. »Einfach wunderbar.«

Auf der anderen Seite der Bühne steht Paige. Sie hat Finns Lob gehört und nickt zustimmend. Als sie meinen Blick auffängt, lächelt sie und streckt die Daumen hoch.

Jack und Brad sind schon da, als ich später nach Hause komme. Auf dem Esszimmertisch stehen eine geöffnete Müslipackung und zwei benutzte Schälchen. Die Stimmen der beiden sind durch die ganze Wohnung zu hören. Auf dem Weg zu meinem Zimmer komme ich an Jacks geschlossener Tür vorbei. Drinnen prallt ein Nerf-Ball gegen die Tür, woraufhin Brad und Jack laut loslachen. Ich muss schlucken, denn ich weiß, dass sie jetzt auf Jacks Bett sitzen und quer durch den Raum Körbe versenken. Einer von den beiden springt auf und schnappt sich den Ball.

Leise mache ich meine Tür hinter mir zu und sperre die Geräusche aus. Ich nehme mein Mathebuch in die Hand. Onkel Evan hat versprochen, dass wir nach dem Abendessen gemeinsam proben, bis dahin will ich fertig sein. Aber es fällt mir schwer, mich zu konzentrieren. Durch die geschlossene Tür höre ich, wie sie drüben hüpfen und lachen. Jack und ich haben früher genau das Gleiche gemacht. Ich weiß noch, wie wir mit dem weichen orangefarbenen Ball in der Hand und mit bloßen Füßen auf den zerwühlten Decken herumgesprungen sind.

Die Wochen vergehen. Inzwischen ist es noch mal eisig kalt geworden. Wenn ich nicht auf der Bühne probe oder den Text lerne, sehne ich mich danach, genau das wieder zu tun. An einem Freitag, nachdem Paige mich an meinem Spind abgeholt und mit mir zur Aula gegangen ist, so wie immer in letzter Zeit, kommt Finn mit einer kleinen Pappschachtel zur Tür herein. Die Mädchen und ich stellen uns zu den Jungs auf die Bühne. Mir fällt auf, dass Dr. Shiner in der letzten Reihe Platz genommen hat. Er muss gleich nach Finn in die Aula gekommen sein.

Finn stellt sich vor uns hin und begrüßt alle mit einem strahlenden Lächeln.

»Nur noch ein Monat bis zu unserem großen Tag!«, verkündet er. »Ich habe euch etwas mitgebracht. Wir hatten noch Geld in unserer Theaterkasse, daher ...« Er öffnet die Schachtel, fischt ein knallbuntes Gummiarmband heraus und hält es hoch. Es ist rot, gelb und blau, die Farben fließen ineinander.

Primärfarben, denke ich.

»Das ist ein kleines Symbol unserer Zusammengehörigkeit. Auf dem Armband steht *Die Sage von Persephone*«, sagt Finn stolz. Er streift es sich übers Handgelenk und hält den Arm in die Höhe, damit alle es sehen können.

»Cool«, raunt Paige mir zu.

Finn drückt Kaylee die Schachtel in die Hand. Sie wählt ein Armband aus und reicht die Schachtel weiter. Als ich an der Reihe bin, nehme ich ein Armband heraus und schlüpfe mit der Hand hindurch.

»Ja, echt cool«, sage ich zu Paige.

Sie streckt mir die Hand hin und ruft: »Auf uns!« Wir stoßen mit den Armbändern an.

In diesem Moment wünsche ich mir nichts sehnlicher, als die Zeit anhalten zu können. So wie jetzt könnte es für alle Ewigkeit bleiben.

Aber natürlich ist das unmöglich.

Als ich abends zu Hause bin, ziehe ich meinen Schlafanzug an und nehme meine drei schmutzigen T-Shirts mit ins Badezimmer. Aus dem Waschraum habe ich mir zuvor eine kleine Packung Waschmittel geholt. Ich knete die Shirts in dem eisigen Wasser im Waschbecken so lange, bis meine Finger rot und taub sind. Das Armband an meinem Handgelenk gleitet durchs Wasser. Während meine Hände automatisch ihre Arbeit verrichten, beobachte ich mich im Spiegel.

Das Wasser wird trüb und grau. Ich lasse es abfließen, wringe die T-Shirts aus und trage sie wieder zurück durch den Gang in mein Zimmer. Ich schiebe meine Kleider im Schrank auf die rechte Seite, um Platz für die nassen T-Shirts zu machen, die ich auf Bügel hänge. Damit nicht alles vollgetropft wird, lege ich ein Handtuch aus dem Wäscheschrank darunter. Dann mache ich die Schranktür zu und lege mich aufs Bett, um auf Onkel Evan zu warten, damit er mit mir zusammen probt und ich mich wieder lebendig fühlen kann.

Die Tage sind endlose Muster aus Dunkelheit und Licht, Dunkelheit und Licht. An einem Montag im März bin ich wieder einmal bei der Probe und warte hinter den Kulissen auf mein Stichwort. Es ist die letzte Szene des Stücks. Zeus wird mich aus der Unterwelt führen. Alles um mich herum ist hell. Ich greife an den Reißverschluss meines Sweatshirts. Sobald die Probe vorüber ist, wird die Dunkelheit mich wieder einholen.

Aber ich will die Dunkelheit nicht mehr zulassen.

Ich öffne mein Sweatshirt, nur ein kleines bisschen, einen Finger breit, vielleicht zwei, und hole meine Halskette heraus. Der kleine Vogel reflektiert das Bühnenlicht und ich muss lächeln.

Finns Stimme reißt mich aus meinen Gedanken.

»Grayson?« Ich schaue ihn fragend an. »Das ist dein Stichwort.« Ich trete hinaus auf die Bühne.

Nach der Probe kommt Paige auf mich zu. Als ich mich über meinen Rucksack beuge, um meine Jacke hervorzukramen, spüre ich, wie der Vogel an der Kette baumelt. Paige' glitzernde Schuhe stehen direkt vor mir. Automatisch greife ich nach meinem Glücksbringer. Ich könnte ihn unter mein Sweatshirt schieben, aber ich bringe es nicht über mich, die Dunkelheit wieder zuzulassen. Langsam richte ich mich auf.

»Hey«, sagt sie.

Ich lasse die Hand sinken. »Hi.«

»Wow, was für eine coole Halskette«, kreischt sie los. Sie berührt ihren eigenen Halsschmuck. Es ist ein kreisförmiger Anhänger aus rotem und orangefarbenem Glas an einem braunen Lederband. »Ist die neu?«

Ich schaue ihr in die Augen und rücke meine Kette gerade. Meine Finger ertasten den Saum meines lavendelblauen T-Shirts.

»Danke. Nein, neu ist sie eigentlich nicht«, sage ich zurückhaltend.

Sie sieht mich an und streckt die Hand aus, um den Anhänger zu berühren. Ich spüre ein sanftes Ziehen im Nacken, als sie den Vogel behutsam hin und her dreht und ihn von allen Seiten betrachtet. Ich stelle mir ihre glitzernden blau lackierten Fingernägel auf dem schimmernden Silber und darunter das unsichtbare lavendelblaue T-Shirt vor.

»Und?«, sagt sie schließlich. »Holt dein Onkel dich ab?«

»Eigentlich wollte heute meine Tante vor der Schule auf mich warten. Sie war in der Elternbeiratssitzung.«

»Cool. Ich wusste gar nicht, dass sie Mitglied des Elternbeirats ist.«

»Na ja, früher war sie das. Dann ist sie ausgetreten, scheint jetzt aber wieder mitmachen zu wollen.«

»Gehen wir?«, fragt Paige.

»Ja, klar.« Gemeinsam verlassen wir das Schulgebäude. Jetzt, um halb sechs, ist es draußen schon nicht mehr so dunkel wie noch vor Kurzem. Der Frühling kündigt sich an, auch wenn es noch winterlich kalt ist. An der obersten Stufe der Betontreppe bleiben wir stehen. Ich mache den Reißverschluss meines Sweatshirts wieder ganz zu, ziehe meine Jacke an und schlage die Kapuze hoch.

»Da ist dein Dad«, sagte ich zu Paige, als das Auto ihres Vaters in die Zufahrt einbiegt.

»Okay. Bis dann, Grayson.« Mit den Handschuhen streift sie über das Metallgeländer und nimmt gleich zwei Stufen auf einmal. Ich vergrabe meine Hände in den Taschen.

»Hey, Paige?«, rufe ich. An der untersten Stufe dreht sie sich um. Ich bibbere vor Kälte.

»Ja?«, fragt sie und zieht ihre Strickmütze tiefer über die Ohren.

Ich will irgendetwas sagen, aber mir fällt nichts ein.

»Ach nichts«, murmle ich. »Bis bald.«

Sie lächelt mich an und winkt.

Ich setze mich auf die eisigen Stufen, um auf Tante Sally zu warten. Nach einigen Minuten kommt sie auch schon um die Ecke und wir gehen über den Parkplatz zu ihrem Auto.

»Na, wie steht's, Grayson?«, fragt sie mich.

»Ganz gut«, antworte ich und schaue meinen Füßen dabei zu, wie sie durch den kalten Schnee stapfen.

»Gab's heute was Interessantes in der Schule?« Sie kramt in ihrer Handtasche nach den Schlüsseln. Ihr gefrorener Atem schwebt in der Luft zwischen uns.

Zur Antwort zucke ich nur mit den Schultern, aber das sieht Tante Sally nicht, denn sie schließt bereits die Autotür auf. Ein Teil von mir möchte sie umarmen und ihr die Halskette und das T-Shirt zeigen. Aber der andere, viel größere Teil kommt sich neben ihr wie ein Freak vor. Ich steige ins Auto und wir fahren schweigend nach Hause.

KAPITEL 28

DEN BLICK AUF DIE TÜR GERICHTET, sitze ich am nächsten Morgen im Klassenzimmer und warte auf Finn. Als Ryan den Raum betritt, greife ich an meinen Hals, um den kleinen Vogel zu verbergen, der über meinem Sweatshirt zu sehen ist. Zum Glück kommt Finn gleich hinter Ryan ins Zimmer. Er hat die Lippen zusammengepresst, und sein Gesichtsausdruck erinnert mich an Onkel Evan, wenn er sich bei seiner Arbeit über irgendetwas aufgeregt hat. Finn pfeffert seine Aktentasche auf den Stuhl, wo sie mit einem Klatsch landet.

»Setzt euch«, ruft er über den Lärm hinweg. Den Vogel fest umklammert folge ich jeder von Finns Bewegungen. In einer solchen Stimmung habe ich ihn noch nie erlebt. Eine Erinnerung drängt sich in mein Bewusstsein, eigentlich sind es nur Gedankensplitter. Ich halte eine Katze aus feinem Porzellan in meinen kleinen Händen. Ein feiner, verzweigter Riss zieht sich über den Rücken der Katze wie ein graues Spinnennetz. Ich spüre die

Gegenwart meiner Mutter, sie ist so viel größer als ich, ragt hoch über mir auf. Eine Hand greift zu mir herunter und nimmt die Katze.

»Stilles Lesen«, ordnet Finn an. Er sagt es beinahe im Flüsterton, weil inzwischen Ruhe eingekehrt ist. »Die ganze Doppelstunde.« Ein Aufstöhnen geht durch die Klasse. »Ihr könnt euch so viel beschweren, wie ihr wollt«, sagt er. »Ich weiß, dass einige von euch bei der Lektüre von *Wer die Nachtigall stört* hintendran sind. Für alle anderen gilt: Lest es noch mal, bis ihr es wirklich verstanden habt.«

Ich gebe mir Mühe, aber ich kann mich einfach nicht konzentrieren. Finn marschiert an der Tafel auf und ab und kaut auf seinem Stift. Bis auf das Rascheln der Seiten ist kein Mucks zu hören. Die Stille hängt über uns wie ein wolkenverhangener Himmel.

Einige Minuten vor dem Ende der Doppelstunde klopft es an die Tür. Die ganze Klasse blickt hoch. Draußen steht Dr. Shiner und späht durch das kleine rechteckige Fenster. Ohne ein Wort eilt Finn hinaus. Kaum ist die Tür ins Schloss gefallen, explodiert die ganze Klasse und das reinste Chaos bricht aus. Ein Blick auf die Uhr verrät mir, dass die Glocke jeden Augenblick läuten wird, daher will ich das Buch schon mal in meinem Rucksack verstauen. Gelesen habe ich in der Stunde so gut wie gar nichts. Als ich mich aufrichte, steht Ryan vor meinem Pult. Meine Hand fliegt zu dem Vogel an meinem Hals.

»Hübsche Kette, Gracie«, sagt er. »Also …« Er macht ganz bewusst eine Pause. »Wie fühlt sich das an?«

»Was meinst du?«, frage ich matt. Ich wünschte, Paige wäre hier.

»Das werde ich dir sagen, Freak. Wie fühlt sich das an, zu wissen, dass Finn gefeuert wurde und du der Grund dafür bist?«

Der Boden unter mir fängt an zu wanken, langsam, als würde sich direkt unter der Schule ein Abgrund auftun. Im Klassenzimmer ist es plötzlich viel zu still.

»Was redest du da?«, frage ich ihn leise.

Ryan dreht sich zu den Nachbarbänken. Alle Blicke sind auf uns gerichtet. »Er hat keine Ahnung!«, ruft Ryan hämisch. »Mom hat mir erzählt, dass deine Tante plötzlich in der Elternbeiratssitzung aufgetaucht ist. Sie ist einfach so hereingeschneit. Mann, du hast ja wirklich keinen blassen Schimmer!«

Plötzlich ergeben alle Teile des Puzzles einen Sinn, fügen sich wie von Zauberhand zusammen. *Ich* bin der Grund, warum Tante Sally den Elternbeirat aufgesucht hat. Ich und Finn.

»Meine Mom wollte mir zuerst nicht sagen, was passiert ist«, fährt Ryan fort. »Aber ich habe es aus ihr herausgekitzelt. Sie kann mir und meinem Bruder einfach nichts verheimlichen. Ich weiß nur, dass es etwas mit dir zu tun hat. Soll ich dir sagen, was ich denke? Finn ist rausgeflogen, weil er aus dir eine Schwuchtel machen wollte, wie er eine ist.« Der Abgrund unter uns wird immer größer. Ryan beugt sich vor, sodass unsere Gesichter sich fast berühren. Die Glocke läutet, aber niemand rührt sich vom Fleck. »Hat er dir etwas angetan, Gracie?« Im Klassenzimmer ist es mucksmäuschenstill.

Mein Körper ist eisig kalt und glühend heiß zugleich. Ich denke an den Tag zurück, als Paige mir zu Hilfe geeilt kam und mich gerettet hat. Ich wünschte, sie wäre jetzt hier. Ich weiß genau, dass ich Ryan niemals so anbrüllen könnte wie sie, aber hierbleiben und ihm zuhören muss ich trotzdem nicht. Ich nehme meinen Rucksack in die Hand.

In der Nähe ist lautes Rascheln zu hören und ich drehe den Kopf in die Richtung. Meagan bahnt sich zwischen den Bänken hindurch einen Weg und kommt auf mich zu. Ihr Gesicht ist gerötet und sie hat die Augen niedergeschlagen. Ihre dünnen schwarzen Haare fallen wie dunkle Vorhänge über ihre Wangen. Sie baut sich vor Ryan auf. Eine Sekunde später sind Hannah und Hailey an ihrer Seite.

Meagan streicht sich die Haare aus dem Gesicht.

»Gehen wir, Grayson?«, fragt sie, als sie sieht, dass ich meinen Rucksack schultere. Sie spricht sehr leise, aber im Klassenzimmer ist es so still, dass alle sie hören.

»Ja«, flüstere ich. Zu viert gehen wir nach draußen, wo Finn und Dr. Shiner mit gedämpften Stimmen eine leise, aber hitzige Unterhaltung führen. Als wir an ihnen vorbeikommen, unterbrechen sie kurz ihr Gespräch. Ich suche Finns unergründliche braune Augen, aber er schaut weg.

☆

Diesmal verläuft die Probe anders als sonst. Als Paige und ich in der Aula eintreffen, hat Dr. Shiner bereits in der ersten Reihe Platz genommen. Keines der Mädchen sitzt da und tratscht über Meagan und Sebastian, niemand reicht eine Haarbürste herum oder kramt eine Handvoll Haarspangen aus dem Rucksack.

Wir gehen auf die Bühne. Zwei Siebtklässlerinnen namens Stephanie und Lindsay tuscheln miteinander. Es geht um etwas, das Lindseys Mom am Abend zuvor gesagt hat. Mein Herz macht einen Satz, als ich Stephanie flüstern höre: »Wir sollten ihn einfach fragen, was los ist.« Ich setze mich zwischen Paige und Meagan, um mit ihnen auf Finn zu warten. Ich schaue den kleinen Vogel an, der sich an mein blaues Sweatshirt schmiegt. Paige legt den Arm um mich. Mir fällt auf, wie scharf sie Dr. Shiner fixiert. Ich spüre ihren knochigen Arm an meiner Schulter und würde am liebsten losheulen.

Nach einer Weile taucht Finn auf und wir fangen an zu proben. *Sieh mich an! Sag mir, was passiert ist!*, schreie ich ihn lautlos an. Aber er bleibt stumm. Ich kriege Ryans dämliches Gesicht nicht aus meinem Kopf. Dunkelheit hat sich auf der Bühne ausgebreitet und alle scheinen es zu spüren. Ich schaue zu Stephanie und Lindsey. Sie tuscheln immer noch.

Auf der Bühne teilt Andrew Paige soeben mit, dass er ihr bei der Suche nach Persephone helfen will. Paige muss ihre Bestürzung über Persephones Verschwinden zum Ausdruck bringen, aber man merkt ihr an, dass sie abgelenkt ist. Immer wieder wirft sie einen Blick auf das zerfledderte Skript, das sie bei sich hat.

Die Hand über den Mund gelegt marschiert Finn vor der Bühne auf und ab und schaut ihnen zu. Als Paige und Andrew ihren Text bis zum Ende der Szene heruntergestammelt haben, sehen sie Finn an.

»Tut mir leid«, sagt Paige und fummelt nervös an ihrem Skript. Eine Minute lang sagt Finn kein Wort.

»Wisst ihr was, Leute?«, meint er schließlich. »Das ist okay. Das ist okay.« Er wiederholt es noch einmal gedankenverloren, richtet die Worte aber mehr an sich als an irgendjemanden sonst. »Es ist eine schwierige Szene. Und wenn sie nicht ganz perfekt ist, geht deshalb noch lange nicht die Welt unter.«

Von meinem Platz am Bühnenrand, halb hinter den burgunderroten Vorhängen verborgen, sehe ich ihnen zu und drehe mein Plastikarmband langsam am Handgelenk.

»Wir schaffen das«, versichert ihm Andrew. »Keine Sorge. Wir strengen uns einfach mehr an.«

»Nein, Andrew. Mach dir keine Gedanken. Wie gesagt, es ist eine schwierige Szene. Lasst uns mit der nächsten Szene weitermachen, okay? Akt drei, Szene zwei. Fangt an.« Finn klatscht in die Hände. Das Geräusch hallt durch den Raum, bevor es auf die Bühne fällt und erstirbt. In der großen Aula ist es vollkommen still. Ich schaue zu Dr. Shiner. Der Schulleiter hat die Beine ordentlich übereinandergeschlagen und sein Gesicht ist wie aus Stein gemeißelt. Er kaut auf seiner Unterlippe.

»Na los! Zweite Szene. Lasst uns anfangen.« Niemand rührt sich. Erst als Finn die Aufforderung noch einmal wiederholt, nehmen alle ihre Plätze ein.

Nach der Probe wartet Onkel Evan im Auto auf mich. Ich renne die Stufen hinunter, steige ein und schlage die Tür zu.

»Grayson?«, sagt er. »Was ist los?« Er stellt die Frage mit matter Stimme, als wüsste er die Antwort bereits. Ich habe so viel zu sagen, aber mein Mund funktioniert nicht. Meine Kehle ist zugeschnürt, mein eigener Körper scheint mich ersticken zu wollen.

»Warum hat sie das gemacht? Finn ist der beste Lehrer, den man sich vorstellen kann!«, bricht es aus mir hervor.

Onkel Evan schweigt. Er schaltet das Radio aus. Ich höre den Wind ums Auto heulen.

»Nun ja«, sagt er nach einer Weile. »Sie denkt, er habe eine Grenze überschritten.« Ich kenne ihn, ich weiß, dass er seine Worte sorgfältig wählt. Er will sie in Schutz nehmen.

»Aber ich wünsche mir das so sehr!«, schreie ich.

»Ich weiß, Grayson. Ich weiß, wie sehr du es dir wünschst.«

»Stimmt es, dass Finn gefeuert wird?«

»Gefeuert? Oh nein, das glaube ich nicht. Es geht vielmehr darum, ob er dazu befugt war, dir ohne jede Rücksprache die Rolle der Persephone zu geben.«

Ich kann dieses Gespräch nicht länger fortsetzen. Während Onkel Evan das Auto aus der Parklücke lenkt, lehne ich den Kopf zurück und schließe die Augen. Mir kommt ein Gedanke. *Was, wenn ich meine Rolle aufgebe?* Ich schlage die Augen auf und rutsche bis ganz vorne an den Rand des Sitzes. Wenn ich meine Rolle aufgebe, wird dann alles wieder gut? Onkel Evan wirft mir einen Blick zu.

»Alles okay mit dir, Grayson?«

Ich will meine Rolle nicht aufgeben.

»Nein«, sage ich.

»Ich weiß. Es tut mir leid.«

In der Nacht träume ich vom Grand Canyon. Ich balanciere am Abgrund entlang und gerate in den Sog einer Tornadowolke. Der wilde Wirbel ist so nah, dass er mich jeden Augenblick mit sich reißen und davontragen wird. Ich kann nichts dagegen tun. Als ich in die Mitte des Wolkentunnels spähe, blickt mir mein eigenes Gesicht daraus entgegen. Meine Haare sind zu glatten blonden Zöpfen geflochten.

KAPITEL 29

AM NÄCHSTEN MORGEN KENNT JEDER das Gerücht. Niemand in der Klasse plappert oder lacht. Keiner sitzt auf dem Tisch von jemand anderem und wartet, bis Finn ihn auffordert, aufzustehen und sich auf seinen eigenen Platz zu setzen. Alle sind überzeugt, dass Finn gefeuert wird – und dass ich daran schuld bin.

Ich denke an das, was Onkel Evan im Auto gesagt hat. Ich weiß nicht, was wahr ist und was nicht. Vorne steht Finn und sieht uns an, als wüsste er nicht recht, was er mit uns anfangen soll.

Asher, der auf der anderen Seite des Klassenzimmers sitzt, meldet sich, indem er wie verrückt mit dem Arm herumfuchtelt.

»Ja, Asher?«, fragt Finn. Er klingt erschöpft. Asher sieht erst Jason an, dann Finn. In mir verkrampft sich alles. Ich weiß genau, was er Finn fragen wird. *Mach schon!*, schreie ich ihn stumm an. Unfassbar, dass ich mir wünsche, er würde es laut auszusprechen, aber ich muss einfach die Wahrheit wissen.

In letzter Sekunde macht Asher einen Rückzieher.

»Ach nichts«, sagt er verlegen.

Finn nickt. Er schaut aus dem Fenster und fährt mit der Hand über die dunklen Stoppeln auf seinen Wangen.

»Es tut mir leid«, sagt er nach einer Weile. »Es tut mir leid wegen gestern. Ich hätte euch nicht eineinhalb Stunden lang bei stiller Lektüre hier sitzen lassen dürfen. Das war nicht richtig.« Er scheint noch etwas sagen wollen, spricht aber nicht weiter, sondern dreht das Klassenbuch in seinen Händen hin und her.

»Heute machen wir uns wieder an die Arbeit. Wir fangen damit an, die Debatte zur Lektüre von *Wer die Nachtigall stört* vorzubereiten. Dazu müsst ihr euch zu Vierergruppen zusammentun.«

Unruhe macht sich breit. Alle wissen, was jetzt kommt.

»Also gut«, fährt Finn fort. »Ich merke, wie zappelig ihr seid. Bildet Gruppen und schiebt eure Tische zu kleinen Inseln zusammen. Die neue Sitzordnung werden wir die kommenden Wochen beibehalten.« Der Lärm in der Klasse schwillt an. Ich beobachte, wie draußen ein Lastwagen durch den hohen Matsch fährt. »Sobald alle ihren Platz in einer Gruppe gefunden haben, besprechen wir die einzelnen Themen. Also los, sucht euch eure Partner.«

Um mich herum ist alles in Bewegung, überall werden Tische und Stühle durchs Klassenzimmer geschoben, alle lachen und reden wild durcheinander. Nur ich sitze mit gesenktem Kopf da, den Blick auf meinen Tisch gerichtet. Mir ist egal, in welche Gruppe ich komme.

»Grayson?« Ich schaue hoch. Es ist Meagan. »Komm, wir haben dir einen Platz freigehalten.« Auf der anderen Seite des Raums, vor den Schränken, in denen Finn die überzähligen Bücher aufbewahrt, haben Hailey und Hannah ihre Pulte bereits nebeneinandergestellt. Meagan sitzt Hannah gegenüber, daneben ist noch ein vierter Platz.

»Danke«, sage ich leise zu ihr. Ich nehme meinen Rucksack und schiebe Stuhl und Tisch über den Boden bis zu der freien Stelle. Finn sitzt auf seinem Pult, spielt mit einem Stift und sieht der Klasse beim Umräumen zu. Im Vorbeigehen lächele ich ihn zaghaft an, aber er schaut weg.

Meine Augen fangen an zu brennen. *Er hasst mich.* Vielleicht weiß Onkel Evan nicht richtig Bescheid. Vielleicht wird Finn doch noch meinetwegen gefeuert. Kein Wunder, wenn er mich hasst.

Amelia und Lila haben sich zwei Plätze in der anderen Ecke ausgesucht, gegenüber von Asher und Jason. Sie kichern. Ryan balanciert seinen Stuhl über dem Kopf und stapft quer durchs Klassenzimmer.

»Sebastian, komm zu uns rüber«, ruft er. Sebastian steht etwas hilflos neben Anthony, aber dann nimmt er seinen Stuhl und folgt Ryan.

Kaum habe ich meinen Tisch neben den von Meagan geschoben, springt Finn von seinem Pult auf, bahnt sich einen Weg zwischen den Inseln hindurch und dirigiert noch einige Tische hin und her.

»Ich möchte sechs Gruppen zu je vier Tischen. Bringt

ein bisschen Ordnung hinein! Es sieht aus, als wäre ein Tornado durchs Zimmer gefegt!« Er geht zu Ryans und Sebastians Gruppe und weist sie an, die Tische näher ans Fenster zu schieben. Als er endlich mit der Anordnung zufrieden ist, geht er wieder nach vorn und schreibt *Diskussionsthemen* an die Tafel.

»Hefte raus!« Für einen Moment scheint der alte Finn wieder da zu sein. Ich nehme meinen Goldstift und notiere das Datum. In dem Licht, das von draußen durch die Fenster fällt, ist die Glitzerschrift kaum lesbar, aber das ist mir egal. So denke ich wenigstens nicht mehr an die Dunkelheit, sondern an das Licht.

Ich versuche, dieses Gefühl möglichst lange festzuhalten. Da streift mein Blick Ryan auf der anderen Seite des Klassenzimmers und alles andere ist wieder da.

Bei der Freitagsprobe sitzen wir alle zusammen auf der Bühne. Während unserer Entspannungsübungen muss Dr. Shiner unbemerkt in die Aula gekommen sein, denn er hat wieder in der ersten Reihe Platz genommen und schaut zu. Finn wirkt erschöpft, dennoch ist sein Ton zuversichtlich, als er uns daran erinnert, dass wir nicht einmal mehr zwei Wochen bis zur Aufführung haben. Während er zu uns spricht, reibe ich meine brennenden Augen und blinzle hinauf zu den hellen Bühnenlichtern an der Decke.

»Bitte denkt daran – und sagt es auch euren Eltern –, dass wir nächste Woche Samstag ein zusätzliches Treffen haben«, erinnert er uns. »Die Eltern, die uns als freiwillige Helfer unterstützen, werden mit dabei sein und letzte Hand an die selbst geschneiderten Kostüme legen. Sagt zu Hause Bescheid, dass ich euch um halb eins hier in der Schule brauche. Spätestens um drei sind wir fertig, versprochen.« Er hält inne und blickt in die Runde. »Lasst uns noch einmal zu der Szene gehen, in der Zeus Persephone nach Hause führt. Ms Landen hat uns ihre Hilfe angeboten. Wir können uns glücklich schätzen, sie bei uns zu haben.« Sein Blick wandert in die zweite Reihe, in der Ms Landen Platz genommen hat. Sie sitzt fast ganz verdeckt hinter Dr. Shiner, ich habe sie bisher gar nicht bemerkt, aber jetzt lächelt sie und winkt. Seit dem Vorsprechen habe ich sie kaum gesehen.

»Wie ihr vielleicht wisst, inszeniert Ms Landen die Musicals an unserer Schule und hat daher sehr viel Theatererfahrung. Sie wird uns heute bei den zeitlichen Abläufen und der Raumverteilung helfen, denn in der letzten Szene befindet sich das gesamte Ensemble auf der Bühne.« Er nickt in Ms Landens Richtung. »Vielen Dank, Samantha.« Sie erwidert den Gruß, dann nehmen wir unsere Plätze ein.

Ich sitze neben Andrew in einer Pferdekutsche aus Karton. Auf einer Seite der Bühne sollen Reid und die Seelen der Unterwelt stehen, auf der anderen Paige und die Elfen, aber keiner ist an Ort und Stelle. Finn schickt alle auf der Bühne hin und her. Es dauert eine Ewigkeit, bis wir endlich anfangen können. Die Bühnenlichter sind so hell wie immer. Und obwohl Finn mich wahrscheinlich hasst, durchströmt mich ein Gefühl von Glück.

Der kristallene Schein hüllt mich ein.

»Merkt euch, wo ihr steht! Merkt euch, wer neben euch ist! Lasst die Mitte der Bühne frei, die brauchen wir für Grayson und Andrew!«, ruft Finn.

Nach einer Weile mischt Ms Landen sich ein.

»Darf ich?«, fragt sie Finn.

»Selbstverständlich«, erwidert er mit einem Seufzer.

»Okay, Leute«, sagt sie ruhig. Sofort kehrt Stille ein. »Ich möchte euch etwas erklären. Ich weiß, momentan wirkt alles sehr chaotisch, aber ihr müsst mir jetzt gut zuhören.« Sie macht eine Pause, als müsste sie erst nach den richtigen Worten suchen. Schließlich setzt sie noch einmal an. »Über die Jahre habe ich eines gelernt: Je näher die Aufführung rückt, umso schwieriger werden die Proben. Ich weiß nicht, wieso das so ist, aber ich habe eine Theorie: Manchmal muss alles erst auseinanderfallen, ehe es sich so zusammenfügt, dass es passt. Versteht ihr, was ich meine?«

Niemand sagt ein Wort. Sie schaut uns der Reihe nach an und nickt. »Wartet nur, ihr werdet schon sehen. Lasst uns die letzte Szene von Anfang an durchgehen, okay?«

Wir spielen sie bis zum Ende durch. Während Hermes noch seinen Schlussmonolog hält, spähe ich in den Zuschauerraum. Finn hat die Hand vor den Mund gelegt. Er sieht abgekämpft aus und hat dunkle Ringe unter den Augen.

Die Szene war das reinste Desaster. Egal, was Finn sagt, ich weiß genau, dass er sich eine perfekte Aufführung wünscht. Es geht nicht nur um die letzte Szene, es ist womöglich auch das letzte Theaterstück, das er an unserer Schule inszeniert.

Und das ist ganz allein meine Schuld.

KAPITEL 30

DER GEDANKE ANS WOCHENENDE IST unerträglich. Ich weiß noch, wie wir vor ein paar Jahren im Sommer bei Tessa und Hank waren. Sie hatten für die Nacht eine Waschbärenfalle neben den Stufen der hinteren Verandatür aufgestellt und sie mit Boysenbeeren bestückt. Am nächsten Morgen hatte sich ein Waschbärenjunges in der Ecke eingerollt. Die Beeren waren im ganzen Käfig verstreut und klebten sogar im drahtigen Fell des Kleinen. Jack, Brad und ich saßen noch stundenlang im piksenden Gras, um das Tier zu beobachten, bis irgendwann ein Mann von der Tiernothilfe auftauchte und es mitnahm. Daran muss ich denken, als ich, das zerknitterte Skript in der Hand, nach dem Abendessen auf meinem Bett liege.

Ich höre Tante Sally und Onkel Evan im Wohnzimmer reden. Sie bemühen sich, leise zu sprechen, aber ihre Stimmen werden immer lauter, bis sie fast explodieren. Heimlich schleiche ich aus meinem Zimmer und belausche die beiden, wie sie sich flüsternd anschreien.

»Ich wollte wirklich nicht, dass es so kommt«, sagt Tante Sally.

»Was um alles in der Welt hast du erwartet, Sally?«

»Was ich erwartet habe? Ich habe erwartet, dass Mr Finnegan Grayson eine andere Rolle gibt. Oder die Persephone in eine männliche Rolle abändert. So etwas machen Regisseure doch andauernd. Er hätte zumindest dafür sorgen können, dass Graysons Kostüm nicht ausgerechnet ein Kleid ist, Himmel noch mal. Ich wollte lediglich, dass alle das Richtige tun, nämlich Grayson *schützen*. Ich habe nie damit gerechnet, dass Mr Finnegan seinen Job verlieren könnte.« Ihre Stimme schraubt sich mit jedem Wort höher.

»Würdest du bitte etwas leiser sprechen? Abgesehen davon, übertreibst du maßlos. Es waren lediglich ein paar Eltern, die auf die Idee mit der Kündigung gekommen sind, nicht Dr. Shiner.« Onkel Evan hält inne, vermutlich schaut er durchs Fenster nach draußen. »Wie dem auch sei«, fährt er fort. »Es würde mich sehr wundern, wenn er nach dieser Sache noch länger hierbleiben will.« Eine Minute lang sagt keiner ein Wort. »Wenn er die Schule aus welchen Gründen auch immer verlässt, wird sein Nachfolger große Fußstapfen zu füllen haben. Mr Finnegan ist einer der beliebtesten Lehrer.«

»Toll. Ganz toll, Evan. Rede mir nur weiter ein schlechtes Gewissen ein. Im Grunde genommen ist mir das alles egal. Es geht hier einzig und allein darum, was das Beste für *Grayson* ist.«

Bei diesen Worten macht mein Magen einen Satz.

Ohne recht zu wissen, was ich tue, platze ich ins Wohnzimmer hinein. Onkel Evan steht am Fenster, so wie ich es mir gedacht habe, und blickt hinaus auf den schwarzen See. Tante Sally sieht mich an und öffnet den Mund, um etwas zu sagen. Dann schließt sie ihn wieder.

Die Worte sprudeln aus meinem Mund.

»Dir ist völlig egal, was das Beste für mich ist«, sage ich, anfangs noch ganz ruhig. »Ich *wollte* diese Rolle.« Dann bricht es aus mir heraus und ich schreie: »Und überhaupt, für dich bin ich doch nur ein Monster!«

Tante Sally sinkt auf das kleine Sofa. Sie sieht aus, als würde sie jeden Moment in Tränen ausbrechen. Gut so.

Onkel Evan kommt zu mir und legt seine Hand auf meine Schulter.

»Grayson«, sagt er, aber er sieht dabei nicht mich, sondern Tante Sally an. »Setz dich. Wie kommst du auf den Gedanken, deine Tante könnte dich für ein Monster halten? Du bist wütend – und du hast jedes Recht dazu. Bestimmt hast du eine Menge Fragen.«

»Wie kann jemand gefeuert werden, nur weil er einem Schüler eine Rolle in einem Theaterstück gibt?«, frage ich ihn mit Tränen in den Augen. »Ich wollte diese Rolle. Ich habe für die Rolle vorgesprochen!« Die letzten Worte schreie ich hinaus. Ich bleibe an der Tür stehen, ich werde mich nicht zu ihnen setzen.

Onkel Evan nimmt auf einem der braunen Ledersessel Platz, sodass er Tante Sally gegenübersitzt. Er überkreuzt die Beine und nimmt sie dann wieder auseinander, setzt sich aufrecht hin und atmet tief durch.

»Grayson, die entscheidende Frage lautet: Hat Mr Finnegan seine Entscheidung in Übereinstimmung mit den Erziehungsprinzipien der Schule getroffen oder nicht?«

»Ich verstehe nicht, was du meinst.«

»Nun ja«, sagt Onkel Evan und sieht dabei immer noch Tante Sally an, »einige Eltern des Beirats halten es für unverantwortlich, dass Mr Finnegan dir eine Rolle gegeben hat, die, wie soll ich sagen, folgenschwere Auswirkungen haben könnte, ohne zuvor mit der Schulleitung, den Erziehungsberechtigten und der Lehrerschaft Rücksprache gehalten zu haben.«

»Aber ich wollte die Rolle!«, brülle ich ihn an. Die nächsten Worte spreche ich ganz langsam und mache nach jedem Wort eine Pause. »Ich. Habe. Für. Diese. Rolle. Vorgesprochen.«

Eine Minute lang sagt keiner ein Wort.

»Was haben sie mit ihm vor?« Mein Herz hämmert bei dieser Frage.

»Wir wissen es nicht, Grayson«, sagt Onkel Evan. »Einige Mitglieder des Elternbeirats fordern, dass er nicht mehr an der Schule unterrichten sollte, aber Dr. Shiner hat sich in dieser Hinsicht noch nicht geäußert.«

»Wird die Theateraufführung abgesagt?«, frage ich Onkel Evan.

»Das kann ich mir kaum vorstellen. Wahrscheinlicher ist, dass man von nun an die Proben genau beobachtet. Ich kann dir wirklich nicht sagen, wie es weitergeht. Es wäre eine Schande, wenn man einem Lehrer, dem es nur um das Wohl der Schüler geht, Steine in den Weg legen würde«, fügt er mit einem erneuten Seitenblick auf Tante Sally hinzu.

Sie springt auf, funkelt ihn böse an und stürmt aus dem Zimmer. Kurz darauf hört man, wie die Wohnungstür zuschlägt.

In der Schule verhält sich Finn so, als wäre alles wie immer. Ich begreife das nicht. Er will die Doppelstunde nutzen, damit wir unsere Diskussionsbeiträge ausarbeiten, und schreibt die Themen mit den dazugehörigen Gruppen an die Tafel.

Ich schicke ihm stumme Botschaften. *Sieh mich an!* Aber er tut es nicht.

Geistesabwesend schraube ich die Kappe meines goldenen Glitzerstifts ab, nehme die lange, schmale Farbmine heraus, lege die Einzelteile auf meinen Tisch und setze dann alles wieder zusammen. Ich sehe mich kurz im Klassenzimmer um. Ryan ist in Tagträume versunken und Sebastian schwenkt seinen Arm in der Luft. Als Finn mit der Liste an der Tafel fertig ist, dreht er sich um.

»Ja, Sebastian?«, fragt er und fährt mit der Hand über sein stoppeliges Kinn.

»Kann man das Team auch wechseln?«

»Gibt es einen bestimmten Grund für deine Frage?«

»Was, wenn man gemeinsam ein Thema diskutieren soll, bei dem es in der Gruppe ganz unterschiedliche Meinungen gibt?«

Finns Augen sind unergründlich, als er Sebastian ansieht, aber dann entspannen sich seine Züge.

»Ich bin der festen Überzeugung«, sagt er und lässt den Blick durchs Klassenzimmer schweifen, »dass es den Charakter formt, wenn man sich in andere hineinversetzt. Wenn man die Dinge vom Standpunkt eines anderen aus betrachtet, verstehst du?«

Finn nickt dabei, als würde er noch über seine eigene Antwort nachdenken, während Sebastian seufzend den Kopf in die Hand stützt und aus dem Fenster starrt.

KAPITEL 31

DIE WOCHE VERGEHT QUÄLEND LANGSAM. Immer wenn ich in Finns Unterrichtsstunde oder bei der Probe bin, warte ich darauf, dass er mich zur Seite nimmt. Ich möchte so gerne von ihm hören, dass es nicht meine Schuld ist. Er soll mir erklären, was vor sich geht. Stattdessen macht er weiter, als wäre alles gut, obwohl die ganze Schule darüber redet, dass er vielleicht seinen Job verliert und ich der Grund dafür bin.

Wie gut, dass am Samstag Kostümprobe ist, denn so kann ich wenigstens eine Zeit lang von Tante Sally fortkommen. An den Wochenenden ist Onkel Evan normalerweise nicht im Büro, aber angeblich muss er liegen gebliebene Arbeit erledigen. Er will mich um halb eins an der Schule absetzen und später wieder abholen, ich soll ihn einfach anrufen, wenn ich fertig bin.

Als ich in der Schule eintreffe, sind die Gänge leer und dunkel. Vor dem Eingang zur Aula bleibe ich stehen und lehne mich einen Augenblick gegen den Türrahmen. Drinnen geht es hektisch zu. Finn und Ms Landen schwirren von Schüler zu Schüler. Über den Zuschauerstühlen sind Kostüme drapiert, die meisten sind noch nicht ganz fertig. Vor der Bühne ist ein langer Tisch mit mehreren Nähmaschinen für die Eltern aufgestellt. In einem Durchgang zwischen den Stuhlreihen legt Meagans Mutter gerade einen dicken roten Samtstoff um Andrews Schultern. Ich atme noch einmal tief durch und betrete die Aula.

Meagans Mutter und Andrew lächeln mich an, als ich an ihnen vorbeigehe. Paige springt mit einem Satz von der Bühne und kommt mir auf halbem Weg entgegen.

»Hey, Grayson!«, ruft sie. »Da bist du ja! Hast du Lust, meine Mom kennenzulernen?«

»Ja, cool«, antworte ich. Paige zieht mich die Stufen zur Bühne hinauf.

»Weißt du, ob sie mein Kostüm schon fertig hat?«, frage ich sie.

»Hat sie bestimmt. Diese Frau ist ganz wild aufs Nähen. Sie ist echt schräg.« Eine ältere Version von Paige legt gerade mitten auf der Bühne ein breites Stück pinkfarbenen Satin aus. Ich schaue Paige an – ihre türkisfarbenen, glänzenden Leggings, den goldenen Schal, das farbenfrohe Shirt – und dann ihre Mutter in ihrer braunen Cordhose, dem grünen Pullover und der dunkel gerahmten Brille. Als Paige' Mom uns kommen sieht, nimmt sie die Stecknadel heraus, die in ihrem Mundwinkel klemmt.

»Mom, das ist Grayson«, stellt Paige mich vor.

»Hallo, Mrs Francis«, begrüße ich sie.

»Grayson«, sagt Paige' Mom und strahlt mich an. »Ich habe das Gefühl, dich schon zu kennen. Sag doch bitte *Marla* zu mir.« Ich werfe Paige einen fragenden Blick zu. »Es hat mir Spaß gemacht, dein Kostüm zu nähen.«

»Wirklich?«, frage ich und erwidere ihr Lächeln.

»Selbstverständlich«, sagt sie und nickt. »Sehr großen Spaß sogar.« Die Unterseite ihrer Haare ist feucht und sie duftet nach Shampoo. Sie nimmt eine Liste zur Hand, die sie auf dem Boden abgelegt hat, und überfliegt sie. Dann hebt sie den Kopf und sieht mich an. »Also, bis auf ein paar Kleinigkeiten ist Persephones Kleid so gut wie fertig.«

»Toll! Was soll ich tun?«

»Eigentlich gar nichts, mein Lieber. Ich habe ja die Maße, die du Mr Finnegan vor einiger Zeit gegeben hast. Aber wo ich schon mal hier bin, kann ich auch schnell noch einmal nachmessen. Womöglich bist du im letzten Monat gewachsen. Es dauert nur eine Minute. Zieh mal deine Jacke aus.«

Ich ziehe die Jacke aus und lasse sie hinter den Vorhang fallen. Paige setzt sich zu Füßen ihrer Mom auf die Bühne. Ich betrachte ihre silbrig glitzernden Schuhe und die flachen braunen Wildlederschuhe ihrer Mutter.

»Okay, Grayson.« Marla zieht ein Papiermaßband aus ihrer Tasche. »Mal sehen.« Sie misst mein Bein vom Hüftknochen bis zum Knöchel. Erstaunt kneift sie die Augen zusammen und schaut in der Liste nach. »Wow!«, sagt sie schmunzelnd. »Wenn die Angaben stimmen, bist du im letzten Monat über zweieinhalb Zentimeter gewachsen!« Sie misst noch einmal und kontrolliert die Zahlen auf dem Blatt Papier. »Jep«, sagt sie. »Ein Wachstumsschub!«

Ich schließe die Augen, als sie behutsam mein Sweatshirt hochzieht und meine Taille misst. Mein Herz rast, und meine Brust wird plötzlich eng, als wäre dort ein Gummiband, an dem jemand so sehr zieht, dass es zu reißen droht.

»Okay, mein Lieber, jetzt brauche ich noch die Armlänge und den Brustumfang. Am besten, du ziehst kurz dein Sweatshirt aus.«

Ich schlage die Augen auf. Marlas Brille reflektiert mein Bild, und ich sehe mir selbst dabei zu, wie ich langsam die Haare hinter die Ohren streiche. Ich habe keine Wahl. Oder soll ich mich etwa weigern, das Sweatshirt auszuziehen? Meine Hand greift wie von selbst zum Reißverschluss. Gleich wird im unteren Teil von Marlas Brille mein Paillettenherz zu sehen sein. Ich lasse das Sweatshirt neben meine Füße fallen.

Durch die Brille und das gespiegelte Glitzerherz schauen mich Marlas braune Augen freundlich an. Sie blinzelt. Einmal. Zweimal. Als sie ihre Finger unter mein Kinn legt, muss ich daran denken, wie Paige den kleinen Vogel an meiner Kette in ihren Händen hin und her gedreht hat. Ich beobachte Marla ganz genau, während sie das Maßband vom Schulterblatt bis zum Armgelenk legt. Aus dem Augenwinkel sehe ich Paige. Sie schaut nicht mich an, sondern ihre Mutter.

»Und jetzt noch den anderen Arm«, sagt Marla. »Nur um sicherzugehen, dass beide gleich lang sind.« Sie misst meinen rechten Arm. »Perfekt«, sagt sie zufrieden. »Heb mal kurz die Arme, damit ich deinen Brustumfang bestimmen kann.« Sie schlingt das Maßband um mich herum. Es schmiegt sich an das Paillettenherz. Ganz, ganz fest.

Finn kommt die Stufen zur Bühne hoch. Ich schaue ihn an und sehne mich danach zurück, wie es früher war. Ich denke daran, wie ich vor ihm auf der Bühne stand, damals im Dezember, und ihn bat, für die Rolle der Persephone vorsprechen zu dürfen. Ich denke an die burgunderroten Vorhänge, die feuchtwarme Luft und daran, wie ich das Skript zum ersten Mal in Händen hielt. Und ich überlege, wie es wohl für ihn sein muss, mich in einem Mädchen-Shirt zu sehen. Ich spähe an ihm vorbei, um herauszufinden, ob jemand uns beobachtet, aber alle scheinen mit anderen Dingen beschäftigt zu sein.

Den Blick auf mein Shirt gerichtet, bleibt er etwa eine Minute lang vor mir stehen, bevor er mir, zum ersten Mal seit Wochen, in die Augen schaut. Er sieht glücklich aus. Ich merke, dass ich die ganze Zeit die Luft angehalten habe. Langsam und vorsichtig atme ich ein und aus.

»Alles okay?«, fragt Finn und meint damit Marla. »Samantha und ich können dir gar nicht oft genug sagen, wie sehr wir deine Hilfe zu schätzen wissen.«

»Ehrlich, Brian, ich bin begeistert von diesem Projekt. Paige behauptet ja immer, dass ich völlig in meine Nähmaschine vernarrt bin.« Sie lacht amüsiert. »Wirklich, es ist mir ein Vergnügen.«

»Dann nochmals vielen Dank. Deine Unterstützung bedeutet uns sehr viel.«

»Ich freue mich, wenn ich helfen kann«, erwidert Marla, während Finn bereits wieder die Stufen hinabgeht. Unten angekommen, dreht er sich noch einmal um. Er betrachtet mein Shirt, dann sieht er mir noch einmal fest in die Augen und geht lächelnd weg.

Nachdem Marla mit dem Maßnehmen fertig ist, schaue ich an mir hinunter. Niemand beobachtet mich, niemand scheint mein Shirt bemerkt zu haben. Paige ist es egal, was ich anhabe, das weiß ich. Finn steht mit dem Rücken zu uns da. Er ist auf der Suche nach Natalie, sie ist die Nächste auf Marlas Liste. Ich weiß nicht, was ich tun soll. Zögernd ziehe ich mir meine Sweatshirt-Jacke an. Diesmal mache ich den Reißverschluss nicht zu, sondern schlage die Jackenseiten übereinander und verschränke die Arme vor der Brust.

Natalie stemmt sich auf die Bühne hoch. Ich schließe meine Finger um den kleinen Vogel und setze mich neben Paige.

»Dein Shirt gefällt mir«, sagt sie und knufft mich.

Ich nehme sie in Augenschein, betrachte bewusst ihre Kleidung und ihren Schal, die so ganz anders sind als das, was die anderen an der Schule tragen.

»Danke«, antworte ich.

»Es ist echt cool, dass du so etwas Außergewöhnliches anziehst«, fügt sie hinzu.

Ich schaue auf meine Füße und überlege, wie ich ihr erklären könnte, dass es mir um etwas anderes geht. Trotzdem muss ich lächeln. Wir sitzen da, Seite an Seite, und schauen zu, wie Marla den goldenen Gürtel für Natalies lavendelblaues Gewand säumt. Es ist erst kurz nach eins. Ich könnte Onkel Evan anrufen und ihm sagen, dass ich schon fertig bin, aber ich tue es nicht. Paige und ich sammeln die Stofffetzen ein, während Marla weiterschneidet. Paige fängt an, meine Haare zu flechten. Sie redet viel über Liam und darüber, wie er sie gefragt hat, ob sie seine Laborpartnerin sein will. Ich betrachte ihr Gesicht, ihre Gesten, ihre Hände. Sie hat so viele Silberringe an den Fingern. Ich denke an den Ring, den ich im *Second Hand* anprobiert habe, und ich überlege mal wieder, ob er wohl noch dort ist.

Als Marla ihre Arbeit beendet hat, helfen wir ihr, die Stoffreste zusammenzulegen und in Plastiktüten zu verstauen.

»Soll ich dich nach Hause fahren, Grayson?«, fragt sie mich.

»Nein, danke«, antworte ich. »Ich habe meinem Onkel gesagt, dass ich ihn nach unserem Treffen anrufe. Er ist in seinem Büro.«

»Es macht mir nichts aus, dich mitzunehmen«, versichert Marla mir. »Warum rufst du deinen Onkel nicht an und sagst ihm, dass wir dich nach Hause bringen? Wir könnten unterwegs eine Kleinigkeit essen. Ich bin am Verhungern, ihr nicht auch?«

»Und wie!«, sagt Paige. Ich schaue erst sie, dann ihre

Mom an und beantworte die Frage mit einem Schulterzucken und einem Lächeln.

»Bestens«, sagt Marla. Sie scheint sich zu freuen. »Paigey hat mir erzählt, dass du im Stadtzentrum wohnst. Stimmt das?«

Als ich sie »Paigey« sagen höre, stelle ich mir unwillkürlich ein kleines Mädchen in Windeln und einem Glitzer-Shirt vor. Bei dem Gedanken muss ich grinsen.

»Ja, in der Randolph Street«, antworte ich ihr. »Am See.«

»Wisst ihr, was wir machen? Paigey, erinnerst du dich an das Sushi-Lokal, in dem wir letzten Sommer mit den Wilsons waren? Das war doch im Stadtzentrum, ganz in der Nähe der Randolph Street, oder?«

»Du willst um drei Uhr nachmittags Sushi essen gehen?«, fragt Paige. Sie sieht mich an und verdreht die Augen, was Marla mit einem Lächeln quittiert. Ich muss an Moms Gesicht denken, an das Foto auf meinem Nachttisch. Ich versuche mir vorzustellen, wie sie heute aussehen würde, aber es funktioniert nicht. In diesem Moment erscheint mir der Autounfall eine Million Jahre her zu sein. Ich frage mich, ob das ein gutes oder ein schlechtes Zeichen ist.

»Na und?«, erwidert Marla. »Dieses Lokal ist fantastisch! Wo ist mein Handy? Ich werde gleich mal nachschauen.« Sie kramt in ihrer Handtasche. »Möchtest du mit meinem Handy deinen Onkel anrufen, Grayson?«

»Nein, ich habe ein eigenes«, antworte ich.

»Oh, okay.«

»Mom, ich muss noch mal zur Toilette, bevor wir

losfahren. Grayson, kommst du mit?«, sagt Paige und zieht mich hinter sich her.

»Okay, Paigey«, necke ich sie.

»Pass bloß auf!«, sagt sie mit einem Grinsen. Ich halte meine offene Sweatshirt-Jacke zusammen und gemeinsam verlassen Paige und ich die Aula. Der Korridor liegt verlassen da. Paige steuert sofort die Mädchentoilette an. »Bis gleich!«, ruft sie mir über die Schulter hinweg zu. Mit einem Klicken fällt die hellgrüne Tür hinter ihr ins Schloss.

Ich stehe da wie festgefroren.

Auf der Tür ist ein schwarzer Aufkleber, eine kleine Figur in einem Kleid. MÄDCHEN steht darunter. Ich möchte die Tür aufstoßen und Paige folgen. Ich möchte neben ihr am Waschbecken stehen, während wir unsere Hände waschen und reden und sie mir erzählt, wie süß sie Liam findet. Ich möchte mir ihre Haarbürste ausleihen. Das Atmen fällt mir schwer, mein Herz pocht, als wollte es platzen von all den Jahren sehnsüchtigen Wünschens und in eine Million Teile explodieren. Dann wäre ich nicht mehr da. Ich wäre wieder unsichtbar. Aber diesmal für immer.

Ich schaue mich im Gang um. Er ist leer. Zögernd nähere ich mich der hellgrünen Tür. Berühre das kalte Metall. Ich bin kurz davor, das zu tun, was ich will. Aber ich bringe es nicht über mich. Selbst Paige würde mich für einen Freak halten, wenn ich jetzt in ihre Toilette kommen würde. Ich mache den Reißverschluss meiner Jacke zu und betrete stattdessen den Raum für Jungs. Ich gehe auf die Toilette. Wasche meine Hände. Reibe meine Augen und spritze Wasser in mein Gesicht. In dem schmutzigen Spiegel sehen meine Wangen gerötet aus. Mit einem Papiertuch reibe ich sie trocken. Als ich die Toilette wieder verlasse, warten Paige und Marla bereits auf mich.

Im Auto schreibe ich Onkel Evan eine Nachricht, damit er über die Planänderung Bescheid weiß. Ich schaue durchs Fenster hinauf zu den dunklen, tiefhängenden Wolken und fühle mich ein bisschen zittrig. Am Himmel ist ein heller Kreis zu sehen. Es ist die Sonne, die das dichte Grau durchbrechen will. Aber sie schafft es nicht.

Das Sushi-Lokal ist leer, außer uns sind keine Gäste da. Wir setzen uns ans Fenster. Ich fummle an dem weißen Tischtuch herum, das auf meinen Schoß herabhängt, während Marla *Edamame* für alle bestellt.

»Wissen Sie...«, platze ich heraus, als die Bedienung wieder gegangen ist. Die Worte formen sich wie von selbst in meinem Mund. »Der Grund für die Gerüchte, dass Finn vielleicht gefeuert wird, bin *ich*. Seither redet er kaum noch ein Wort mit mir.« Es ist eine Erleichterung, es endlich auszusprechen. Paige sieht ihre Mom an. Marla nimmt die Essstäbchen, teilt sie und betrachtet sie nachdenklich.

»Grayson«, sagt sie schließlich. »Normalerweise halte ich mich aus schulpolitischen Angelegenheiten heraus. Aber diesmal ... nun ja, Paigey und ich haben lange darüber geredet, wieso dies ein besonderer Fall ist.«

Ich höre Marla zu, sehe aber nicht sie, sondern Paige an.

»Ich weiß, dass einige Eltern Mr Finnegan loswerden möchten, weil er dir eine weibliche Rolle gegeben hat.« Marla hält einen Moment inne und scheint nach den richtigen Worten zu suchen. Die Bedienung kommt und stellt eine Schüssel *Edamame* auf den Tisch. Marla bedankt sich bei ihr, dann spricht sie weiter. »Manchmal treffen Menschen wichtige Entscheidungen, die mit einem Risiko verbunden sind. In diesem Fall stimme ich absolut mit Mr Finnegan überein. Ich finde, es war sehr nobel von ihm, diesen Entschluss zu fassen«, stellt sie fest. »Paige und ich sind uns da vollkommen einig. Was deine Sorge angeht, er würde kaum noch ein Wort mit dir sprechen ...« Sie sieht mich forschend an. »Was genau meinst du damit, mein Lieber? Und bist du dir sicher? Ich könnte mir gut vorstellen, dass ihm zur Zeit einfach sehr viel durch den Kopf geht.«

Obwohl ich überzeugt bin, dass sie mit dieser Vermutung falschliegt, fühle ich mich nach ihren Worten schon etwas besser. Trotzdem zucke ich nur mit den Schultern, denn ich kann nicht darüber sprechen. Marla blickt aus dem Fenster.

»Seht mal«, sagt sie blinzelnd, »endlich kommt die Sonne hervor.« Sie dreht sich um und lächelt mich an. »Jetzt bestellen wir viele verschiedene Gerichte und teilen sie uns, okay?«

»Okay«, sage ich. Als Marla einen Blick in die Speisekarte wirft, fallen ihre Haare an den Seiten über die Schläfen. Ich denke an Mom und frage mich, wie sie wohl aussehen würde, wenn sie jetzt mit uns hier am

Tisch sitzen könnte. Wieder kommt es mir irgendwie merkwürdig vor, jemanden zu vermissen, an den man sich kaum noch erinnern kann. Paige, die mir gegenüber sitzt, ist damit beschäftigt, ihre *Edamame* zu zerquetschen, damit die Sojabohne herauskatapultiert wird. Die Bohne landet in meinem Wasserglas und ich platze fast vor Lachen.

Als Marla mich zu Hause absetzt, danke ich ihr für das Sushi und fürs Mitnehmen. Ich möchte noch mehr sagen, aber ich weiß nicht, wie ich meine Gefühle in Worte fassen soll. Stattdessen schaue ich zu Paige, die auf dem Beifahrersitz sitzt und ihren goldenen Seidenschal zurechtrückt.

»Dann also bis Montag.«

»Ja, ich freu mich schon.«

»Grayson«, setzt Marla an, »ich möchte dir noch etwas sagen ... Du sollst wissen, dass du in unserem Haus jederzeit willkommen bist, wenn du Hilfe brauchst. *Jederzeit.*«

»Mom!« Paige stößt einen Seufzer aus und verdreht die Augen. »Musst du immer so eine Dramaqueen sein?« Aber sie lächelt bei ihren Worten.

»Tut mir leid, tut mir leid, du hast ja recht. Ich kann einfach nicht anders.« Ich bin schon am Aussteigen, da dreht sie sich noch einmal zu mir um und sieht mich an. »Ich meine es wirklich ernst, Grayson.«

»Danke«, antworte ich, und ich meine es auch so.

KAPITEL 32

ES SIND NUR NOCH DREI TAGE BIS ZUR Aufführung. Als Paige und ich am Montag nach dem Unterricht die Aula betreten, sind die Bühnen-Crew, einige Mütter, Finn und Ms Landen bereits da. Zum ersten Mal seit Langem ist Finn nicht zu spät zur Probe gekommen. Er und Ms Landen stehen neben zwei randvoll mit farbenprächtigen, fließenden Kostümen gefüllten Rollwagen aus dem Physiklabor. Mein Blick gleitet über die Stoffe, bis ich schließlich das Gewand entdecke, das Marla für mich genäht hat.

Paige und ich hüpfen auf die Bühne. Finn sieht in unsere Richtung. Er sagt etwas zu Ms Landen und kommt zu uns. Als er direkt vor mir stehen bleibt, lächle ich ihn zaghaft an, und diesmal schaut er nicht weg.

»Grayson, hast du eine Minute Zeit für mich?«

Ich kriege meinen Mund nicht dazu, etwas zu sagen, ich kann nur nicken. Finn bedeutet mir, ihm zu folgen. Ich springe mit einem Satz von der Bühne in den Zuschauerraum. Vor meinen Augen verschwimmt alles.

Wir suchen uns einen Platz an der Seite. Finn hat wieder dunkle Ringe unter den Augen und sofort packen mich die Schuldgefühle. Ich kann immer noch nicht begreifen, was ich ihm angetan habe.

»Grayson«, sagt er und sieht sich rasch in der Aula um. »Ich werde mich kurzfassen. Auf Dr. Shiners eindringliche Bitte hin habe ich eingewilligt, nicht mehr mit dir unter vier Augen zu reden –«

»Warum?«, unterbreche ich ihn sofort.

»Leider kann ich dir keine Einzelheiten nennen. Nur so viel: Dr. Shiner und ich haben diese Vereinbarung getroffen, weil es mir sehr wichtig ist, das Theaterstück mit euch auf die Bühne zu bringen.« Wieder blickt er sich um. »Vermutlich habe ich schon zu viel gesagt«, fügt er vorsichtig hinzu.

Ich will ihm in die Augen schauen, was nicht so ganz einfach ist, denn er betrachtet eingehend den Papierclip, mit dem er herumspielt. Das ist also der Grund, warum er wochenlang kein Wort mit mir gewechselt hat? Mein Herz schlägt bis zum Hals. Ryans Worte dröhnen in meinen Ohren. *Hat er dir etwas angetan, Gracie?* Ich möchte etwas kaputt machen. Ich möchte weinen.

»Tut mir leid, Grayson«, fährt Finn fort. »Glaub mir, ich habe das alles nicht gewollt, als ich dir erlaubt habe, für die Persephone vorzusprechen.«

»Das weiß ich doch«, versichere ich ihm. »Das weiß ich ganz genau.«

Er wirkt erleichtert. »Wenn du einverstanden bist, werde ich heute ein offenes Wort mit dem Ensemble sprechen, was meine Zukunft an dieser Schule angeht. Viele Fragen stehen im Raum. Ich denke, alle haben ein Recht darauf, zu erfahren, was los ist.« Er sieht mich forschend an. »Du hast natürlich von den Gerüchten gehört. Ich werde dich mit keinem Wort erwähnen«, fährt er fort. »Ich werde nur über das sprechen, was mich betrifft. Ich wollte sichergehen, dass du damit einverstanden bist. Mir ist bewusst, dass es auch Auswirkungen auf dich hat, und das wollte ich dir sagen.«

Mehr als ein stummes Nicken bringe ich nicht zustande. Ich schaue zur Bühne, wo sich mittlerweile alle Beteiligten versammelt haben. Sie beobachten uns. Im Zuschauerraum ist es viel zu still. Ich habe mir nichts sehnlicher gewünscht, als die Wahrheit von ihm zu hören, aber jetzt komme ich mir vor wie in einem Gerichtssaal, in dem jeden Moment die Geschworenen ihr Urteil über mich verkünden werden.

»Du gehst jetzt besser zu den anderen.« Finns Aufmerksamkeit wird von jemandem am Eingang der Aula abgelenkt. Dr. Shiner hat soeben den Zuschauerraum betreten. Aber Finn scheucht mich nicht fort. Er dreht sich wieder um und sagt: »Es tut mir leid, Grayson.«

»Nein, mir tut's leid ...«, fange ich an, doch er lässt mich nicht weiterreden.

»Nein.« Er deutet mit dem Finger auf mich. »Es gibt nichts, wofür du dich entschuldigen müsstest. Denk immer daran! Jetzt geh zu den anderen.«

Ich kehre zu den anderen zurück. Eigentlich will ich das gar nicht, aber ich weiß nicht, was ich sonst tun soll.

Jetzt auf die Bühne zu steigen und mich wieder neben Paige zu setzen, ist zu viel für mich, daher lasse ich mich auf den Fußboden gleiten und lehne mich mit dem Rücken gegen die hölzerne Bühnenverkleidung.

Alle warten still, aber Finn bittet trotzdem um Aufmerksamkeit. Mein Herz pocht und pocht, es will einfach nicht zur Ruhe kommen. Finn steht direkt vor mir und ich muss den Kopf in den Nacken legen, um ihn anzuschauen.

»Schauspieler und Bühnencrew«, fängt er an. »Es ist so weit. Dies ist unsere letzte Probenwoche vor der großen Aufführung. Ihr habt euch alle sehr angestrengt, und ich bin sicher, die Vorstellung wird ein großer Erfolg. Heute Nachmittag spielen wir das ganze Stück in voller Länge und mit allen Kostümen. Unsere Bühnenleute sind heute hier und verdienen einen großen Applaus. Sie haben die Kulissen entworfen und gebaut, sie werden sich um Vorhänge und Beleuchtung kümmern und für einen reibungslosen Szenenwechsel sorgen. Ohne sie würde es keine Aufführung geben.« Alle klatschen, nur ich nicht, denn ich sitze auf meinen Händen. Von hier unten sieht Finn aus wie ein Riese. Ich konzentriere mich auf seine braunen Lederschuhe. Die Sohlen sind abgelaufen.

»Da ist noch etwas, worüber ich mit euch sprechen möchte, bevor wir auf unsere Plätze gehen und anfangen.« Finn sieht alle der Reihe nach an, auch mich. Ich halte den Atem an und fixiere wieder seine Schuhe. »Vermutlich haben sich viele von euch schon gefragt, was an dem Gerede der vergangenen Wochen dran ist. Meiner

Ansicht nach sind Gerüchte schädlich. Ich denke, ihr habt die Wahrheit verdient.«

Nicht der kleinste Laut ist zu hören. Dr. Shiner hat in der ersten Reihe Platz genommen. Die Fingerspitzen aneinandergepresst sitzt er da, lauscht Finns Worten und starrt auf dessen Hinterkopf. Ich hefte meinen Blick wieder auf Finns Schuhe.

»Ich habe eine Entscheidung getroffen«, verkündet Finn. »Es ist für mich an der Zeit, in eine neue Richtung zu gehen.«

Ich komme mir vor wie in einem schwarzen Tunnel. Ein riesiger Staubsauger scheint Finns Schuhe vor meinen Augen zu verschlucken und ihn wegzureißen, um mich an dem einen Ende des langen Tunnels zurückzulassen und ihn ans andere zu katapultieren. Dazwischen ist es furchtbar eng und düster.

Finn spricht weiter. Ich kneife die Augen zusammen und höre zu.

»Ich bin jetzt seit fast zehn Jahren Lehrer an dieser Schule. Seit einiger Zeit stehe ich in Kontakt mit einem kleinen Theater in New York City, dem *Central*. Es ist ein altehrwürdiges und berühmtes Theater. Die derzeitige Regieassistentin wird das Theater bald verlassen und ich werde ihre Stelle einnehmen. Es ist ein fantastischer Job an einem fantastischen Theater. So eine Chance bietet sich mir nicht so schnell wieder. *Die Sage von Persephone* wird also mein letztes Theaterstück an dieser Schule sein. Ich fühle mich geehrt, dass wir gemeinsam daran gearbeitet haben, dieses Werk zur Aufführung zu bringen.«

Ich drehe mich weg. Der Tunnel ist verschwunden, jetzt bin nur noch ich übrig, hier auf dem Fußboden, wo jeder mich sehen kann. *Und was ist mit mir?*, möchte ich herausschreien.

Finn sieht mich an, nur einen Wimpernschlag lang. Über mir sind alle wie versteinert. Keiner rührt sich, man könnte meinen, jemand habe alle auf der Bühne festgeklebt.

»Okay. Nehmt eure Positionen ein! Wir haben heute Kostümprobe, also zeigt, was ihr könnt.« Finns Worte hallen durch den Zuschauerraum.

Ich rapple mich auf und bleibe vor ihm stehen. Die Stille hinter mir ist körperlich zu spüren – eine Stille, die jetzt zu lautem Chaos anschwillt, wie bei einem Radio, dessen Lautstärke aufgedreht wird. Es fängt mit leisem Wispern an und wird bald von lauten Rufen und hektischem Rascheln abgelöst, als alle nach ihren Kostümen greifen.

»Grayson«, sagt Finn und macht einen Schritt auf mich zu. »Du schaffst es auch ohne mich, davon bin ich felsenfest überzeugt.« Er hält kurz inne und fügt dann hinzu: »Du schaffst das und alles andere auch.«

Ich nicke und verschwinde wortlos hinter die Bühne, bemüht, nur ja niemandem in die Augen zu schauen. Ms Landen hilft mir in mein goldenes Gewand für den ersten Akt. Auch wenn Finn wegen mir gehen muss und Tante Sally mich für ein Monster hält – als ich in den großen, wandhohen Spiegel schaue, sehe ich mich endlich so, wie ich sein soll. Mein inneres Ich und mein äußeres Ich stimmen überein. Endlich können auch alle anderen es erkennen.

KAPITEL 33

ES IST, ALS HÄTTE ICH MEIN GANZES Leben auf diesen Tag gewartet. Und wieder scheint jemand Pinselstriche gezogen zu haben – helles Kristalllicht und Dunkelheit hüllen mich ein. Heute Abend werde ich vor den Augen des Publikums ein Mädchen sein. Ich bin als Mädchen gedacht und heute Abend werde ich es sein. Aus diesem Grund muss Finn unsere Schule verlassen. Weiß und schwarz. Hell und dunkel. Und mittendrin ich. Der graue Grayson.

Es gibt für mich nichts zu tun, außer zwischen den Säulen aus Dunkelheit und Licht hindurchzuwandeln. Also tue ich es auch. Ich gehe mitten hindurch, nach der vierten Stunde auf meinem Weg in die Bibliothek. Im Rucksack habe ich mein Mittagessen dabei, aber ich werde keinen Bissen hinunterkriegen. Morgen muss ich meine Physikarbeit abgeben. Eigentlich bin ich fast fertig, aber ich frage mich, woher ich die Konzentration nehmen soll, um sie zu Ende zu bringen. Im Rucksack befindet sich auch mein Skript. Bei dem Gedanken daran muss ich lächeln. Es ist zerfleddert und zerknittert und der Umschlag ist schon einmal geklebt.

»Gracie!«

Ich weiß selbst nicht, warum ich mich umdrehe. Spätvormittägliches Licht fällt durch das Fenster des Gangs und malt helle Rechtecke auf den gefliesten Boden. Neben den Rechtecken stehen Ryan und Tyler. Und an der Seite des Korridors, nur ein paar Schritte entfernt, ist Jack.

Ich möchte meinen Körper aufreißen und hinausschlüpfen. Ich möchte zum Vogel werden und zur Decke fliegen, aber ich sitze am Boden fest. Meine Augen sind auf meinen Cousin gerichtet, sie kleben an ihm und weigern sich wegzuschauen. Ich kann an nichts anderes denken als das geheime Klopfzeichen, mit dem ich früher immer sein Zimmer betreten habe – *tapp, tapp, tapp, tock, tock, tock*. Ryan fängt an zu sprechen. Erst da gehorchen meine Augen und wenden sich von Jack ab, um ihn anzusehen.

»Ignorierst du uns etwa, Gracie?«

»Nein«, sage ich. Etwas anderes fällt mir nicht ein.

»Willst uns wohl loswerden, was? Warum hast du keine Antwort gegeben?«

Ich zucke die Schultern.

Jetzt mischt sich auch Tyler ein.

»Du siehst heute sehr hübsch aus. Wohin gehst du?«

»Bibliothek.«

Dunkel, Licht, Dunkel, Licht, Dunkel, Licht.

»Warum kommst du nicht mit uns in die Cafeteria? Wir wollen dich dabeihaben.«

Tyler und Ryan haben sich vor mir aufgebaut, nur Jack hat sich immer noch nicht von der Stelle gerührt. Tyler sieht ihn an, scheint mit seinem Blick an ihm zu zerren, aber Jack weicht einen Schritt zurück. Jetzt hat Tyler seine Hand auf meinen Arm gelegt. Ryan steht grinsend daneben.

»Tut mir leid«, sagt Jack unvermittelt. Unbeholfen streckt er seine Hand nach uns aus, und mir ist nicht klar, zu wem er eigentlich spricht. Ich muss daran denken, wie er mir im Grand Canyon die Hand gereicht hat. Ich kann seine vom Baseball-Training schwieligen Hände förmlich spüren.

Das Pochen meines Herzens scheint von außerhalb meines Körpers zu kommen.

Ich reiße mich los und renne den leeren Gang entlang Richtung Treppenhaus. Meine Füße hämmern einen anderen Rhythmus auf den Boden. Peitschender Herzschlag und trommelnde Schritte - mein Kopf schwirrt, als sausten darin eine Million Pistolenkugeln frei herum.

Auf dem oberen Absatz der Treppe drehe ich mich noch einmal um. Tyler und Ryan sind direkt hinter mir, aber von Jack sehe ich nur noch den Rücken, als er im Gang verschwindet. Hände packen meinen Rucksack, ziehen, stoßen. Ich versuche, das Gleichgewicht nicht zu verlieren. Die Hände zerren an meinen Haaren. Ich schüttle den Rucksack von den Schultern, er fällt auf die Stufen. Fremde Füße sind erst unter, dann zwischen meinen Füßen, und da sind auch wieder die Hände, die schubsen. Ich will nach dem Geländer greifen. Aber es ist zu weit weg – und ich falle.

Kopfüber. Ein explodierender, brennender Schmerz im Handgelenk. Aufprall. Mein Knie. Alles verlangsamt sich. Dann, hoch über mir, die Decke.

Plötzlich taucht Sebastians Gesicht in meinem Blickfeld auf. Eine Sekunde später das Gesicht von Dr. Shiner.

»Ich habe ja gesagt, dass es dringend ist«, keucht Sebastian.

»Danke, Sebastian«, seufzt Dr. Shiner.

Weitere Schritte. Diesmal das Klappern hoher Absätze.

Mrs Nance. Sie kniet neben mir. Hinter ihr sind Gesichter. Sie schweben über ihrer Schulter, neigen sich über mich wie Schilfgras.

»Alle wieder zurück in die Cafeteria«, poltert Dr. Shiner los.

Die Gesichter verschwinden, weggewirbelt von einem Tornado. Ich blinzle. Mein linkes Handgelenk brennt wie Feuer.

Mrs Nance hält etwas an meine Stirn. Dann nimmt sie es wieder weg. Es sieht aus wie rot angemalt.

Dr. Shiner kniet sich neben mich auf den Boden.

»Wer?«, stößt er hervor.

»Ich habe Ihnen doch schon gesagt, was Ryan so alles von sich gegeben hat.« Eine Stimme, nicht weit entfernt.

Shiners Kopf von hinten. Hat er sich umgedreht?

»Habe ich mich nicht klar und deutlich ausgedrückt, Sebastian? Alle zurück in die Cafeteria!«

Das Feuer brennt heißer. Meine Knochen stehen in Flammen.

Mrs Nance' Hand in meinem Nacken.

»Lass gut sein, Ed. Ich nehme ihn mit in mein Büro. Deine Fragen kannst du ihm später stellen.«

Beim Aufstehen wird mir schwindelig. Sie muss mich am Rücken stützen. Meine linke Hand baumelt an der Seite, schlaff, brennend, seltsam gefühllos.

Im Zimmer der Schulkrankenschwester muss ich mich auf die Liege legen. Ich schaue die kleinen schwarzen Löcher in den Deckenplatten an und höre zu, wie Mrs Nance im Nebenzimmer telefoniert.

»Es tut mir schrecklich leid, Mrs Sender. Er ruht sich gerade aus. Ja, natürlich. Dr. Shiner wird den Vorfall aufklären. Nun ja, es ist ziemlich angeschwollen. Mit ziemlicher Sicherheit. Es muss genauer untersucht werden. Okay. Wir warten hier. Bis später.«

Ich mache die Augen zu. Der Schein der Deckenleuchten dringt durch meine Lider. Er erinnert mich an die Lichtkegel auf der Bühne. Mit der unverletzten Hand stemme ich mich hoch.

»Mrs Nance?«

Ihr Kopf taucht im Türrahmen auf.

»Ja, mein Lieber? Leg dich wieder hin. Du musst dich ausruhen.«

»Heute Abend ist die Theateraufführung.« Die Dunkelheit versucht, die Oberhand zu gewinnen.

»Ich weiß, mein Junge.«

Aber so leicht gebe ich nicht auf.

»Ich will unbedingt mitspielen.«

»Leg dich hin, mein Lieber. Wir finden schon eine Lösung.«

Mir ist wieder schwindelig, deshalb tue ich, was sie sagt.

Wenig später höre ich von draußen Tante Sallys Stimme. Hätte Mrs Nance nicht stattdessen Onkel Evan verständigen können? Als Tante Sally den Raum betritt, drehe ich mich weg.

»Grayson!« Sie kommt an meine Seite und beugt sich über mich. Ich schaue weiter aus dem Fenster. Sie umrundet die Liege und bückt sich zu mir herunter, bis ihr Gesicht ganz nah ist. »Grayson, mein Schatz. Geht es dir gut?« Ihre Augenränder schimmern rosa. »Ach, Grayson. Genau das habe ich befürchtet.«

»Mrs Sender?«

»Ja, Mrs Nance?«, erwidert Tante Sally.

»Ich glaube, er hat eine Menge durchgemacht.«

»Natürlich hat er das.« Zu mir gewandt fügt Tante Sally hinzu: »Dein Onkel kommt auf direktem Weg in die Notfallambulanz. Brauchst du Hilfe beim Aufstehen?«

Nein, brauche ich nicht. Ich folge ihr zur Tür hinaus, aber zuvor drückt Mrs Nance noch kurz meine unverletzte Hand.

☆

Onkel Evan wartet bereits vor dem Eingang der Notfallambulanz. Es ist feuchtkalt. Der Schnee auf dem Dach schmilzt, ein schmutziger Bach rinnt den Bordstein entlang. Onkel Evan und ich gehen hinein und Tante Sally macht sich auf die Suche nach einem Parkplatz. Während Onkel Evan mit den Krankenhausmitarbeitern am Empfang spricht, setze ich mich in den Warteraum. Das schwebende Gefühl will einfach nicht weggehen. Ich halte den Kopf gesenkt und starre auf die blauweißen Bodenfliesen, um nicht sehen zu müssen, was um mich herum vorgeht. Ich rieche die Desinfektionsmittel und höre die Geräusche, aber ich schaue nicht hoch.

Beim Röntgen müssen wir ewig lange warten. Onkel Evan und Tante Sally haben mich in ihre Mitte genommen.

»Ich will heute Abend trotzdem mitspielen«, sage ich in die Stille hinein, woraufhin Onkel Evan mir nur erklärt, wie wichtig es sei, dass ich mich jetzt entspanne.

»Wir finden schon eine Lösung«, versichert er mir.

Im Röntgenraum bin ich allein mit einer Krankenschwester und einem riesigen, summenden Metallapparat. Vorsichtig wage ich einen Blick auf mein Handgelenk. Es ist rot und geschwollen. Ich schaue weg und konzentriere mich ganz auf ein Bild an der Wand, das ein Rotkehlchen auf einer Mauer zeigt.

Danach führt man uns in ein anderes Zimmer, in dem

sich eine Untersuchungsliege befindet, die durch einen weißen Vorhang vom Raum abgetrennt ist. Ich lege mich hin. Tante Sally und Onkel Evan nehmen auf blauen Stühlen Platz und reden im Flüsterton. Nach einer Weile quietscht eine Metalltür und gleich darauf zieht eine Ärztin den Vorhang beiseite.

»Grayson?«, fragt sie und blickt auf ein Klemmbrett in ihrer Hand.

»Ja«, antwortet Tante Sally an meiner Stelle.

»Guten Tag. Ich bin Dr. Mitchell.« Die Ärztin streckt zuerst Tante Sally, dann Onkel Evan die Hand hin.

»Sally und Evan Sender«, erwidert meine Tante. »Ist das Handgelenk gebrochen?«

»Nun ja, es ist nicht gebrochen, aber der Knochen hat einen Riss«, erklärt die Ärztin. Sie zieht die Röntgenaufnahmen aus einem Umschlag und klemmt sie vor eine flache, rechteckige Platte an der Wand. Als sie den Röntgenbildbetrachter einschaltet, drehe ich den Kopf weg. »Wir nennen so etwas *Haarriss*. Schauen Sie hier – die Fraktur ist nicht allzu schlimm. Aber er wird etwa zwei Monate lang einen Gips tragen müssen.«

»Jesus«, wispert Tante Sally.

»Es hätte schlimmer kommen können«, versucht die Ärztin sie aufzumuntern. Sie dreht sich zu mir um. »Also, was genau ist passiert? Du bist in der Schule die Treppe hinuntergefallen?«

Ich nicke.

Sie sieht mich forschend an. Einige Sekunden lang sagt niemand ein Wort.

»Nun gut. Ich werde Allison bitten, den Gipsverband vorzubereiten. Ich bin gleich wieder da.«

Als die Ärztin das Behandlungszimmer verlassen hat, schaue ich Tante Sally und Onkel Evan an.

»Hast du Schmerzen?«, fragt Onkel Evan nach einem Moment des Schweigens.

Mit einem Ruck wird der Vorhang zur Seite gezogen. Eine Krankenschwester mit kurzen blonden Haaren steht vor uns.

»Du bist Grayson, nicht wahr?«, fragt sie und lächelt mich an. »Ich werde Dr. Mitchell mit dem Gipsverband helfen. Möchtest du dir eine bestimmte Farbe aussuchen?« Sie spricht mit mir wie mit einem Vierjährigen. »Na, großer Junge, welche Farbe soll's denn sein? Wir haben Schwarz, Blau –«

»Pink«, unterbreche ich sie.

»Ach, Grayson«, seufzt Tante Sally. »Genau deswegen bist du hier gelandet! Muss es denn ausgerechnet Pink sein?«

»Sally!«, zischt Onkel Evan warnend. »Würdest du bitte kurz mit rauskommen?« Zu Allison sagt er: »Bitte entschuldigen Sie uns einen Augenblick. Grayson darf selbst aussuchen, welche Farbe er möchte.« Die Metallringe an der Vorhangstange quietschen, als die beiden das abgetrennte Abteil verlassen. Von draußen sind ihre gedämpften Stimmen zu hören. Ich schaue die Krankenschwester an und versuche, mich auf ihr Gesicht zu konzentrieren. Sie trägt Kontaktlinsen, die immer wieder leicht verrutschen.

»Also Pink, oder?«, fragt sie mich. Ich nicke. »Okidoki.« Sie geht und ich bleibe allein zurück.

Ich lasse meinen Kopf auf den rechten Arm sinken. Draußen werden Tante Sally und Onkel Evan immer lauter.

»Wieso sollten wir zulassen, dass er ausgerechnet einen pinkfarbenen Gips bekommt, nach allem, was passiert ist?«, fragt Tante Sally schrill.

Onkel Evan murmelt etwas, dass ich nicht hören kann, dann herrscht Stille.

»Tja«, sagt Onkel Evan schließlich. »Ich denke, wir sollten Mr Finnegan verständigen.«

»Mr Finnegan? Warum nicht Dr. Shiner?«

»Wir müssen über heute Abend sprechen. Über das Stück.«

Allison kehrt zu mir zurück, gefolgt von Dr. Mitchell. Die Ärztin wirft einen Blick nach draußen zu Tante Sally und Onkel Evan, dann mustert sie mich von Kopf bis Fuß.

»Dr. Mitchell?«, frage ich.

»Ja?« Sie hat sanfte braune Augen.

»Ich spiele die Hauptrolle in dem Stück.«

»Hm.« Sie macht ein nachdenkliches Gesicht. Tante Sally und Onkel Evan schreien sich weiter im Flüsterton an.

Ich bin schläfrig, aber ich will nicht, dass die Schwärze das Licht durchdringt. Ich fühle mich wie ein müder Soldat.

»Ich muss einfach mitspielen.«

Eine Minute lang sagt sie kein Wort.

»Ich verstehe«, meint sie schließlich.

»Können Sie ihnen sagen, dass es okay ist?«

»Das werde ich. Aber nur, wenn du mir versprichst, dich danach auszuruhen und es langsam angehen zu lassen.«

Ich nicke und flüstere leise: »Vielen Dank!« Gleich darauf spüre ich ihre Hände auf meinem Arm, auf meiner Hand. Mein Handgelenk ist eiskalt, dann heiß, feucht, dann trocken. Als ich höre, dass sie fertig sind, riskiere ich einen Blick. Meine Hand liegt ruhig da und eine Schiene aus pinkfarbenem Gips umschließt das verletzte Handgelenk.

☆

KAPITEL 34

Die Sage von Persephone

Prolog
Programmhefte rascheln, Getuschel im Dunkeln
Plötzlich: Stille
Ein Lichtkreis zeichnet die Umrisse des Boten nach
Weißes Gewand, goldene Flügel
Er spricht über so manches
Über die Guten und die Bösen
Über Helden, die den Sieg davontragen
Als der Vorhang sich langsam hebt
Knisternd, faltenschwer
Und Licht die Bühne überflutet
Schauen wir mit großen Augen zu

Akt 1, erste Szene
Denn in dem Kostüm steckt der Junge
Über den alle reden
Ein pinkfarbener Gips prangt an seinem
    Handgelenk
Sein goldenes Gewand schimmert im
    Scheinwerferlicht
Wir grinsen
Als er durch seinen Pappkarton-Garten tollt
(Tigerlilien, Weidenbäume)
Jemand sollte dem Jungen mal einen neuen
    Haarschnitt verpassen

Akt 1, zweite Szene
Wir wissen, dass hinter der Bühne
Der Lehrer lenkt und leitet
Ein Zirkus scheint in die Stadt gekommen zu
    sein, eine Freakshow
Im stillen Dunkel
Beobachten wir die helle Bühne
Hades' schwarzes Gewand umfließt seine Gestalt
Er sinniert über das schmerzhafte Fehlen, die
    Entführung, die Gefangennahme
Von Licht

Akt 1, dritte Szene
Zugegeben, es ist sehr amüsant,
Der Junge dort oben sieht anmutig aus
Sein Gesicht ist gelassen und ruhig

Seine Stimme ist glockenklar
Als er zu Hades verschleppt wird
Die Pappkartonpferde ziehen
Die schwerfällige silberne Kutsche
Sein Gewand umhüllt ihn wie eine goldene
 Sonne
Wir hoffen, dass er aus dem Gefährt springt,
 und rufen: *Flieh!*
Wir schreien in unseren Köpfen
Wir fangen an zu vergessen, dass er ein Junge ist

Akt 2, erste Szene
Gefangen in der Unterwelt
Gefesselt von bösen Seelen
Kann Persephone nur hilflos zusehen
Demeter streift durch verblühende Gärten
Und hinterlässt bei jedem Schritt sterbende Natur
Weiden welken, Blumen lassen die Köpfe hängen,
 totes Laub
Fällt
Fällt und bedeckt die Erde wie ein Teppich

Akt 2, zweite Szene
Hades schreitet in der Unterwelt auf und ab
Gibt den Seelen Anweisungen
Die Persephone zu Boden drücken
Nennt sie Aufpasser
Bewacher
Gefangenenwärter der Unterwelt.

Aber gemeinsam trotzen wir lächelnd der
   Dunkelheit
Persephones Gesicht spricht von Auflehnung
Ihre Augen deuten Widerstand an
Wir rutschen auf unseren Sitzen vor
Alle gemeinsam, alle zur selben Zeit
Blumen, die der Wind heranweht
Wir wollen, dass der Gute gewinnt

Akt 2, dritte Szene
Wir werfen uns gegenseitig Blicke zu
Als Persephone zwischen schwarzen
   Pappkarton-Bäumen wandelt
Frühling auf dem Plastik des Lethe-Flusses
Inmitten der Unterwelt
Wir sind:
Die kleinen Kinder, die Mütter, die Väter,
   die Schwestern
Die Brüder
Das Mädchen, rote Haare, der Mann, roter Bart
Wir sind:
Die Großmütter und Großväter von außerhalb
   der Stadt
Mit Kleenex in unseren Taschen, und Brillen,
   die an unserem Hals baumeln
Wir sind:
Alle, in ganz verschiedenen Schattierungen
   von Weiß und Braun

Akt 3, erste Szene
Wir sind eins
Wir blinzeln, um zu sehen
Wir sind die Richter
Als Zeus sich Demeter nähert
Königlich, nobel, mit tiefrotem Umhang
Hilfreich die mächtige Hand ausstreckend
Wir klatschen

Akt 3, zweite Szene
In der Unterwelt
Das Mädchen wimmert, aber nur einmal
Sie reibt über den Gipsverband
Überrascht, dass er da ist
Als sie auf der Bank verweilt
Gedankenverloren Früchte vom Baum pflückt
Ahnen wir, was kommt
Wappnen uns innerlich

Akt 3, dritte Szene
Die Guten müssten den Sieg davontragen
Aber sie gewinnt nur halb
Sie wird sechs Monate im Licht leben
Sechs Monate in der Dunkelheit
Licht
Dunkelheit
Licht
Dunkelheit
Licht

Lichter von hinten
Licht auf der Bühne
Alle umringen sie
Die Seelen, die Elfen, die Kinder, die keine
    größeren Rollen bekommen haben
Sie scharen sich um sie, bilden eine Wand
Wie Soldaten
Umringen sie das Mädchen
Das in der Kutsche nach Hause fährt

Epilog
Am Ende bauscht sich der tiefrote Vorhang
    und fällt
Die Lichter erlöschen
Undurchdringliche Nacht
Stille
Dann ein Scheinwerferlicht
Ein Sonnenstrahl durch Kristall
Das Mädchen geht ab, hält sich den Arm
Sie muss Schmerzen haben
Der Ausgang von der Bühne zum Parkplatz
    steht offen
Sie spürt den feuchten Wind, der sie aufrechthält
Sie greift nach der Hand des Regisseurs
Er verneigt sich, sie macht einen Knicks
Graziös.

KAPITEL 35

GEGEN ENDE DER FRÜHLINGSFERIEN pocht mein Handgelenk nicht mehr, aber an den Gipsverband habe ich mich immer noch nicht gewöhnt. Mein hellblaues, langärmeliges T-Shirt bleibt an der rauen Oberfläche hängen, als ich es mit der rechten Hand überziehe. Ich schaue durch mein Zimmerfenster auf die Baumspitzen unter mir und rücke mein pinkfarbenes T-Shirt so gut ich kann unter dem blauen Shirt zurecht. Mein Schmuckanhänger schmiegt sich an den Stoff, ein Silbervogel, der in den hellblauen Himmel aufsteigt.

Onkel Evan setzt Brad vor dem Eingang der Grundschule ab, dann fährt er mit Jack und mir weiter zu der kreisrunden Zufahrt und lässt uns dort aussteigen. Wir betreten das Schulgebäude durch die Doppeltüren und gehen den Gang entlang.

Ryan wird nicht mehr in der Klasse sein. Während der Ferien kam Dr. Shiner zu uns nach Hause, um mit uns zu reden. Die Erwachsenen versammelten sich am runden Esszimmertisch und ich hörte von meinem Zimmer aus ihren gedämpften Stimmen zu. Nach mehr als einer Stunde forderte Onkel Evan mich auf, herauszukommen und mich zu ihnen zu setzen.

»Also, Grayson«, begann er und blickte den Schulleiter durchdringend an. »Auf unsere Bitte hin wird Ryan in die Parallelklasse versetzt. Dr. Shiner hat uns versichert, dass eure Wege sich nur sehr selten kreuzen werden. Grayson kann sich doch auf Ihr Wort verlassen, Dr. Shiner?«

»Selbstverständlich.« Dr. Shiner nickte und starrte auf seine Hand, statt mir in die Augen zu schauen. »Ryan und Tyler ist es untersagt, auch nur in deine Nähe zu kommen. Wie du weißt, sind sie bis zur Woche nach den Ferien suspendiert. Danach sind sie wieder zum Unterricht zugelassen. Sollten sie sich jedoch noch irgendetwas zuschulden kommen lassen, fliegen sie von der Schule.«

»Was meinst du, Grayson? Hört sich doch vernünftig an, oder?«, fragte Onkel Even mich, und ich nickte.

»Hör mal, Grayson ...«, fügte Dr. Shiner hinzu, sah mich aber immer noch nicht an. »Bist du dir sicher, dass du nicht noch etwas zu deiner Aussage hinzufügen möchtest? Ryan und Tyler haben dich *zu zweit* den Gang entlang gejagt und dich *zu zweit* die Treppe hinuntergestoßen?«

Ich blickte hinaus in die Diele. Jacks Zimmertür stand einen Spalt breit offen.

»Ja, das bin ich.«

☆

In den Korridoren der Schule geht es zu wie in einem Bienenstock.

»Wir sehen uns nach dem Unterricht«, sagt Jack zu mir, als ich an meinem Spind gleich neben Finns Tür stehen bleibe. Bevor er weitergeht, schaut er sich erst noch in alle Richtungen um. Ich weiß nicht, was ich davon halten soll. Ich schaue ihm hinterher, als er um die Ecke biegt und in den Trakt geht, in dem sich die Klassenräume der Siebtklässler befinden.

Der Gedanke, nach Schulschluss mit dem Bus nach Hause zu fahren, statt zur Theaterprobe zu gehen, ist so deprimierend wie nichts sonst auf der Welt. Ich wüsste gerne, welches Stück im nächsten Schuljahr auf dem Plan steht und wer die Regie übernimmt. Nachdem ich meine Schulbücher aus dem Spind hervorgeholt habe, verstaue ich sie sorgfältig in meinem Rucksack und trotte mit gesenktem Kopf ins Klassenzimmer.

Ich hebe die Augen erst wieder, als ich an meinem Platz bin. Um mich herum stehen Schüler und alle reden auffallend leise. Mein Herz macht einen Satz. Ich folge Meagans Blick nach vorn, wo Dr. Shiner uns im Auge behält, während er einer jungen Lehrerin einen Stapel Heftmappen und einen übervollen Aktenordner aushändigt. Sie nickt nachdrücklich und lauscht aufmerksam seinen Worten.

Finn ist nicht mehr da.

Ich lass mich auf meinen Stuhl plumpsen.

Meagan setzt sich neben mich, aber ich schaffe es nicht, sie anzuschauen. Meine Kehle ist trocken und mein Herz hämmert. Als die Glocke schrillt, geht Dr. Shiner hinaus und schließt die Türe hinter sich.

Sofort geht das Gelächter und Geschrei los, aber ich höre nichts davon, denn meine Ohren sausen, als würden Flammen durch sie hindurchbrausen. *Er hat nicht einmal das Ende des Schuljahrs abgewartet. Er hat sich nicht verabschiedet.*

Benommen beobachte ich die neue Lehrerin. Sie stellt sich vor Finns Pult und lässt den Blick durch den Raum schweifen. Ein Papierflieger segelt durch die Luft. Einige Schüler sitzen auf den falschen Plätzen und Jason und Asher hocken immer noch auf ihren Tischen.

»Ich bitte um eure Aufmerksamkeit«, sagte sie. Ihre Stimme ist fest, und sie macht einen gelassenen Eindruck, als würde der Tag ganz nach Plan verlaufen. Obwohl nur wenige ihr zuhören, redet sie einfach weiter.

»Als ich meinem Mann mitteilte, dass ich als Ersatz für eine Lehrkraft unbefristet in einer sechsten Klasse unterrichten wolle, erklärte er mich für verrückt.« Einige Schüler kichern. »Ich fragte ihn nach dem Grund«, fährt sie fort. Inzwischen sitzen alle an ihren richtigen Plätzen. »*Sechstklässler sind Tiere,* lautete die Antwort! Ich sagte ihm, dass ich anderer Meinung sei. Sechstklässler sind Menschen. Daraufhin wünschte er mir viel Glück und meinte, dass ich diesen Job auf eigenes Risiko antrete.« Sie fängt an zu grinsen. Ihre Zähne sind gleichmäßig und weiß. »Und hier bin ich!«

Ich reibe meinen Arm an der Stelle, wo der Gips endet, und schaue mich kurz im Klassenzimmer um.

»Mein Name ist Amber LaBelle«, stellt die Lehrerin sich vor. Sie schreibt ihren Namen an die Tafel, auch den Vornamen.

Ihre Handschrift ist ganz anders als Finns Gekritzel. Die Buchstaben sind ordentlich und klar.

Sie wendet sich wieder der Klasse zu, jetzt mit ernstem Gesicht.

»Ich nehme an, ihr wundert euch. Wenn ich richtig informiert bin, wusstest ihr nicht, dass euer Lehrer nach den Ferien nicht mehr zurückkommen wird. Leider weiß ich nicht viel über die Hintergründe. Er hat mir allerdings sehr ausführliche Anmerkungen zu eurem derzeitigen Unterrichtsstoff überlassen.« Sie hält einen dicken Ordner hoch, damit alle ihn sehen können. Dann schlägt sie die erste Seite auf. Sie fängt an zu lesen, während wir dasitzen und sie beobachten.

»Mr Finnegans Notizen zufolge ist für heute eine Diskussion über zentrale Themen von *Wer die Nachtigall stört* geplant. Der Roman gehört übrigens zu meinen absoluten Lieblingsbüchern.« Sie lächelt und blickt dann wieder in die Mappe. Beim Weiterlesen beißt sie sich auf die Unterlippe. »Außerdem ist für morgen eine große Präsentation vorgesehen.« Sie blickt hoch. Ihre Augen sind dunkelblau, wie tiefe Seen. Der Feuersturm in meinen Ohren ist verschwunden.

Sie dreht sich zur Tafel. Mein Blick verweilt auf ihren ledernen braunen Cowboystiefeln und ihrem langen violetten Rock. *Mut*, schreibt sie rechts neben ihren Namen, dann sieht sie uns erwartungsvoll an.

»Okay, holt eure Hefte raus!« Von allen Seiten ist Rascheln zu hören. Ich nehme meinen Schreibblock und *Wer die Nachtigall stört* aus meinem Rucksack. »Also, wer in diesem Roman ist mutig? Wer nicht?«, fragt sie. Die Klasse schweigt. »Traut euch! Was wollte der Autor uns über Mut sagen?« Wieder Schweigen. Schließlich werden doch noch einige Hände hochgestreckt.

»Na endlich! Dankeschön!« Mrs LaBelle wirft ihren Kopf in den Nacken und fängt an zu lachen. Ihre langen lockigen Haare hüpfen auf und ab. »Nenn zuerst deinen Namen, bevor du weitersprichst«, sagt sie immer noch glucksend und deutet in die hintere Reihe.

»Sebastian.« Ich drehe den Kopf und schaue ihn an.

»Okay, Sebastian, schieß los.«

»Na ja, ich denke, um Mut zu beweisen, muss man zunächst einmal Angst haben. Mutig zu sein, heißt etwas Bedeutsames tun, das getan werden muss, auch wenn man sich fürchtet.« Bei seinen Worten denke ich daran, wie sein Gesicht hinter Dr. Shiner aufgetaucht ist, als ich unten an der Treppe lag und mein Handgelenk höllisch brannte. »Das ist alles«, endet er.

Mrs LaBelle sieht Sebastian nachdenklich an, dann sagt sie: »Okay, sehr gut.« Sie schreibt *entschiedenes Handeln trotz Angst* an die Tafel.

Ich höre zu und schreibe mit. Zwischendurch werfe ich einen Blick auf die Uhr. Es ist genau acht Uhr dreiundfünfzig. In New York ist es demnach neun Uhr dreiundfünfzig. Ich schaue zum Fenster hinaus und überlege, was Finn jetzt macht.

KAPITEL 36

NACH DEM ABENDESSEN KOMMT ONKEL Evan in mein Zimmer. Ich habe so lange am Schreibtisch gesessen und in mein Physikbuch gestarrt, dass die Wörter schon vor meinen Augen verschwimmen.

»Hey, Grayson«, sagt er und lässt sich auf meinem Bett nieder. »Tante Sally hat mir erzählt, dass der erste Tag in der Schule ziemlich ereignislos verlaufen ist.«

Ich weiß genau, worauf er hinauswill.

»Ja, ich denke, man wird mich in Ruhe lassen.« Nebenan läuft der Fernseher, und Tante Sally fragt Jack, ob er seine Hausaufgaben erledigt hat.

»Alles andere war auch okay?«, fragt Onkel Evan.

»Ja.« Ich berühre meinen Anhänger. »Finn ist weg.«

»Tja.« Onkel Evan scheint noch etwas sagen zu wollen, tut es aber nicht. Die Stille tickt in meinen Ohren wie eine Uhr.

Schließlich steht er auf, zieht seine Brieftasche aus der hinteren Hosentasche und öffnet sie. Er nimmt zwei Tickets heraus und setzt sich wieder hin.

»Heute hat mich Henry im Büro gefragt, ob ich zwei Eintrittskarten für eine Aufführung des Shakespeare-Theaters am Wochenende haben möchte. Er und seine Frau sind nicht in der Stadt. Tante Sally interessiert sich nicht besonders für Shakespeare, daher dachte ich, wir beide könnten zusammen hingehen. Auf dem Programm steht *Romeo und Julia* – es ist die Matinee am Samstag.«

Ich nicke.

»Es soll echt toll sein«, sage ich lächelnd.

»Ach ja? Du hast also schon davon gehört? Es überrascht mich wirklich überhaupt nicht, dass du dich fürs Theater interessierst. Deine Eltern haben so etwas geliebt.«

»Wirklich?«

»Auf jeden Fall.« Onkel Evan lässt den Blick durch mein Zimmer schweifen, als würde er es zum ersten Mal sehen. »Weißt du«, sagt er, »als wir Kinder waren, haben dein Dad und ich immer alles zusammen gemacht. Wir waren die allerbesten Freunde.« Das wusste ich bisher nicht. »Im Lauf der Jahre haben wir immer mehr unsere eigenen Leben geführt und sind unsere eigenen Wege gegangen.«

Ich nicke.

»Das, was ich am meisten in meinem Leben bedauere ...« Er nimmt seine Brille ab und wischt sich übers Gesicht. »Was ich am meisten bedauere, ist, dass wir als Erwachsene nicht mehr so viel miteinander zu tun hatten. Deine Tante und ich haben geheiratet, dein Vater und deine Mutter haben geheiratet, und irgendwie haben wir uns auseinandergelebt.« Er setzt seine Brille wieder auf. »Immer wenn ich dich und Jack sehe, muss ich daran denken.« Schweigend betrachte ich meine Hände in meinem Schoß. »Deine Eltern haben einander sehr geliebt, weißt du?«

»Ich weiß.«

»Sie haben *dich* geliebt.«

»Ja.«

»Grayson, letzte Woche ist Post für dich gekommen.« Onkel Evan steht auf und öffnet noch einmal seine Brieftasche. »Tante Sally hat sie dir nicht ... Nun ja, ich denke, deine Tante sucht immer noch einen Weg, um alles zu verarbeiten. Ich war von Anfang an der Meinung – und bin es immer noch –, du solltest das hier erhalten.«

Die einzigen Briefe, die mir je etwas bedeutet haben, sind die meiner Mutter. Für den winzigen Bruchteil einer Sekunde hoffe ich, dass Onkel Evan mir einen weiteren Brief von ihr geben wird, was vollkommen lächerlich ist. Ich richte meinen Blick auf ihr Bild an der Wand und warte, bis Onkel Evan den weißen Umschlag hervorzieht. Er ist in der Mitte gefaltet und hat sich inzwischen an die Form der Brieftasche angepasst. Als Absender ist *Brian Finnegan* angegeben. Der Brief kommt aus New York.

»Er ist von Finn«, stelle ich fest.

»Ich weiß«, erwidert Onkel Evan. Nach kurzem Zögern sagt er: »Tja, dann lasse ich dich jetzt allein.«

Wieder scheint er noch etwas hinzufügen zu wollen, lässt es dann aber, geht hinaus und macht leise die Tür hinter sich zu.

Eine Weile schaue ich den Brief nur an. Sobald ich ihn geöffnet und gelesen habe, werde ich Finn verzeihen, dass er sich davongestohlen hat, das weiß ich genau. Deshalb bleibe ich noch eine Minute sitzen und lasse meinen Zorn zu. Als ich keine Sekunde länger warten kann, öffne ich vorsichtig den Umschlag.

18. März

Lieber Grayson,

heute Abend hast du eine fantastische Vorstellung gegeben, ich bin sehr stolz auf dich. Mein früherer Schauspiellehrer am College hat immer gesagt: »Ein Risiko eingehen kostet nichts. Er hat sich geirrt. Es kostet sehr wohl etwas. Du hast ein Risiko auf dich genommen, und jetzt wirst du mit allem fertigwerden, was noch auf dich zukommt, davon bin ich überzeugt.

Grayson, es tut mir so leid, dass ich dir nicht ehrlich sagen konnte, wann ich nach New York gehe, und dass ich mich nicht von dir verabschiedet habe. Ich nehme an, ich war zu sehr mit meinen eigenen Gefühlen beschäftigt, um das Richtige zu tun.

Sicher denkst du jetzt, dass einige Menschen gegen dich sind. Aber vergiss eines nie: Die meisten Menschen sind gut. Achte auf alle, die dir ihre Hand reichen wollen, und wenn sie es tun, dann ergreife sie.

Ich bin so stolz auf das, was du in diesem Jahr erreicht hast. Mach weiter so, Grayson, sei mutig!

Von ganzem Herzen,
Mr Finnegan

Ich lese den Brief noch drei Mal, bevor ich ihn in die oberste Schreibtischschublade zu den Briefen meiner Mutter lege. Ich wünschte, Finn wäre noch hier. Ich habe es satt, dass Menschen mich verlassen, ich habe es satt, dass sie mich mit Briefen abspeisen. Ich möchte nicht mehr allein zurückgelassen werden.

Am nächsten Morgen sitze ich im Klassenzimmer und rolle meinen goldenen Glitzerstift zwischen den Fingern hin und her. Jemand hat das Fenster aufgerissen. Eine warme, feuchte Brise weht herein, die Luft fühlt sich satt und schwer an. Die Welt draußen ist grüngrau. Bald wird es regnen.

»Wir sind fast fertig mit unserer Vorbereitung für die Debatte«, verkündet Mrs LaBelle, während sich alle auf ihre Plätze setzen und langsam Ruhe einkehrt. »Mal sehen ...« Sie beugt sich übers Pult und liest in Finns Aktenmappe. »Grayson, Hannah, Meagan, Hailey, Ryan, Sebastian, Steven und Bart. Seid ihr bereit?« Sie blickt hoch.

»Ryan hat die Klasse gewechselt«, ruft jemand.

»Ah, ja richtig.« Röte schießt in ihr Gesicht und eine

Minute lang sagt sie kein Wort. »Macht nichts«, meint sie schließlich. »Alle anderen nehmen ihre Notizen und kommen nach vorn. Habt ihr eure Schreibblöcke parat? Ich möchte, dass ihr bei jeder Debatte ausführlich mitschreibt. Ich weiß nicht, ob Mr Finnegan es bereits angekündigt hat, aber ihr werdet aus den vorgestellten Themen eines aussuchen und darüber einen Aufsatz schreiben.«

Die ganze Klasse stöhnt. Mrs LaBelle grinst.

»Abgabetermin ist Ende nächster Woche. Ich kann es kaum erwarten, eure Aufsätze zu lesen.«

Draußen ist Donnergrollen zu hören. Der Wind frischt auf. Flüsternd deuten alle auf die sich biegenden Bäume vor dem Fenster. Ich krame in meinem Rucksack nach den Notizkärtchen. Ein Windstoß fährt durch die Gedichte und Geschichten, die Finn an die Pinnwand geheftet hat. Sie knistern und rascheln, als wollten sie fliehen. Amelia schließt das Fenster, das direkt neben ihrem Platz ist, und sofort hängen alle Blätter wieder ruhig da.

Ich nehme meine Karten aus der Mappe und denke über das nach, was Finn in seinem Brief geschrieben hat. Mir fällt ein, dass Marla ihn *nobel* genannt hat, und aus irgendeinem Grund muss ich plötzlich an Ms Landens Worte denken, wonach alles auseinanderfallen muss, bevor sich die Teile richtig zusammenfügen.

»Okay, worauf wartet ihr? Gruppe eins, nach vorne!«, ruft Mrs LaBelle und schlägt erwartungsvoll ihr Notenbuch auf.

»Ich kann meine Notizen nicht finden«, jammert Bart und kramt hektisch in seinem Rucksack. Steven und Sebastian stehen auf, um ihm beim Suchen zu helfen. Ich schaue an ihnen vorbei zu Amelia, die neben Lila sitzt. Unsere Blicke treffen sich. Sie macht lautlose Mundbewegungen, aber ich wende mich ab. Sie soll nicht denken, dass ich sie belausche, um zu hören, was sie zu Meagan, Hannah oder Hailey sagt. Unwillkürlich schaue ich zu ihnen, denn ich bin natürlich trotzdem neugierig, worüber sie sich mit Amelia quer durchs Klassenzimmer unterhalten. Aber alle drei sind mit ihren Notizkarten beschäftigt. Ich drehe mich wieder zu Amelia. Sie hat *mich* gemeint. Mit zusammengekniffenen Augen versuche ich, von ihren Lippen abzulesen.

Gut. Gemacht. Du. Hast. Toll. Gespielt. Sie lächelt und ich lächle zurück. Hinter ihr trommeln die ersten Regentropfen gegen das Fenster.

»Ich glaube, ich habe die Notizkarten im Spind liegen lassen«, sagt Bart zu Mrs LaBelle.

»Na schön. Dann geh und schau nach«, erwidert sie. Ihre Worte werden von lautem Donner unterbrochen. Alle fangen an zu kreischen.

Ich drehe meine Karten hin und her und denke über Jack nach. In den Ferien haben wir kaum ein Wort gewechselt. Überhaupt war er eigenartig still. Vielleicht hätte ich sogar mit ihm reden wollen, aber vor allem hätte ich ihn gerne gefragt, warum er am Tag der Theateraufführung einfach weggegangen ist. Aber ich habe ihm die Frage nicht gestellt. Stattdessen versuche ich immer noch, mir einen Reim darauf zu machen, warum er seine Hand so merkwürdig ausgestreckt hat, ehe er abgehauen ist. Ich habe die ganzen Ferien darüber nachgedacht.

Ich sehe ihn vor mir, wie er an jenem Tag im Grand Canyon nach meinem Handgelenk greift. Ich weiß noch genau, wie seine vom Baseball-Training schwieligen Handballen sich angefühlt haben, und ich erinnere mich an sein verdutztes Lächeln, als er mich von der Klippe weggezogen hat. – Ich sehe ihn, wie er vor mir her zum Park auf der anderen Straßenseite geht. Seine dünnen Fußknöchel sind von den hohen Turnschuhen verdeckt. – Ich sehe ihn, wie er an der Küchenspüle steht und nasse Himbeeren aus dem Abtropfsieb nascht. – Er gibt mir sein rotes Kissen, damit wir unsere Bettfestung verstärken können. – Er umklammert die glitschige Kante des Segelboots. Seine Haare tropfen, kleine Bäche von Seewasser rinnen in seine Augen. Er lacht. Greift im warmen Wasser nach mir und will meine Hand fassen.

Ich hebe meine Hand.

»Ja, Grayson?«, sagt Mrs LaBelle.

»Kann ich zur Toilette gehen?«

»Selbstverständlich. Aber beeil dich.«

Ich stehe auf und husche zur Tür hinaus. Draußen im Gang ist niemand. Hinter den geschlossenen Türen der Klassenzimmer sind Stimmen zu hören. An mehreren Spinden hängen die Namensschildchen schief. Die meisten sind schon vor Monaten heruntergefallen. Am Trinkbrunnen halte ich inne. Unten tropft Wasser in einen schmutzigen gelben Eimer. Ich stehe da und lausche auf die Geräusche um mich herum.

Vor mir sind zwei Toilettentüren. Mein Blick springt zwischen ihnen hin und her, von einem Schild zum anderen. JUNGEN und MÄDCHEN. Ich erinnere mich, wie ich Paige hinterhergesehen habe, als sie in die Toilette neben der Aula ging, und wieder flammt meine Sehnsucht auf wie Feuer.

Ich betrete die Jungentoilette. Außer mir ist niemand da. Die Urinale sind widerlich und stinken nach Pisse. Ich gehe schnell an ihnen vorbei in eine Kabine. Mit dem Gipsverband ist es gar nicht so leicht, aber ich schaffe es, zuerst mein graues Langarm-Shirt und dann das pinkfarbene T-Shirt mit dem Paillettenherz auszuziehen. Mir ist kalt und meine Hände sind zittrig. Ich klemme mein pinkfarbenes T-Shirt zwischen die Knie und schlüpfe wieder in das Langarm-Shirt. Dann fahre ich mit den Armen in das pinkfarbene T-Shirt und dehne es ein bisschen aus. Als ich es über mein Langarm-Shirt ziehe, bleibt es wieder am Gipsverband hängen.

Ich verlasse die Kabine und stelle mich vor den hohen, schmutzigen Spiegel, der so aussieht, als wäre er eine Million Jahre alt. In den Ecken und am Rand sind Rostflecken. Jemand hat mit grünem Leuchtstift die ganze Fläche vollgekritzelt. Ich denke an all die Jahre, die ich in Jungenkleidung verbracht habe, während ich mir wünschte, so auszusehen, wie ich jetzt aussehe. Vor lauter Sehnsucht habe ich so getan, als könnten mich alle so sehen, wie ich *wirklich* bin. Ich krame die zwei kleinen

Haarspangen, die ich mit mir herumtrage, aus meiner Hosentasche, und stecke damit ordentlich meine Strähnen über den Ohren fest. Dann streiche ich meine Haare glatt und gehe in den Gang hinaus.

Die Tür zum Klassenzimmer ist zu. Ich halte inne und spähe durch das kleine Türfenster. Bart hält seine Karten in der Hand. Er und Sebastian, Steven, Meagan, Hannah und Hailey stehen vor Finns Pult. Sie reden und lachen mit Mrs LaBelle. Alle warten auf mich.

Der Türknauf ist direkt vor mir. Ich habe Angst, aber ich tue es trotzdem.

Ich öffne die Tür und gehe hinein.

Ami Polonsky arbeitet als Schreibtutorin, wenn sie nicht gerade mit ihren eigenen Buchprojekten beschäftigt ist oder sich um ihre beiden Kinder kümmert. Als ehemalige Lehrerin ist es ihr schon immer ein Anliegen gewesen, Kinder an Bücher heranzuführen und sie zu lebenslangen Lesern zu machen. Ami lebt zusammen mit ihrer Familie in der Nähe von Chicago. »Und mittendrin ich« ist ihr erstes Jugendbuch.

Mehr über cbj auf Instagram unter @hey_reader

Sophie Kinsella
Schau mir in die Augen, Audrey

ca. 384 Seiten, ISBN 978-3-570-40361-7

Audrey ist Mitglied einer ziemlich durchgeknallten Familie: Ihr Bruder ist ein Computernerd, ihre Mutter eine Gesundheitsfanatikerin und ihr Vater ein charmanter, bisschen schluffiger Teddybär. Doch damit nicht genug – Audrey schleppt noch ein weiteres Päckchen mit sich herum: Nämlich ihre Sonnenbrille, hinter der sie sich wegen ihrer Angstattacken versteckt. Bloß niemandem in die Augen schauen! Als sie eines Tages auf Anraten ihrer Therapeutin beginnt, einen Dokumentarfilm über ihre Familie zu drehen, gerät ihr immer häufiger der gar nicht so unansehnliche Freund ihres großen Bruders vor die Linse – Linus. Und langsam bahnt sich etwas an, was viel mehr ist als der Beginn einer wunderbaren Freundschaft ...

www.cbj-verlag.de